ZIENER VAN ONGELUK

SASHA URBAN SERIE: BOEK 2

DIMA ZALES

♠ MOZAIKA PUBLICATIONS ♠

Gepubliceerd door Mozaika Publications, een imprint van Mozaika LLC.
www.mozaikallc.com

Omslag door Orina Kafe
www.orinakafe.design

Vertaling: Missy Veerhuis

e-ISBN: 978-1-63142-825-8
Gedrukt ISBN: 978-1-63142-831-9

HOOFDSTUK EEN

Ik kreun en open mijn ogen.

De slaapkamer draait en een horde drummers gebruikt mijn hersens om 'Death Metal's greatest hits' te oefenen.

Hoeveel heb ik bij het jubileum gedronken?

Het enige wat ik me herinner zijn mensen met twee glazen alcohol, één voor hen, één voor mij — en ik die onder groepsdruk bezwijkt.

Ik ga rechtop zitten en laat mijn voeten in mijn pantoffels glijden. Door te bewegen voelt mijn schedel aan als een witte dwergster die op het punt staat om in een supernova te ontploffen.

Met bovenmenselijke inspanning slaag ik er op de een of andere manier in om mijn weg naar de badkamer te vinden.

Als lopen met een kater een sport was, dan zou ik een gouden medaille krijgen.

Een bleke geest van mijn toch al fletse zelf kijkt me

vanuit de badkamerspiegel met enorme bloeddoorlopen ogen en een gitzwarte bos haar aan.

Als ik naar het toilet kijk, krijg ik flashbacks waarin ik het witte marmer omhels en ik herinner me vaag dat Ariël en Felix voor de eer vochten wie mijn haar vast mocht houden.

Na een grondige douche en vijf minuten tandenpoetsen, wordt mijn geest helder genoeg om te besluiten dat deze kater de ergste van mijn leven is.

Ik drink nooit meer.

Ik had tenminste een goede reden om zo dronken te worden — het jubileum is een groot gebeuren. Het was mijn intrede in de Cognizantenmaatschappij, het geheime ras met helderzienden (zoals ik), vampiers, afstammelingen van Hercules zoals mijn huisgenoot Ariël en wat voor technoding Felix ook is. Om nog maar te zwijgen van vampiers, weerwolven, dodenbezweerders en wie weet wat nog meer.

Ik strompel terug mijn kamer in en ik ben heel erg aan het overwegen om niet naar het werk te gaan. Het probleem met dit idee is dat mijn baas Nero in de Cognizantenwereld nu mijn mentor is — een rol met een nog onduidelijke betekenis. Gisteravond, nadat hij me over een salarisverhoging had geïnformeerd, eiste hij dat ik om elf uur 's ochtends twee nieuwe biotech-aandelen voor onze portefeuille zou onderzoeken — en het is al kwart voor acht, dus ik heb niet veel tijd.

In de veronderstelling dat ik het probleem in kleinere stukjes zou moeten breken, besluit ik om naar de keuken te gaan en wat vloeistoffen en elektrolyten in mezelf te proppen, om te zien of dat me weer het gevoel zal geven dat ik mens ben. Hoewel misschien de uitdrukking nu 'me als een Cognizant voelen' zou moeten zijn, omdat we geen mensen lijken te zijn.

Ik trek mijn meest comfortabele werkkleding aan, waggel de keuken in en vind daar Felix.

"Goedemorgen, feestbeest," zegt hij met een irritant opgewekte glimlach. "Wil je eieren of havermout?"

Het gezicht van Felix is een mengelmoes van Slavische, Aziatische en Midden-Oosterse trekken en hij is de enige persoon die ik ken die er vertederend uitziet als hij met een doorlopende wenkbrauw wiebelt.

"Wat het beste tegen een kater werkt," zeg ik krassend, terwijl de geur van eten me voor de verandering niet kan verleiden.

Felix knikt en prutst bij het fornuis terwijl ik de keuken zie draaien.

"Ik heb wat zout en bananen in je havermout gedaan," zegt hij even later, zijn stem veel te luid voor mijn comfort. Hij zet met een schedelverpletterende knal de kom voor me neer. "Ik zal ook wat sap en thee voor je inschenken."

Als hij me de vloeistoffen geeft, slurp ik het sap als een medicijn in één teug op en slurp ik aan de thee terwijl ik wacht tot de havermout is afgekoeld.

"Heb je Ariël met die vampier zien dansen?" zegt Felix samenzweerderig, terwijl hij met nog een te luide klap zijn eigen bord met eieren op tafel zet. "Wat dacht ze in vredesnaam?"

"Bedoel je Gaius?" Ik pak wat banaan met mijn lepel. "Ze zegt dat ze gewoon vrienden zijn."

"Gewoon vrienden," mompelt Felix. "*Wij* zijn gewoon vrienden en als ik zo tegen haar aan zou wrijven, dan zou ze waarschijnlijk mijn nek breken."

Hij bloost als hij beseft wat hij heeft gezegd. Dan kijkt hij naar de deur en wordt zo rood als een biet.

Ariël slentert parmantig de kamer in. Hoewel haar jubileummake-up verdwenen is, ziet ze er nog steeds uit alsof ze voor een cover van het tijdschrift *Maxim* zou kunnen poseren. Ze knippert met haar perfecte wimpers naar Felix en vraagt, "Wie zou je nek breken en waarom?"

"Niemand. Geen reden." Felix stopt eten in zijn mond.

"Oké," zegt Ariël en ze raast door de keuken als een zwoele Tasmaanse duivel uit een tekenfilm. Kastdeuren slaan dicht, borden kletteren tegen het aanrecht en borden rammelen in de gootsteen. Ik ben er vrij zeker van dat ik een barst in het kopje zie verschijnen dat ze vasthoudt terwijl ze het tegen de keukenkraan tikt in een poging om water te krijgen. Voordat ik haar kan smeken om op te houden met zo'n herrie te maken, pakt ze een bord eieren en een kop koffie en loopt naar de tafel.

"Wil je eens gaan zitten," zegt Felix tegen haar terwijl ze een seconde later opspringt om op dezelfde uitzinnige manier melk te pakken. "Is dit je tiende kopje koffie of zo?"

Ariël gedraagt zich meer alsof ze amfetaminen

gebruikt, maar ik zeg het niet hardop, want dat zou haar alleen maar van streek maken. Mijn huisgenoot gebruikt een reeks legale en, naar ik vermoed, een aantal niet-zo-legale medicijnen om haar te helpen om met de PTSS om te gaan die ze ontkent te hebben. Felix en ik maken het haar over het algemeen niet moeilijk, omdat het slikken van die pillen haar kwaliteit van leven lijkt te verbeteren.

"Ik ben gewoon opgewonden na gisteravond zoveel plezier te hebben gehad." Ariëls enorme glimlach verblindt mijn katerogen.

"Zoveel 'plezier'." Ik maak luchtcitaten om ervoor te zorgen dat niemand mijn sarcasme mist. "Ik zou nu wel een guillotine kunnen gebruiken."

"Is je kater echt zo erg?" Ariëls glimlach vervaagt een beetje. "Ik kan je aan een infuus aansluiten, als je wilt. Ze zeggen dat het bij uitdrogingsverschijnselen helpt."

"Ik denk dat ik pas," zeg ik terwijl ik van mijn thee nip. "Maar ik zal genoeg Tylenol innemen om een olifant te genezen of te doden."

Ariël springt op en loopt naar het medicijnkastje. Bijna onmiddellijk is ze terug met een flesje pijnstillers en een glas water.

Dankbaar schuif ik een handje pillen in mijn mond en spoel ze weg met water. Hopelijk kan mijn lever het aan.

"Je kunt maar beter snel herstellen. Het jubileum was slechts de eerste stap in onze viering," zegt Ariël terwijl ik verder eet.

Ik verslik me bijna in mijn havermout. "Meer feest?"

"Natuurlijk." Ze kijkt me weer stralend aan. "Ik neem je mee naar de Earth Club."

Ik stel me luide clubbeats voor en mijn linkeroog krijgt een onwillekeurige zenuwtic, de hoofdpijn pulseert vrolijk aan de basis van mijn hersenpan.

Felix kijkt me aan. "Weet je zeker dat het een goed idee is om haar daar zo snel mee naartoe te nemen?"

"Nee. Geen goed idee," zeg ik terwijl ik de brok in mijn keel doorslik. "Ik ga liever naar een schietbaan om me door iemand door mijn hoofd te laten schieten."

"Ik heb niet gezegd dat we vandaag gaan," zegt Ariël, nog steeds op haar hypermanier. "We hoeven niet eens morgen te gaan. We gaan zaterdag, dan zal toch iedereen er zijn."

"Wat bedoel je met iedereen?" Ik masseer mijn bonkende slapen.

"De Cognizanten," zegt Ariël en ze prikt een stuk ei aan haar vork. "De Earth Club is waar we samenzijn zonder onze aard te verbergen."

"Dat maakt het wel wat interessanter," zeg ik voorzichtig en eet een halve lepel havermout op. "Misschien over een paar jaar, als die hoofdpijn weg is —"

"Hij bevindt zich in de Andere Wereld." Ariëls glimlach dreigt haar gezicht te breken. "Het is je kans om er officieel heen te gaan — ik weet dat je dat zou willen."

"Ik zal erover nadenken," zeg ik en nip weer van

mijn thee. "Maar geen alcohol bij de club als ik ga. Voor mij nooit meer alcohol."

"Tuurlijk." Ariël haalt met een schokkerige beweging haar vingers door haar haren, ze is nog steeds als een gek aan het stralen. "Ze hebben elke drug die de mens kent — en een aantal die de mens niet kent."

Mijn eerdere zorgen over Ariëls nuchterheid keren keihard terug. Ik zie dat Felix me aandachtig aankijkt — zijn gedachten moeten de mijne weergalmen.

"Ga je met ons mee?" vraag ik aan Felix. Wat ik onuitgesproken laat, is, "Misschien kun je me helpen om haar in de gaten te houden?"

Felix aarzelt en knikt dan. "Ja. Goed. Ik ga wel mee."

Ariël springt bijna op en neer in haar stoel. "Dit wordt zo leuk, jongens."

In de kortstondige stilte die volgt, hoor ik het getrippel van pluizige voeten. Met een golf van schuldgevoel realiseer ik me dat ik in mijn katerleed helemaal vergeten ben om Fluffster te voeren — mijn chinchilla.

Gelukkig ziet Fluffster er niet bijzonder chagrijnig uit, dus hopelijk is hij net wakker geworden en heeft hij zich niet gerealiseerd dat ik hem was vergeten. In feite ziet hij er vandaag extra helder uit en heeft hij een borstelige staart, zijn kleine neus rimpelt te midden van majestueus lange snorharen en zijn grote oren staan als radioantenneschotels rechtop klaar om buitenaardse uitzendingen te ontvangen.

Mijn huisgenoten wisselen een vreemde blik uit en staren me dan aan.

Ik kijk naar hen en dan bezorgd naar Fluffster — en dan zie ik het.

Fluffster heeft een kleine aura.

De gloed is vergelijkbaar met die van mijn beide huisgenoten, wat in hun geval betekent dat ze onder het mandaat vallen, net als ik.

Met andere woorden, Cognizanten.

"Felix. Ariël." Ik wijs naar de aura. "Zien jullie ook de gloed die *mensen* onder het mandaat aan zou moeten duiden? Weten jullie waarom mijn schattige knaagdier er een heeft?"

"Het is een lang verhaal." Felix legt een botermes neer en kijkt Ariël aan.

"Fluffster is niet wat of wie je denkt dat hij is," zegt Ariël met een stralende glimlach.

Fluffster komt dichterbij en springt op mijn knie, springt dan op de tafel. Hij heeft nog nooit zoveel behendigheid getoond. Dan kijkt hij met zijn mooie zwarte ogen naar Ariël, zijn houding straalt een ongewone intensiteit uit.

"Nee," zegt Ariël, schijnbaar tegen Fluffster. "Het is beter als jij het haar vertelt." Fluffster kijkt op dezelfde manier naar Felix, alsof hij hem wil hypnotiseren.

"Kijk niet naar mij," zegt Felix. "Ik denk dat het uit jouw mond moet komen. Of uit je chinchillabrein. Of wat dan ook."

"Me *vertellen*?" De kamer begint weer te draaien en

het is niet langer vanwege de kater. "Jongens, alsjeblieft. Dit is de slechtste dag voor grappen."

Fluffster staat op zijn hurken op de tafel en het kan mijn verbeelding zijn, maar gebaarde hij net nou met zijn kleine handachtige pootjes?

"Ik zou niet weten waar ik moest beginnen." Ariël legt haar vork met een luide klap neer, haar glimlach verdwijnt als ze voluit naar mijn huisdier kijkt. "Het is jouw poppenkast. Handel jij het maar af."

Fluffster begint op de tafel te ijsberen. Af en toe kijkt hij naar Felix of Ariël en dan naar mij.

"Oké," zegt Felix ten slotte tegen mijn huisdier. Dan draait hij zich naar mij om. "Heb je ooit van de domovoj gehoord?"

"Ja," zeg ik en mijn hoofdpijn evolueert zich heel snel in een volledige migraine. "Het is een soort Russische huisgeest of zoiets, toch? Vlad en Pada noemden Fluffster zo, dus ik heb het opgezocht."

"Klopt," zegt Felix. "De domovoj spelen een prominente rol in de Slavische folklore. En volgens mijn vader zijn ze binnen hun eigen invloedssfeer een groep machtige Cognizanten en hij" — Felix wijst naar Fluffster — "is een van hen."

Ik staar naar het kleine dier. "Maar hij is een chinchilla. Een knaagdier afkomstig uit het Andesgebergte in Zuid-Amerika — zo ver van Rusland vandaan als je het maar kunt krijgen. Ik heb hem bij de dierenwinkel gekocht. Dit slaat nergens op."

Zowel Felix als Ariël kijken naar Fluffster en ontwijken mijn blik.

"Dit is niet grappig," zeg ik. "Ga je me serieus vertellen dat Fluffster een weerchinchilla is? Of moet hij een chinchilla zijn die door een hondsdolle kerel uit Siberië is gebeten, waardoor hij een weerman is geworden — een schattig harig wezen dat bij volle maan in een harige Russische kerel verandert?"

"Ik ben in de Verenigde Staten opgegroeid en weet niet zo veel over de manier waarop de domovoj werkt," zegt Felix. "Wat ik wel weet, is gebaseerd op wat mijn vader me heeft verteld. De domovoj blijven meestal in een niet-substantiële vorm, maar soms nemen ze de vorm van een overleden huisdier aan — meestal een hond of een kat..."

Ik staar iedereen om de beurt aan, het haar in mijn nek staat overeind.

Fluffster loopt naar mijn kom met havermout, gaat weer op zijn hurken staan en kijkt recht in mijn gezicht.

Mijn ogen worden groot en ik knipper herhaaldelijk.

Fluffster heeft altijd al een intelligente blik gehad, maar nooit zo diep. Nooit zo intens.

"Het spijt me heel erg dat je er op deze manier achter moest komen," zegt een zachte stem in mijn hoofd — en hoewel het puur mentaal is, heeft het een zweem van een Russisch accent.

HOOFDSTUK TWEE

IK LEG MIJN LEPEL NEER. "IK HOORDE NET EEN STEM IN MIJN HOOFD."

"Ja," zegt Felix.

"Welkom in onze wereld." Ariël straalt weer.

Mijn maag draait zich om. "Het is een symptoom van een psychose," zeg ik tegen niemand in het bijzonder.

"Niet als je huisgenoten met dezelfde stem in hun hoofd aan het praten zijn." Felix knipoogt naar me. "Dus tenzij het een groepspsychose is..."

"Geen grappen," zeg ik tegen Felix en kijk dan Fluffster aandachtig aan. "Je zei?"

"Ik probeerde te benadrukken hoe erg het me spijt voor je verlies." De stem in mijn hoofd is net zo rustgevend voor mijn hersenen als Fluffsters vacht voor mijn huid. Zelfs de kater neemt iets af, hoewel het de Tylenol kan zijn die begint te werken.

Ik staar naar mijn huisdier alsof ik hem voor het eerst zie.

Hij staart terug en staat onnatuurlijk stil.

"Je kunt maar beter bij het begin beginnen." Ik wrijf over mijn voorhoofd. "Waar heb je spijt van? En wat heb ik verloren?"

Fluffster kijkt nu Felix doordringend aan.

"Goed dan," zegt Felix even later tegen de chinchilla. "Ik zal je helpen." Hij richt zijn aandacht op mij en zegt, "Dus hij herinnert zich dit niet meer, maar toen we voor het eerst samen gingen wonen, had hij een doorzichtige vorm die Ariël en ik soms zagen. We dachten eerst dat hij misschien een geest was —"

"Wacht, bestaan er ook geesten?" Ik kijk naar Fluffster, die zijn kleine harige schouders lijkt op te halen.

"Er zijn veel Cognizanten die onzichtbaar kunnen zijn voor mensen die niet onder het mandaat vallen," zegt Ariël. "Een paar groepen hebben de kenmerken van mythische geesten, maar het zijn nooit zielen van overleden mensen, dus in de meest strikte zin bestaan geesten niet."

"Prima," zeg ik, opnieuw met mijn mond vol tanden. "Laten we teruggaan naar de domovoj. Jullie twee zagen hem en ik zag hem niet vanwege het mandaat."

"Correct." Felix glimlacht. "Je hebt het heel snel door."

"En hoe zag hij eruit?" Ik bestudeer sceptisch het eekhoorn-konijnachtige wezen dat voor me staat.

"Een beetje eng, eerlijk gezegd," flapt Ariël eruit en ze kijkt Fluffster verontschuldigend aan. "Maar de vader van Felix had uitgelegd dat hij een domovoj was en dat ze de woning waarin ze wonen beschermen."

Felix knikt en schuift zijn bord weg. "Het wordt voor een Russisch huishouden als een enorme zegen beschouwd om er een te hebben."

"Ik begrijp het," zeg ik, hoewel ik het niet echt begrijp. "Wat bedoelde je toen je zei dat hij het zich niet herinnert? Hebben deze domovoj-wezens geheugenproblemen?"

"Juist." Felix verschuift op zijn stoel. "Het gebeurde allemaal op de avond dat je de originele chinchilla kreeg."

Hij kijkt Fluffster scherp aan, die zijn hoofd lijkt te schudden.

"Voor zover Ariël en ik uit konden vogelen," vervolgt Felix, "heeft het wezen dat je uit de dierenwinkel hebt meegenomen op de eerste nacht dat je hem mee naar huis nam een aanval gehad, dus de domovoj had hem min of meer gered door zijn lichaam over te nemen."

"Heeft Fluffster een aanval gehad?" Ik kijk mijn huisdier niet-begrijpend aan.

"Het spijt me heel erg," zegt de stem in mijn hoofd. "Mijn allereerste herinnering is dat ik probeer om het leven van het kleine schepsel te redden. De schade aan zijn hersenen was te ernstig voor mijn krachten om te herstellen, dus heb ik zijn lichaam overgenomen."

"Je hebt zijn lichaam overgenomen," zeg ik stom. "Dus hij is dood?"

"Volgens mij is dat een filosofische vraag," zegt Felix. "Als dit lichaam zou worden gedood, dan zou de domovoj weer onlichamelijk zijn, dus voor mij betekent dat dat het dier nog leeft — of tenminste zijn lichaam leeft nog."

Ik wrijf over mijn slapen.

"Het belangrijkste om te onthouden," zegt Ariël, "is dat het wezen dat je als Fluffster kent vrijwel altijd de domovoj is geweest. En hoewel hij je niet de waarheid over zijn aard kon vertellen, heeft hij altijd geprobeerd te zijn wat je wilde dat hij was — een metgezel."

Ik probeer mijn gedachten op een rijtje te krijgen en wens voor de miljoenste keer dat ik niet zo'n kater had. Met de hoofdpijn die mijn hersens zo ongeveer uit mijn hoofd knijpt, heb ik moeite om te ontcijferen hoe ik me zou moeten voelen. Moet ik om de chinchilla rouwen die ik maar één avond heb gekend of moet ik de domovoj dankbaar zijn voor alle vreugde die hij me heeft gebracht?

"Hij heeft niet zo heel goed gedaan alsof hij een dier was," zeg ik na een korte pauze. "Ik heb altijd gedacht dat hij het slimste huisdier was dat ooit heeft geleefd."

Fluffster heft trots zijn kin op en tjilpt opgewonden. In gedachten zegt hij, "Dank je, Sasha."

"Graag gedaan," zeg ik en ik giechel hysterisch als ik me voorstel dat iemand die niet een van mijn huisgenoten is, getuige is van dit gesprek. "Waar kom je vandaan?"

"Ik weet het niet meer," zegt Fluffster en hij staart hongerig naar mijn kom ongegeten havermout.

Ik doop mijn lepel in de havermout en bied hem aan Fluffster aan. Met een tjilp, grijpt de chinchilla-domovoj een klomp en stopt die in zijn mond.

"Weet een van jullie waar hij vandaan is gekomen?" vraag ik aan Ariël en Felix terwijl Fluffster aan het eten is.

"Hij sprak niet met ons toen hij nog geen lichaam had," zegt Felix. "Hij heeft me alleen een paar keer laten schrikken."

"Eerst dachten we dat hij de domovoj van de familie van Felix was." Ariël nipt van haar koffie. "Totdat Felix zijn vader daarover vroeg."

"Ja," zegt Felix terwijl hij opstaat — waarschijnlijk om een kop koffie voor zichzelf te zetten. "Mijn vader zegt dat onze domovoj in het huis van mijn grootvader in Jakoetsk, Rusland woont. Ik vermoed dat er in dit appartement ooit een Cognizant uit Rusland heeft gewoond en dat die de domovoj had en toen hij stierf, heeft hij de entiteit hier achtergelaten. Ik geloof dat ze mensen in bepaalde families volgen, maar als er niemand meer is, dan blijven ze bij het huis zelf."

Ariël ziet eruit alsof de spreekwoordelijke gloeilamp net boven haar hoofd aan is gegaan. "Weet je," zegt ze. "Toen we over dit alles nadachten, wisten we niet dat Sasha een Cognizant was. Maar aangezien ze dat is, is er een meer intrigerende mogelijkheid voor Fluffsters afkomst. Hij zou van haar kunnen zijn."

"Je hebt gelijk." Felix zet zijn koffiemok op tafel, zijn

ogen glinsteren van opwinding. "Dat zou betekenen dat we de allereerste aanwijzing over Sasha's afkomst hebben." Hij kijkt me aan. "Zou je uit Rusland kunnen komen?"

"Je ouders hebben altijd gezegd dat Sasha een Slavische naam is," zegt Ariël tegen hem. "Dus het is mogelijk dat —"

Mijn mond hangt letterlijk open als hun woorden door het waas van mijn kater dringen.

Een aanwijzing over mijn afkomst.

De gedachte alleen al veroorzaakt een waterval van moeilijk te identificeren emoties die ik waarschijnlijk met Lucretia zou moeten bespreken, de Cognizant-psychiater op mijn werk.

Ik wist vanaf het begin dat ik geadopteerd ben, dus ik heb me natuurlijk afgevraagd wie mijn biologische ouders waren en wat er met hen is gebeurd. Mijn moeder (mijn adoptiemoeder) was echter geen grote fan van dergelijke vragen. Ze dacht dat het betekende dat ik niet gelukkig was met haar en papa. Die logica klopte echter niet, aangezien ik wel gelukkig was met mijn nieuwe gezin — ik wilde gewoon weten wie mijn echte ouders waren.

Toen ik klein was, dacht ik, in plaats van schaapjes te tellen, regelmatig na over mijn biologische ouders terwijl ik in slaap viel. Waren ze me kwijtgeraakt of hadden ze me in de steek gelaten? Als ze me in de steek hadden gelaten, was dat dan omdat ik het op de een of andere manier verdiende? Wie zijn ze? Waar zijn ze? Wat deden ze op die noodlottige dag op de luchthaven van JFK? De lijst met vragen groeide naarmate ik ouder werd, totdat ik leerde om mijn nieuwsgierigheid te onderdrukken, omdat veel van de mogelijkheden te pijnlijk waren om over na te denken.

Nu ik echter weet dat ik een Cognizant ben, moet ik het onderwerp opnieuw bekijken. De Raad leek geen idee te hebben van mijn afkomst en om Gaius te citeren, "niet omdat ze het niet geprobeerd hadden." Het goede nieuws is dat het feit dat ik Cognizant ben, het aantal potentiële kandidaten voor mijn ouders drastisch heeft doen afnemen, aangezien we slechts een procent van een procent van de totale wereldbevolking uitmaken.

Bovendien waren een of beide van mijn ouders zieners, wat het aantal nog meer verminderd. En nu is er misschien iets anders waar ik me aan vast kan klampen: de domovoj, oftewel een Russische connectie, ervan uitgaande dat Fluffster echt is —

"Sasha?" zegt Felix bezorgd. "Ben je daar?"

"Sorry," zeg ik terwijl ik mijn hoofd schud in de hoop het leeg te krijgen.

"Het moet een gevoelig onderwerp voor je zijn," zegt Ariël, meelevend haar stem dempend. "Sorry dat ik er net uitflapte —"

"Nee," zeg ik. "Dit is inderdaad een interessant idee. Moet een domovoj tot een huishouden van een Cognizant 'behoren'? Wat als hij in het huishouden van een van mijn adoptieouders woonde?"

"Ik heb geen idee," zegt Felix.

"Dat moet ik uitzoeken," zeg ik. "Is er een manier

om Fluffster zich te laten herinneren wat er is gebeurd voordat hij harig werd? Een manier om te verifiëren dat hij echt bij mijn biologische ouders woonde? Want als dat zo is, dan zou hij zich misschien herinneren wie ze waren —"

"Ik zou het me graag herinneren, maar ik weet het gewoon niet," zegt Fluffster in gedachten en er zit een grote dosis droefheid in zijn woorden — wat ik minder vreemd vind dan dat zijn mentale stem een accent heeft.

Ariël kijkt naar Felix, die zijn schouders ophaalt en zegt, "Ik denk dat je dit allemaal met mijn vader moet bespreken. Ik had voor dit appartement nog nooit een domovoj ontmoet, maar papa wist van degene die in het huis van mijn grootvader woont."

"Oké," zeg ik en ik realiseer me dat dit alles — of de pillen en vloeistoffen en eten — mijn kater heeft doen afnemen. "Ik zou deze week graag een keer met je vader willen lunchen om te zien wat hij weet. Ik wil er zeker van zijn dat Fluffster niet hier is vanwege *jouw* familie. Trouwens, misschien weet je vader een manier om Fluffsters geheugen te kraken."

"Hij zal het geweldig vinden om met je te lunchen," zegt Felix en hij trekt dan een gezicht. "Mijn moeder is er misschien niet zo blij mee. Je weet hoe jaloers ze kan zijn."

Ter verdediging van de moeder van Felix lijkt zijn vader een beetje te veel van het gezelschap van vrouwen te genieten — en dat geldt ook voor mijn gezelschap, hoewel hij bij mij in ieder geval niet zo raar doet als bij Ariël. Volgens mij heb ik hem zien kwijlen toen hij haar voor het eerst ontmoette.

"Misschien een familielunch?" zeg ik. "Dan zou je moeder er bij zijn om toezicht te houden."

"Tuurlijk," zegt Felix. "Maar je zult er spijt van krijgen dat je mam eraan hebt toegevoegd. Ondanks wat ik haar blijf zeggen, denkt ze nog steeds dat wij samen iets hebben."

Ariël grinnikt en ik schud alleen mijn hoofd. Zijn moeder denkt eigenlijk dat wij allebei, Ariël en ik, iets met Felix hebben. Ik weet niet zeker of het komt, omdat polygamie een ding is in Oezbekistan, of omdat ze ervan overtuigd is dat haar zoon onweerstaanbaar is voor vrouwen — of beide.

"Geweldig," zeg ik. "Ik ga onderzoeken wie voor ons de eigenaar van dit appartement was en of het Russen waren. Ik zal ook uitzoeken of mijn adoptieouders een Russische afkomst hebben, of dat ze huisdieren hadden, of, wat dat betreft, of *zij* Cognizanten zijn — aangezien we de neiging hebben om elkaar aan te trekken."

"Je moeder heeft niet de gloed van het mandaat," zegt Felix. "Maar ik heb je adoptievader nooit ontmoet."

"Het is onwaarschijnlijk dat een Cognizant met een mens zou trouwen," zegt Ariël.

"Maar aan de andere kant ze zijn wel gescheiden," zegt Felix en hij gilt van de pijn. Ariël moet hem onder de tafel hebben geschopt.

Ik slaak een opgeluchte zucht. Als mam ook een Cognizant was, dan weet ik niet wat ik zou doen.

Ik eet nog een lepel van mijn ontbijt en geef Fluffster de volgende. "Ik moet zo naar mijn werk, dus we zullen de lunch via de app moeten regelen."

"Geen probleem," zegt Felix en hij haalt zijn telefoon tevoorschijn. "Laat me mijn ouders even bellen."

"Ga je je havermout nog opeten?" vraagt Fluffster in mijn hoofd.

"Nee." Ik duw het bord naar hem toe. "Eet jij het maar op."

"Ik zit vol," zegt Fluffster, maar hij loopt naar de havermout toe en kijkt er treurig naar. "Ik denk dat ik het ga eten. Het is zonde om goed eten weg te gooien."

"Felix heeft me zoals gewoonlijk te veel gegeven," zeg ik. "Hij denkt dat mijn maag net zo groot is als de zijne."

Fluffster kijkt afkeurend naar het niet lege bord van Felix. "Die jongen gaat dit huishouden financieel ten gronde richten."

Felix doet alsof hij bezig is met de telefoon, maar ik zie dat hij een grijns probeert te onderdrukken terwijl hij tegen me zegt, "Welkom in de dictatuur."

"Dat heb ik gehoord," zegt Fluffster in mijn hoofd — en gezien de reactie van Felix, is het duidelijk dat hij de gedachte ook heeft gehoord, wat bewijst dat de domovoj gedachten naar meerdere mensen tegelijk kan sturen.

"Hoi, mam," zegt Felix in de telefoon. Hij bedekt het

mondstuk en zegt, "Sorry, jongens, ik ga even naar de woonkamer."

"Geen respect voor ouderen," mompelt Fluffster in mijn hoofd, terwijl hij chagrijnig naar Felix kijkt.

"Ik kan maar beter gaan," zeg ik terwijl ik opsta. "Ik moet aandelen evalueren."

"Wacht," zegt Fluffster in mijn hoofd. "Mag ik je voordat je gaat om een grote gunst vragen?"

"Natuurlijk, vriendje," zeg ik hardop en ondanks de aanhoudende hoofdpijn kan ik niet anders dan glimlachen. Ik heb gewoon een multidirectionele dialoog met mijn huisdier. "Wil je je stofbad?"

"Felix kan me met het bad helpen," zegt Fluffster. "Ik had gehoopt dat je me een van je goocheltrucs kon laten zien. Ariël heeft me zoveel over hen verteld, maar je hebt me er nooit iets van laten zien."

"Het spijt me," zeg ik met mijn ogen knipperend. Dit moet de eerste keer zijn dat ik ervan beschuldigd word iemand mijn effecten *niet* te hebben laten zien. "Ik wist niet dat je het zou begrijpen —"

"Maak je niet druk," zegt Fluffster, zijn mentale stem is extra rustgevend. "Het is gewoon iets wat ik dolgraag wil zien."

Hoewel ik me echt naar mijn werk moet haasten, denk ik niet dat ik tegen zo'n schattige en knuffelige toeschouwer nee kan zeggen. Trouwens, nu het me verboden is om magie uit te voeren voor mensen die *niet* onder het mandaat vallen — en dat zijn ze bijna allemaal — moet ik deze kansen koesteren.

"Laat hem zien wat je met de kaarten doet," zegt Ariël.

"Iets met kaarten." Ik onderdruk de neiging om Ariël te straffen voor het reduceren van een hele tak van magie tot zo'n trivialiteit. Ik laat mijn handen nonchalant vallen zodat ze evenwijdig aan mijn zakken zijn en zeg, "Begrepen. Jammer dat ik geen kaarten bij me heb. Maar hé, kun je een aansteker voor me pakken?"

"Hier." Ariël loopt naar het aanrecht en pakt de aansteker die we daar bewaren om zo nodig de kachelbranders weer aan te steken.

Aangezien ze haar eigen aandacht en die van Fluffster zo bewonderenswaardig verlegt, duik ik in mijn zakken om er zeker van te zijn dat ik de benodigde rekwisieten heb.

Ik heb een pak kaarten in de ene zak (wie niet, toch?) en willekeurige gebruiksvoorwerpen in de andere, inclusief een kleine aansteker waarvan ik net heb gedaan alsof ik die niet had. Ik slaak een zucht van verlichting als mijn vingers over flitspapier strijken — iets wat ik ook in de meeste van mijn zakken bij me heb. Dit zorgt ervoor dat ik wat flair aan mijn effect kan toevoegen, dus ik zeg, "Maak ook een propje van wat keukenrol."

Flitspapier is nitrocellulose — een explosief dat op de een of andere manier het rekwisiet van een goochelaar is geworden. Wanneer het wordt aangestoken, dan geeft het een extreem heldere vlam, zoals de gecombineerde flitsen van ontelbare telefooncamera's. En als het spul tot een propje is gevormd, dan lijkt het heel veel op gekreukte keukenrol.

Ariël doet wat haar is opgedragen. Ondertussen bereid ik voor wat ik nodig heb zonder dat Fluffster of Ariël het in de gaten hebben.

"Alsjeblieft," zegt ze en ze geeft me het propje papier.

Ik pak de keukenrol en doe alsof ik er een strakkere prop van maak, maar in werkelijkheid leg ik het op het verfrommelde flitspapier. Ik doe dan net alsof ik het papier verder opprop en het is heel gemakkelijk om de originele keukenrol in mijn handpalm te houden en het propje flitspapier zichtbaar te laten zijn.

Zowel Fluffster als Ariël heeft de wissel niet opgemerkt, waardoor ik me beter voel over alle uren van mijn leven die ik aan deze beweging heb besteed.

"Kijk nu goed naar het papier," zeg ik tegen ze, vooral omdat ik het leuk vind om ze zo te bedriegen, maar ook omdat het psychisch zegt dat ik wil dat ze goed opletten dat het propje niet verwisseld wordt. Op deze manier zullen ze later zweren dat het papier niet verwisseld kon zijn, omdat zij het 'al die tijd in de gaten hadden gehouden.' Het helpt ook bij het volgende deel, want terwijl ze naar mijn hand staren, missen ze het moment waarop ik de stapel kaarten in mijn zak palm.

"Kun je een beetje naar achteren gaan, Fluffster?" vraag ik, deels als misleiding en deels omdat ik me echt zorgen maak dat de vlam zijn prachtige vacht in brand zou kunnen steken.

Terwijl hij zich naar achteren haast, verplaats ik het papier naar de hand die stiekem op het dek ligt. Geen van beide toeschouwers kan vanuit hun gezichtspunt het kaartspel zien. Ik gebruik dan mijn nu lege linkerhand om de aansteker uit Ariëls hand te pakken.

Ze vragen me niet naar het verplaatsen van het papier. Fluffsters beweging had hen afgeleid en ik gebruikte ook een principe dat in magie als 'in transit-actie' bekend staat. Het propje ging in de hand die ik nodig had alsof ik plaats moest maken voor de aansteker. Ik bedoel, zou ik als een barbaar een aansteker met mijn linkerhand pakken?

Van binnen lach ik.

Het eerste deel van de truc is nog niet begonnen voor zover Fluffster en Ariël denken, maar qua methodologie is het al voorbij.

"Let heel goed op." Ik steek de aansteker aan. "Ik ga van deze keukenrol een spel kaarten maken."

Ik raak met de aansteker de prop van flitspapier aan en de explosieve substantie ontbrandt — Ariël en Fluffster verblindend precies op het moment dat ik het pak kaarten in mijn uitgestrekte hand opnieuw vastgrijp.

Mijn eigen hoofdpijn laait dankzij het ultrahelder licht weer op, maar ik beschouw de pijn als een waardig offer voor mijn kunst.

"Wauw," roept Ariël uit.

"Hoe?" vraagt Fluffster in mijn gedachten.

Voor hen leek het alsof er in een flits een propje keukenpapier in een spel kaarten is veranderd.

"Ik ben nog niet klaar," zeg ik en begin aan mijn eigen versie van de beroemde Liftkaartroutine — een effect waarbij een kaart bovenaan op de stapel verschijnt nadat hij in het midden is gelegd, onder steeds moeilijker wordende omstandigheden. De meeste fasen die ik ze laat zien, komen uit magische boeken, maar ik eindig met een finale die ik heb verzonnen.

Ariël gilt van blijdschap terwijl de kaart naar boven springt, ondanks dat het kaartspel terug in de kaartdoos gaat en in Ariëls handen wordt gehouden.

"Je bent zoveel beter dan die vent op YouTube," zegt Fluffster met een rimpel in zijn knaagdierenneus.

"Kijk je naar YouTube?" Ik staar hem verbijsterd aan. Ik heb nog steeds genoeg verstand om mijn hand uit te strekken naar Ariël, die het dek er weer in legt.

Omdat iedereen denkt dat de truc voorbij is, gebruik ik hun gebrek aan aandacht om het kaartspel voor de opgepropte keukenrol te ruilen die ik al die tijd heb verborgen. Dan zeg ik, "Oh, nog een laatste dingetje. Ik zou je je propje keukenrol terug moeten geven."

Ik onthul dat het spel kaarten 'teruggedraaid' is in het propje keukenrol en Ariël bekijkt het ongelovig voordat ze het als een schat in haar zak stopt.

"Fluffster kijkt graag naar YouTube," zegt Felix als hij de kamer weer binnenkomt. Hij kijkt me aan met die heel irritante uitdrukking die hij heeft als hij denkt te weten hoe ik iets heb gedaan. Vaak weet hij het inderdaad, dus ik ben blij dat hij het grootste deel van mijn optreden heeft gemist. "Ik heb voor hem een computer in mijn kamer geïnstalleerd," vervolgt hij. "Als je een diploma voor kattenvideo's zou kunnen krijgen, dan zou hij nu dokter Fluffster zijn."

"Is het niet eng voor je om naar katten te kijken?" vraagt Ariël. "Aangezien je in het lichaam van een knaagdier zit en zo."

"Nee," zegt Fluffster, vermoedelijk in al onze hoofden. "Ik hou van katten. Nou, van de meeste katten — niet die van de buurvrouw. Misschien was ik vroeger een kat?"

Nu ik geen magie doe, keert mijn gevoel voor tijd terug en ik besef dat ik zo laat zal zijn dat ik geen tijd zal hebben voor het onderzoek dat Nero had geëist — en ik wil niet op zo'n slechte manier aan onze mentor-leerling-relatie beginnen. "Ik moet gaan," zeg ik terwijl ik naar de deur loop.

"Ik heb de lunch met mijn ouders geregeld," zegt Felix als ik langs hem loop. "Ik zal je de details appen."

"Klinkt goed," zeg ik vanuit de deuropening. "Tot later allemaal."

In de gang waag ik een blik op mijn telefoon en ik zou willen dat ik dat niet had gedaan.

Ik ben niet alleen te laat, maar ik heb ook berichten van Nero. Hij heeft nog een paar aandelen aan zijn vroeg-in-de-ochtendvraag toegevoegd.

Als ik nu niet naar kantoor ga, dan ben ik de klos.

Ik haast me naar de lift als er een bekende stem aan het eind van de gang weerklinkt.

"Sasha," zegt Rose vrolijk. "Ik ben blij dat ik je tegen het lijf ben gelopen."

Ik draai me om als ze dichterbij komt.

Met een recyclingzak in de ene hand en een kat in de andere, lijkt Rose een van haar goede, kwieke dagen te hebben. Dit gebeurt sporadisch, alsof Rose een duik in het buitenaardse verjongingsbad uit de film *The Cocoon* heeft genomen waar Mam zoveel van houdt.

Ik ben helemaal niet verrast als ik de mandaataura bij Rose zie. Dat ze een van de Cognizanten is, is het enige dat haar relatie met de mode-achtige Vlad, die dankzij zijn vampirisme haar kleinzoon lijkt te zijn, op zijn minst gedeeltelijk kan verklaren.

Katachtige ogen staren in de mijne en ik ben opgelucht dat de kat Lucifur van Rose niet dezelfde aura heeft als de rest van ons.

Als dit wezen bovennatuurlijk was, dan zou ik me grote zorgen maken.

De kat realiseert zich dat ik terug staar en (hoewel dit mijn verbeelding kan zijn) geeft ze me een heerszuchtig knikje. Haar ogen lijken te zeggen, "Ah, als het niet de boer is die ons majestueuze leven heeft gered toen de vijanden van de kroon samenspanden om ons die walgelijke sleutel te laten inslikken. We zullen je een gunst verlenen, boer. We laten je je zielige leven behouden. Geniet van deze eer. Ga nu uit ons zicht."

Ik verlies de staarwedstrijd met de kat en om het te verdoezelen, zeg ik, "Laat me helpen." Ik ga naar Rose toe, pak de recyclingzak en breng hem naar de afvalverwerkingsschacht.

"Vlad heeft me al over je status verteld, maar ik moest het zelf zien." Rose knikt waarderend naar mijn mandaataura als ik haar weer aankijk. "Hoe kon ik niet beseffen dat je een Cognizant was?"

Ik bestudeer haar aandachtig. Met haar zware, maar stijlvol aangebrachte make-up ziet ze er minstens twintig jaar jonger uit dan de tachtigplusser waarvan ik altijd had gedacht dat ze die was — maar aan de andere kant, als Cognizant is ze misschien wel exponentieel ouder.

"Dus Vlad is niet je neef," zeg ik, terwijl ik door nieuwsgierigheid bijna vergeet hoe laat ik al voor mijn werk ben.

"Nee, dat is hij niet," zegt Rose en ik zie door de make-up heen een blos. "Mijn excuses voor die leugen. Ik weet niet eens zeker waarom ik het zei. Misschien omdat onze relatie zo verbonden is met mijn kracht dat ik —"

"En welke kracht is dat?" vraag ik, mijn nieuwsgierigheid wordt nog verder aangewakkerd.

"De kracht van een heks natuurlijk," zegt ze terwijl ze haar kin optilt. "Ik had gedacht dat dat deel duidelijk zou zijn."

"Niet voor mij. Je bent de eerste heks die ik heb ontmoet."

"Dat is waarschijnlijk maar het beste," zegt Rose en ze streelt Lucifur achter haar oor — tot spinnend genot van het wezen. "Sommigen van ons kunnen... minder dan aardig zijn."

Ik kan het niet helpen om naar de broze gestalte van Rose te kijken en me af te vragen wat ze daarmee bedoelt. Laat ze doorschemeren dat heksen op de een of andere manier slecht of gevaarlijk zijn? Omdat ik haar niet wil beledigen, stuur ik het gesprek naar waar ik het meest nieuwsgierig naar ben. "Dus hoe hebben jij en Vlad elkaar ontmoet?"

Er verschijnt een kleine glimlach op het gezicht van Rose. "Het was in Frankrijk," zegt ze, terwijl haar blik in de verte staart. "Vlak voor die vreselijke revolutie —"

"Wacht," zeg ik. "Wat bedoel je met 'in Frankrijk?' Ben je van oorsprong Frans?"

"Ik dacht dat je dat wist," zegt Rose en ze kijkt neer op haar stijlvolle outfit, als bevestiging.

"Je hebt geen accent," zeg ik en realiseer me dat Rose met de achternaam Martin inderdaad uit Frankrijk zou kunnen komen.

"Natuurlijk niet," zegt ze trots. "Ik woon al sinds de burgeroorlog in de Verenigde Staten. Maar als je twijfelt..." Ze gaat verder met iets te zeggen in wat vloeiend Frans klinkt.

Mijn kater komt weer naar boven en laat de gang draaien. "Dus, als je zegt dat jullie elkaar rond de Franse Revolutie hebben ontmoet, dan heb je het over die met Lodewijk XVI, Marie Antoinette, Robespierre en Napoleon?"

"Ja," zegt Rose. "En de burgeroorlog was die met Abraham Lincoln, die zo aardig was —"

Aan de andere kant van de gang gaat een deur open

en een van onze buren komt naar buiten. Hij heeft geen mandaataura en hij lijkt rond de leeftijd van Rose te zijn, alleen weet ik nu dat dat niet het geval is. Hij zou met gemak de achter-achter-achterkleinzoon van Rose kunnen zijn.

Rose trekt bijna onmerkbaar haar neus op, zoals ze altijd doet als deze buurman met haar probeert te flirten. Nu ik weet wat ik weet — dat ze een knappe vriend heeft (of misschien een echtgenoot?) — kan ik haar niet kwalijk nemen dat ze geen interesse in de oudere man heeft.

"Hoi, Rose," zegt hij en glimlacht, een tactisch foutje, gezien de bevlekte tanden.

"Hallo, meneer Duffertnizer," zegt Rose met een nog killere stem dan normaal.

Lucifur blaast venijnig naar de man en ze doet aan territoriale leeuwen denken die in natuurprogramma's te zien zijn. Meneer Duffertnizer — die diezelfde natuurprogramma's moet hebben gezien — doet onderdanig een stap achteruit in de richting van zijn appartement.

"We zullen dit gesprek later voort moeten zetten, Rose," zeg ik. "Als ik niet snel op mijn werk verschijn, dan zal Nero —"

"Zeg maar niets meer," zegt Rose, haar gezichtsuitdrukking doet aan de Mona Lisa denken. "Ik kan maar beter Luci te eten geven voordat ze helemaal chagrijnig wordt."

Zowel meneer Duffertnizer als ik kijken naar de kleine bol van zenuwen in de handen van Rose en we vragen ons af hoe deze kat eruit zou zien als ze echt chagrijnig zou zijn. Hij blijft echter moedig op zijn plaats staan en als ik de lift instap hoor ik hem proberen om weer met Rose in gesprek te komen.

Ik verlaat het gebouw, pak de eerste taxi die mijn kant op komt en begin me in te lezen over de aandelen die Nero me heeft gevraagd om onderzoek naar te doen.

———

Om 10:45 trek ik mijn ogen van mijn werkmonitor weg. In de tien van de vijftien resterende minuten voor mijn deadline schrijf ik mijn aanbeveling in een e-mail aan Nero. Mijn vinger stopt echter voordat ik op 'Verzenden' druk.

Dit is niet mijn beste werk. Omdat mijn tijd beperkt was, moest ik de kortste route nemen en de resulterende analyse is meer instinctief dan ondersteund door gegevens.

Als ik eerlijk ben tegen mezelf, dan is deze aanbeveling niet veel beter dan een weloverwogen gok.

"Het grootste deel van de financiële sector draait op ingevingen," zeg ik tegen mezelf en klik resoluut op de verzendknop.

Dan staar ik naar mijn inbox, in de verwachting dat Nero onmiddellijk zal antwoorden met een soort vermaning over mijn gebrek aan onderzoeksnauwkeurigheid.

Als er geen direct antwoord komt, leid ik mezelf af door de voicemail te checken.

Twee van de voicemails blijken van mijn vader te zijn en mijn schuldgevoel over het doen van een waardeloze analyse gaat over in een meer bekende schaamte: dat ik een twijfelachtige dochter ben. Met inbegrip van deze twee berichten, heb ik op dit moment waarschijnlijk meer dan een dozijn voicemails van papa genegeerd.

Niet dat hij het niet verdient. Als in een vreselijk cliché heeft hij mama met zijn secretaresse bedrogen, wat tot de breuk in mijn adoptiegezin heeft geleid. Ik weet niet of mijn sterke reactie op hun scheiding normaal was of dat het erger werd doordat mijn biologische ouders me in de steek hebben gelaten.

Wat de reden ook was, ik heb papa jarenlang niet onder ogen kunnen zien.

Na een tijdje had ik hem genoeg vergeven om opnieuw contact te maken. Tot zijn fout was hij een goede vader geweest en zelfs na de scheiding had hij al onze rekeningen betaald tot ik bij mijn moeder wegging — hoewel zijn haai van een advocaat ervoor had gezorgd dat hij dat niet hoefde te doen. Maar meer recentelijk heeft hij mam volledig aan haar lot overgelaten en daarom ben ik weer boos op hem. Het is misschien irrationeel, maar het voelt alsof hij ons gezin alweer in de steek heeft gelaten.

Ik zoek Braxton Urban in mijn contacten en staar naar het nummer. Wil ik dit doen? Dan tikt mijn vinger op het scherm en begint de telefoon over te gaan voordat ik bewust besluit terug te bellen.

Heb ik mijn vader vergeven of doe ik dit omdat ik vragen voor hem heb? Hij zou een Russische afkomst kunnen hebben die mijn domovoj zou verklaren.

In feite zou hij zelf een van de Cognizanten kunnen zijn.

Het is natuurlijk ook mogelijk dat mijn recente bijna-doodervaringen mijn woede op hem in perspectief hebben gebracht. Als een van die zombies me had vermoord, dan zou papa extra verdriet hebben gehad, omdat we elkaar zo lang niet hadden gezien.

De telefoon blijft overgaan en ik realiseer me dat ik stiekem hoop dat ik zijn voicemail krijg — wat volkomen onlogisch is. Ik denk dat een deel van mij denkt dat als ik een bericht voor hem achterlaat, ik zou kunnen doen alsof mijn eerdere vermijding op zijn minst gedeeltelijk kwam doordat hij niet bereikbaar was en niet —

"Sasha!" Papa's anders norse stem vloeit over van opwinding. "Lieverd, ik ben zo blij om van je te horen."

"Hoi pap," zeg ik schaapachtig. Zijn enthousiasme versterkt mijn schuldgevoel meer dan enige berisping zou hebben gedaan. Als het mama was geweest die in papa's schoenen had gestaan, dan zou ze beginnen met, "Dus je weet nog dat je een moeder hebt?"

"Ik heb je op tv gezien," zegt papa. "Je was geweldig."

"Bedankt, pap," zeg ik en ik vraag me af of hij actief probeert om me me schuldig te laten voelen. Nu heb ik er spijt van dat ik de uitnodiging voor de tv-studio aan mama heb verspild. Als ik eerlijk tegen mezelf was, dan had ik geweten dat mama niet zou komen opdagen, net zoals ik er nu van overtuigd ben dat papa uit San Francisco zou zijn gevlogen, waar hij nu woont, om er voor me te zijn.

Aan de andere kant, als hij was gekomen, dan zou hij hebben gezien dat een zombie probeerde om me te vermoorden en dan zou hij door vampiers tot vergetelheid zijn gebracht, dus misschien is het maar beter dat hij er niet was.

"Vertel me alsjeblieft niet hoe je dat hebt gedaan," zegt pap, terwijl hij herhaalt wat hij altijd tegen de tiener-ik zei als een van mijn effecten hem voor de gek hield — een zeldzaamheid toen ik begon.

"Natuurlijk," zeg ik net zo sarcastisch als vroeger. Ik denk dat pap de ontmaskerende YouTube-video niet heeft gezien. "Ik wilde het je vertellen, maar nu je het niet wilt weten..."

Volgens het oude script lacht papa zijn onmiskenbare diepe lach.

Instinctief werp ik een blik in mijn inbox. Er is een e-mail van Nero met maar één regel.

Kom nu naar mijn kantoor.

"Pap, ik heb iets voor mijn werk te doen, maar we moeten afspreken om bij te praten," zeg ik in de telefoon. "Kom je binnenkort naar New York?"

Papa zegt even een paar seconden niets. Hij kan waarschijnlijk niet geloven dat ik hem zojuist heb uitgenodigd om af te spreken. "Ik ben hier tot dinsdag," zegt hij ten slotte. "Daarom belde ik."

"Fantastisch. Heb je maandag tijd om te lunchen?"

"Ik heb voor jou altijd tijd, lieverd. Wat dacht je van het Fuji Emporium? Je houdt toch nog steeds van sushi, nietwaar?"

"Klinkt geweldig," zeg ik. "Sorry, ik moet nu echt gaan."

"Geen probleem," zegt hij. "Ik zie je daar om 12.30 uur. Maandag."

"Tot later." Ik hang de telefoon op als ik papa "Ik hou van je —" hoor zeggen.

Ik staar even naar de telefoon en richt mijn aandacht dan op mijn inbox.

Om de een of andere onbekende reden gaat mijn hartslag omhoog, alsof ik bang ben voor wat er zal gebeuren als ik Nero zie. Maar dat is absurd. Ja, besprekingen met je baas zijn belangrijk en kunnen stress veroorzaken, maar na de laatste paar dagen die ik heb gehad zou je denken, dat ik me om zulke alledaagse dingen niet meer druk zou maken. Tenzij dit opwinding is over het ontmoeten van mijn nieuwe mentor?

Ik weet wat het niet is — kriebels om de persoon te zien over wie ik heb gedroomd om hem te kussen.

En van wie ik even had gedacht er echt mee gezoend te hebben.

Dat kan het niet zijn, want het was al die tijd Kit, een raadslid die van gedaante kan veranderen.

De echte Nero heeft geen idee dat we gekust hebben, want dat hebben we nooit gedaan.

Terwijl ik in de richting van Nero's kantoor door

het gebouw loop, verergeren de symptomen van angst en ik neem in de lift mijn toevlucht tot ontspannende ademhalingen om te kalmeren.

Ben ik bang dat hij me vandaag zal ontslaan? En als hij dat doet, zou hij dan ook zijn verantwoordelijkheden als mentor beëindigen (wat die ook zijn)? Zou ik hem ooit nog terugzien —

Wacht.

Wat kan het mij schelen of ik hem ooit nog zal zien?

Bijna op de automatische piloot vertel ik Venessa — een van de irritantere exemplaren in Nero's horde van assistenten — dat ik verwacht word. Ze kijkt even ongelovig, maar geeft me dan met tegenzin opdracht om door te lopen.

Mijn verraderlijke handen trillen als ik naar de klink van Nero's kantoordeur reik.

Met knikkende knieën strompel ik de helder verlichte, ruime, modern-kunstzinnige kamer binnen alsof het het duistere en koude ondergrondse hol van een kwaadaardige schurk is.

HOOFDSTUK DRIE

NERO STAAT MET ZIJN BREEDGESCHOUDERDE RUG NAAR ME TOE. Hij staat naast een van die mooie zit-sta-bureaus die momenteel in een staande positie staat. Zijn overhemd omsluit zijn lichaam en terwijl zijn vingers over het toetsenbord springen, dansen zijn soepele spieren onder het katoen.

Ik slik luid.

Hij verstijft eventjes. Zonder zich om te draaien, zegt hij, "Zitten."

Ik kom in de verleiding om "Ik ben geen hond" te zeggen, maar ik hou me in. In plaats daarvan plof ik in de ultra-ergonomische bezoekersstoel, zonder mijn blik van het imposante lichaam van mijn baas/mentor af te wenden.

Hij blijft typen en mijn ogen blijven op zijn rug gericht.

Wat is er vandaag met me aan de hand?

Nero drukt op een knop op zijn bureau en het

draait langzaam 180 graden. Hij beweegt mee met de rotatie van het bureau en al snel merk ik dat ik naar zijn gebeeldhouwde gezicht staar.

"Ik wist niet dat je bureau zo kon draaien," zeg ik met een droge mond. Hij antwoordt niet, dus ik schraap mijn keel en voeg eraan toe, "Het is best cool."

"Ik kom zo bij je," zegt hij met dat bijna komisch diepe, dierlijke gegrom van een stem die zoveel indruk op het vrouwelijke personeel maakt.

Op iedereen behalve op mij.

Ik had tenminste niet het idee dat zijn stem me iets deed. Vandaag ben ik daar iets minder zeker van.

Zou het kunnen zijn, omdat de stem tussen die strenge lippen vandaan kwam waarvan ik me levendig herinner ze te hebben gekust?

Nee.

Dit is gewoon de stomme kater die met mijn hoofd rommelt. Dat en de adrenaline die door zorgen over mijn gebrekkige onderzoek wordt gegenereerd.

Nero drukt op een andere knop op zijn bureau en het ding schuift in een zittende positie.

Hij zakt weg in zijn stoel alsof het een troon is, zijn ogen verlaten het scherm geen moment.

Mijn nervositeit verandert langzaam in irritatie.

Hoelang is hij van plan om me zo te laten wachten?

Ik haal rustig adem en herinner mezelf eraan dat hij me zo lang kan laten wachten als hij wil. Hij betaalt mijn salaris en als hij me wil betalen om te zitten, dan moet dat maar.

Ik probeer niet te gaan zitten friemelen en kijk

rond in het chique kantoor. Dit is tenslotte mogelijk mijn laatste kans om het te zien.

Het kantoor van Nero is net zo groot als mijn appartement en heeft een fitnessruimte, een kleine bibliotheek en volgens de geruchten hier op kantoor een stoomkamer.

Zowel de fitnessruimte als het stoombad brengen onwelkome beelden in mijn geest, waarvan de meeste van zweet voorzien zijn dat op Nero's naakte lichaam glinstert. Ik speur wanhopig de kamer af naar iets anders om over na te denken. Iets wat niet sexy is — zoals een proctoloog met netelroos, die ook voor de belastingdienst werkt.

Een prachtig schilderij van een surrealistisch landschap trekt mijn aandacht. Aan de onderkant strekt zich een zilveren Grand Canyon-achtige bergrug uit, terwijl aan de top onbekende sterformaties met zeven verschillend gearceerde manen te zien zijn. En voor het geval het niet buitenaards genoeg lijkt, maakt een magnifiek poollicht het plaatje compleet.

Is dit een van Nero's legendarische schilderijen?

Volgens de roddels hier op kantoor schildert Nero om te ontspannen — een verhaal dat ik altijd ongeloofwaardig heb gevonden. Ik kan me moeilijk voorstellen dat Nero zich ooit ontspant, hij is het voorbeeld van een Type A-persoonlijkheid.

"Dit is geweldig onderzoek," zegt Nero, zijn blik nog steeds op het scherm gericht.

"Praat je eindelijk tegen me?" zeg ik, deels omdat ik niet kan geloven dat hij het over mijn halfslachtige gissingen heeft en deels omdat ik me door zijn manier van handelen nog steeds gekleineerd voel — of hij nou wel of niet mijn baas is.

"Je moet leren om een compliment gracieus te accepteren als het wordt gegeven." Nero verwaardigt zich eindelijk om me aan te kijken. Zijn grijsblauwe ogen lijken een vage zweem van vrolijkheid te bevatten en als dat waar is, dan zou dat de eerste keer zijn dat ik dat zie. "Je analyse is in lijn met mijn... intuïtie over deze bedrijven."

Mijn ogen worden groot bij de implicatie. Ik ben er vrij zeker van dat zijn zogenaamde intuïtie een eufemisme is voor materiële niet-openbare informatie — of handel met voorkennis, zoals de SEC, de overheidsinstantie die dat soort zaken vervolgt, het zou noemen.

"Dank je," zeg ik, zonder om verduidelijking te vragen wat Nero bedoelde, zodat als de SEC me later ondervraagt, ik geen meineed hoef te plegen.

"Ik wil dat je hetzelfde geweldige werk voor deze portfolio doet," zegt Nero en hij draait zijn scherm naar me toe.

"Tuurlijk." Ik kijk naar de lijst met aandelen, maak een snelle mentale schatting en zeg, "Ik zou dit tegen het einde van volgende week klaar moeten hebben."

"Ik heb het vandaag om vijf uur nodig." Nero draait zijn scherm terug en hij typt weer even. Mijn telefoon piept meteen.

Ik klop op mijn zakken om het apparaat te vinden. Ik vind het en scrol snel door zijn e-mail om de onmogelijkheid te bevestigen van wat hij vraagt. Ik probeer ervoor te zorgen dat mijn stem niet overslaat en zeg, "Er staan ongeveer twintig aandelen op deze lijst."

"Zesentwintig." Nero kijkt weg van het scherm en recht in mijn ogen.

Ik staar zonder te knipperen terug. Hij moet echter een wedstrijdkampioen in staren zijn, want ik ben de eerste die wegkijkt. Terwijl ik mijn blik op zijn linkeroor gericht houd (en merk dat hij, bizar genoeg, een zeer symmetrische oorlel heeft), zeg ik, "Dat is niet veel tijd."

"Ik ben ervan overtuigd dat je het aankunt." Nero kijkt naar zijn scherm alsof ons gesprek voorbij is.

Ik blijf zitten en wacht een paar seconden, zodat ik niet opspring en hem een klap geef. Als het duidelijk is dat Nero is vergeten dat ik nog in de kamer ben, schraap ik nadrukkelijk mijn keel en zeg, "Hoe zit het met het mentorschap?"

"Ik begeleid je al sinds je hier bent komen werken," zegt hij en hij kijkt me weer aan. "Je bent een van de beste analisten —"

"Ik heb het over een ziener zijn." De kamer om me heen voelt onaangenaam warm aan en voordat ik me realiseer wat mijn handen doen, maak ik de bovenste knoop van mijn shirt los.

"Ah. Dat." Nero's blik valt op mijn ontblote sleutelbeen en neemt zo'n roofzuchtige uitdrukking aan dat ik het shirt meteen weer dichtknoop en zou willen dat ik het ook met een sjaal kon bedekken. Hij brengt zijn blik weer naar mijn gezicht en zegt, "Ik denk dat je grote vooruitgang boekt."

Ik leg mijn handen stevig op mijn schoot en wens dat het gepast werkgedrag zou zijn om je baas bij zijn gesteven overhemdkraag te grijpen en hem eens goed door elkaar te schudden. Maar aangezien geweld op Wall Street wordt afgekeurd, kalmeer ik mijn haperende ademhaling en zeg zo nep liefjes als ik kan, "Wat heeft je dat idee gegeven?"

"De manier waarop je jezelf voor de Raad van New York vrij hebt weten te spreken." Hij laat zijn toetsenbord los.

"Wat bedoel je met de Raad van New York?" vraag ik fronsend. "Bedoel je niet de Raad?"

Nero trekt zijn wenkbrauw op. "Denk dat een bestuursorgaan voor alle Cognizanten in de wereld zich om een zaak als de jouwe zou bekommeren?"

"Dus er zijn andere Raden?" Ik frons. "Waarom sprak iedereen dan over *de* Raad in plaats van over *een* Raad?"

"Ik kan me voorstellen dat het om dezelfde reden is waarom mensen Manhattan 'The City' noemen," zegt Nero.

"Oké..." Ik besluit me daar later in te verdiepen en zeg, "Dus je denkt echt dat ik als ziener 'grote vooruitgang' heb gemaakt?"

"Jij niet?" Nero's blauwgrijze ogen krijgen een staalachtige glans, waardoor de donkere ringen rond de irissen opvallen.

"Nee." Ik vecht tegen de neiging om weer weg te

kijken. "Ik had het geluk dat ik een paranormale droom had over de ontmoeting met de Raad en als ik dat niet had gehad, dan zou ik —"

"Had je een droom?" Nero's ogen vernauwen zich intens. "Niet gewoon een visioen? Vertel me alles." Hij slaat zijn armen over elkaar.

"Het was niet maar één droom," zeg ik. "Het waren er veel."

Ik ga verder met Nero te vertellen over de keer dat ik tijdens mijn tv-optreden flauwviel en hoe die droom tijdens het flauwvallen me een waarschuwing voor een dreigende zombie-aanval had gegeven. Vervolgens beschrijf ik de droom waarin ik het gesprek van Chester en Beatrice af kon luisteren, de droom waarin ik de lijken zag die me later probeerden te doden. Ik ga verder met de droom waarin Beatrice een stervende vrouw in een ziekenhuis reanimeerde en hoe ik tijdens een dutje in een taxi direct nadat ik die aanval had overleefd, een versie van de ontmoeting met de Raad had gezien.

De droom waar ik hem niet over vertel, is die waarin ik hem kuste — of, zoals later bleek, Kit.

Nero's gezichtsuitdrukking is onleesbaar terwijl ik praat, maar als ik bij de droom kom die ik had nadat ik flauwviel tijdens een gevecht met Beatrice, de droom waarin ik eigenlijk dood was gestoken, spannen de spieren in zijn nek zich aan en ik merk een lichte tik op in zijn kaak. Ik denk dat hij het niet leuk vindt hoe dicht hij bij het verliezen van zijn Sasha-vormige melkkoe is geweest.

Tot slot zeg ik, "Vannacht heb ik helemaal geen dromen gehad."

"Dus geen enkel wakker visioen?" Nero haalt zijn armen van elkaar en er verschijnt een nadenkende blik op zijn gezicht.

"Kan ik een wakker visioen krijgen?" Ik kan mijn opwinding moeilijk onderdrukken. "Is een wakker visioen hoe het klinkt? Een visioen over de toekomst terwijl ik —"

"En elke droom had iets met een stressvolle gebeurtenis te maken," zegt Nero alsof hij tegen zichzelf praat. Hij lijkt zich niet bewust te zijn van mijn vragen.

"Nou —"

De deur achter me gaat open en Venessa stormt naar binnen. "Meneer" — ze kijkt Nero bijna liefdevol aan — "uw afspraak van 11:30 is er. Het is meneer —"

"Ah, juist." Nero schudt zijn hoofd, alsof hij hem van mijn volkse problemen wil verlossen. "Stuur hem maar door."

Venessa werpt me een onheilspellende blik toe en sluit de deur.

Nero wijst naar zijn scherm en zegt, "Ik heb dat onderzoek voor 4:45 nodig."

"Je zei een paar minuten geleden nog vijf uur," zeg ik. "Nu heb ik een kwartier minder de tijd?"

Nero staat op, drukt op een knop en zijn bureau schuift in een staande positie. "Dat klopt," zegt hij koeltjes. "Als je er een probleem mee hebt, dan ben je vrij om je bij de vampiers bij Goldman Sachs te voegen. Daar zijn ze veel relaxter."

Ik wil vragen of hij het gedeelte over vampiers letterlijk bedoelt — met mijn nieuwe leven weet je het maar nooit — maar ik beperk me tot een "Ja, meneer," gecombineerd met een saluut in militaire stijl. Helaas kijkt hij me niet meer aan, zijn blik is weer op de monitor gericht.

Ik weet dat ik moet vertrekken, maar ik kan het niet laten. "Als je er zo weinig om geeft om me iets over de wereld van Cognizanten te leren, waarom ben je dan mijn mentor geworden? Was het om ervoor te zorgen dat ik niet met deze baan kan stoppen?"

In plaats van te antwoorden bladert Nero door de papieren op zijn bureau. Hij vindt een haveloos visitekaartje, geeft het aan me en zegt, "Bel dat nummer voor Oriëntatie."

"Oriëntatie?"

"Ik ben te laat voor mijn vergadering." Hij werpt een scherpe blik op de deur.

Ik schiet overeind en stamp het kantoor uit.

Als ik zie wie er moest wachten tot Nero en ik uitgepraat waren, zakt mijn woede merkbaar. Nero's bezoeker was ooit de burgemeester van New York City en hij is momenteel een van de rijkste mensen ter wereld.

Waarom is hij hierheen gekomen in plaats van dat Nero naar hem toe is gegaan?

Niet voor het eerst vraag ik me af hoe rijk en invloedrijk Nero werkelijk is — in de gewone mensenwereld bedoel ik dan. Omdat deze vergadering 'heel erg' schreeuwt.

Ik vraag me ook af of het bezoek van de miljardair de reden is waarom ik al dit snelle onderzoek moet doen. Als Nero een soort van aangepaste portfolio voor hem doet, dan is de druk veel logischer.

Nog steeds onrustig loop ik naar de kantine.

Het eten wordt hier zwaar gesubsidieerd en is van vijfsterrenrestaurantkwaliteit. Vandaag is een dag van de Franse keuken, dus ik vul mijn dienblad met een paar gougères (kleine kaassoesjes) en een stokbrood voor bij mijn ratatouille. Na een korte overweging neem ik ook een met bananen gevulde crêpe als toetje en vijf kleine kopjes noisette (het Franse equivalent van macchiato).

Gezien hoe moe ik me voel, had ik als ze een infuus met koffie hadden gehad, dat waarschijnlijk ook op mijn dienblad gezet.

Terwijl ik in de lange rij in de spits sta om te betalen, bedenk ik hoe ik in een paar uur tijd zesentwintig aandelen ga onderzoeken. Dan roept een bekende stem achter me mijn naam.

Ik spring een beetje op, en het dienblad valt bijna op de grond voordat ik het opvang.

Als ik me omdraai, herken ik Lucretia, de psycholoog die Nero bij het fonds houdt om ervoor te zorgen dat al zijn hulptandwielen in optimale staat zijn. Net als ik is ze een Cognizant, maar in tegenstelling tot ik is ze een pre-vamp — iets wat ik leerde toen ik haar gisteravond op mijn jubileum zag.

"Ik hoop dat ik je niet heb laten schrikken," zegt Lucretia met haar kalmerende stem. Ze leunt dicht naar mijn oor toe. "Ik voelde net zoveel ontevredenheid in je dat ik gewoon iets moest zeggen."

Ik trek me weg van haar roze lippen. "Je deed wat?"

Mijn dienblad trilt een beetje, dus ik probeer mijn handen te kalmeren. Adrenaline van Lucretia's hallo moet mijn hersens nog steeds aan het verwarren zijn, want ik had kunnen zweren dat ze gewoon als een Jedi klonk, voelde...

"Oh, dat wist je niet." Ze leunt weer naar voren en fluistert, "Ik ben een empaat." Ze kijkt me verwachtingsvol aan, maar er moet een volledig lege uitdrukking te zien zijn, want ze voegt eraan toe, "Ik kan emoties voelen, vooral als ze sterk zijn."

Mijn geest racet naar de beste vraag uit miljoenen, maar het enige dat ik kan opbrengen is, "Maar je kunt mijn gedachten niet lezen, toch?"

"Helaas niet, nee." Ze kijkt om zich heen om er zeker van te zijn dat we niet worden afgeluisterd en verduidelijkt met zachte stem, "Alleen emoties. Toch is het voor mijn werk een zegen."

Natuurlijk.

Een psychiaterempaat.

Geen wonder dat haar vaardigheden zo legendarisch zijn. In een wereld van normale menselijke psychologen is een empaat zijn alsof je de enige ziende kunstcriticus bent, of de enige gynaecoloog met armen, of —

"Dus wat irriteert je zo?" vraagt ze, deze keer zonder naar voren te leunen.

De lijn vordert en ik volg, me afvragend of ze gebonden is aan de vertrouwelijkheidsovereenkomsten die we eerder hebben besproken.

"Dit zou tussen ons zijn," zegt Lucretia als we weer stilstaan. Ik hoop echt dat ze net niet mijn gedachten heeft gelezen, ondanks haar eerdere verzekeringen van het tegendeel.

"Nero heeft me heel veel werk gegeven." Ik schuif van de ene voet naar de andere. "Meer niet."

"Ik weet dat er meer aan de hand is," zegt ze met blauwe ogen die vol bezorgdheid zijn. "Je zou echt eens langs moeten komen voor een sessie."

"Ik zal erover nadenken," zeg ik en het is niet helemaal een leugen. Ik denk er meteen over na nadat ik de woorden heb gezegd en besluit om het niet te doen. Ze staat daar en kijkt me geduldig aan, dus ik voeg eraan toe, "Op dit moment heb ik geen tijd."

"Ik kan met Nero praten als je —"

"Nee," zeg ik, misschien te nadrukkelijk. "Laat me alsjeblieft mijn eigen problemen oplossen."

"Natuurlijk," zegt ze, terwijl ze me zo meelevend aankijkt dat ik het gevoel krijg om haar hier en nu in vertrouwen te nemen. Toch weersta ik de verleiding. Ik zou veel wanhopiger moeten zijn om mijn hart te luchten terwijl ik in de rij sta bij de kantine.

In de ongemakkelijke stilte die volgt, zie ik twee jongens vanaf de nabijgelegen rij naar ons staren en hoor de een tegen de ander zeggen, "Nee, ik denk niet dat ze familie zijn."

Niet dit weer.

Alleen omdat we allebei bleek zijn, blauwe ogen hebben, slank zijn en zwart haar hebben, wil nog niet zeggen dat we op elkaar lijken.

Dan komt er een wilde gedachte bij me op.

"Lucretia," zeg ik en mijn hartslag versnelt. "Heb je kinderen?"

Ze verstijft even en schudt dan haar hoofd. "Nee, het spijt me. Ik heb geen kinderen!"

Daar gaat het gekke idee. Even had ik me afgevraagd of ze op de een of andere manier mijn biologische moeder zou kunnen zijn. Ondanks haar jeugdige uiterlijk is ze al eeuwen oud en had ze met gemak een kind van mijn leeftijd kunnen hebben — of die van de leeftijd van mijn overgrootmoeder. Maar aan de andere kant, ze is geen ziener, dus ik had beter moeten weten dan het te vragen.

Terwijl we in de rij blijven staan, realiseer ik me dat iets aan mijn vraag haar ongemakkelijk heeft gemaakt. Heb ik zojuist een pijnlijk onderwerp aangeroerd?

"Het spijt me. Het was niet mijn bedoeling om nieuwsgierig te zijn," zeg ik zacht en leun naar voren. "Ik hoop dat ik niet —"

"Het is goed." Ze schenkt me een gespannen glimlach. "Je weet dit waarschijnlijk nog niet, maar het is niet gemakkelijk voor ons om kinderen te krijgen met mensen." Ze dempt haar stem verder terwijl ze dit zegt en ik lees tussen de regels door.

Ze moet ooit een menselijke minnaar hebben gehad en ze konden samen geen kinderen krijgen.

Ik wil me nogmaals voor mijn ongevoeligheid verontschuldigen, maar we zijn al bij de kassa en de kassabediende zegt luid, "Contant of creditcard?"

Ik zet mijn dienblad bij de kassa en haal mijn pas tevoorschijn. "Ik betaal voor ons allebei," zeg ik, op Lucretia's dienblad wijzend.

"Oh nee, dat hoeft niet," begint ze, maar ik wuif haar protest weg.

"Nee, alsjeblieft, ik sta erop."

Ze schudt haar hoofd en glimlacht. "Nu moet je me echt nog een keer voor een sessie op komen zoeken."

"Misschien," zeg ik, in de veronderstelling dat het geen leugen is om dat te zeggen, ook al is de kans dat ik ga een fractie van een procent. "Op dit moment kan ik fysiek niet. Te veel werk."

"En je weet zeker dat je niet wilt dat ik daarover met Nero ga praten?"

"Ik weet het zeker," zeg ik en ga opzij. "Excuseer me alsjeblieft. Ik moet aan het werk."

"Eet smakelijk," zegt Lucretia. "Ik hoop je snel te zien."

"Dank je," zeg ik en ik ontsnap uit de kantine.

Als ik bij mijn bureau kom, zet ik een heleboel artikelen op mijn schermen en lees ze terwijl ik het heerlijke eten gedachteloos en zonder echt plezier verslind.

In de tijd die ik heb, kan ik alleen de basis van elk bedrijf leren. Dus ik verdeel mijn resterende tijd methodisch in zesentwintig gelijke slots en geef geen enkel aandeel meer dan die kleine hoeveelheid.

Om 16.30 uur voelen mijn ogen alsof ze K/W-ratio's en P&L-cijfers bloeden.

Ik begin mijn suggesties voor Nero op te schrijven. Ik heb mijn best gedaan, maar gezien de omstandigheden zou ik mijn aanbevelingen gissingen noemen — en zelfs geen goed onderbouwde.

Een geblinddoekte aap die darts naar mijn monitoren gooit, is misschien net zo nauwkeurig. Aan de andere kant is er onderzoek dat aangeeft dat apen die darts gooien in het algemeen net zo nauwkeurig *kunnen* zijn als financiële experts. Dit is natuurlijk meer een bewijs van de aandelenselectievaardigheden van financiële experts — een van de vele redenen waarom ik bij wat ik doe me altijd nogal nutteloos heb gevoeld.

Om 16:44 e-mail ik alles naar Nero en slaak een zucht van verlichting. Het is een ongerechtvaardigde opluchting, aangezien ik binnen een paar minuten mijn baan zou kunnen verliezen of op zijn minst mijn eindejaarsbonus.

Tegen de tijd dat ik naar de waterkoeler loop en terug, staat er een bericht van Nero in mijn inbox.

Dit is het. Armoede, hier kom ik.

HOOFDSTUK VIER

Ik staar naar Nero's e-mail, bang dat ik door de spanning ben gaan hallucineren.

Goed gedaan, zegt Nero's e-mail. *Ga zo door.*

Hoe heb ik goed werk kunnen leveren als ik nauwelijks tijd heb gehad om een goede analyse te maken? Wat nog belangrijker is, hoe kan hij zo snel weten of mijn aanbevelingen goed zijn? Heeft hij me meer aandelen gegeven waar hij illegale 'intuïties' over heeft gehad?

Ik wrijf in mijn ogen, kijk op mijn telefoon en zie twee appjes van Felix.

De lunch is op vrijdag om één uur, bij het Nargis Café. Hier is een link naar de Yelp-pagina.

Ik volg de link. Het menu en de recensies zijn veelbelovend, maar de zaak ligt in Brooklyn, wat een langere lunch betekent (goed) en natuurlijk een reis naar Brooklyn (niet zo goed).

Ik zal er zijn, antwoord ik.

Daarna lees ik zijn andere bericht.

Ik heb de informatie over de vorige huurders van ons appartement uitgezocht. Ze klinken in de verste verte niet eens Russisch en er is hier nooit iemand overleden. Ik heb echter iets ontdekt dat je nooit zult geloven. Bel me.

Geïntrigeerd (zoals zijn bedoeling was), vraag ik mijn telefoon om Neofiel te videobellen — mijn persoonlijke bijnaam voor Felix vanwege zijn obsessie met Neo uit *The Matrix*.

Het lachende gezicht van Felix verschijnt na enkele ogenblikken. Achter hem is een muur van minstens een dozijn monitoren en een apparaat dat het nieuwste ergonomische toetsenbord moet zijn. Het lijkt verdacht veel op de toetsenborden in *The Matrix*.

"Ik wist dat je zou bellen." Felix draait zich om in zijn zwarte stoel die op die van een tandarts lijkt, waardoor hij me uitzicht geeft op een gigantische kamer die er als een datacenter vol met supercomputers uitziet. "En geloof me, het is het waard."

"Ik heb een rotdag," zeg ik. "Kun je het gewoon zeggen?"

"Raad eens van wie ons gebouw is?" zegt Felix met een zangerige stem.

"Van de President van de Verenigde Staten?" zeg ik, terwijl ik probeer om joviaal te klinken, ondanks het diepe gevoel van onheil dat me plotseling overvalt.

Felix schudt zijn hoofd. "Hint, hint, hij is ook de eigenaar van het gebouw waar je op dit moment zit."

"Nee," zeg ik en het voorgevoel wordt een zekerheid. "Dat meen je niet."

"Nero Gorin," zegt Felix triomfantelijk. Dan fronst hij. "Gaat het met je?"

Ik moet er net zo ongemakkelijk uitzien als dat ik me voel. Tot nu toe had ik gedacht dat ik maar op één manier dakloos kon worden: als Nero me zou ontslaan. Nu kan hij ook nog mijn huurcontract niet verlengen als ik hem kwaad genoeg maak. Ik hou van ons huis en —

"Serieus, wat is er aan de hand?" vraagt Felix fluisterend.

De bezorgdheid op zijn gezicht is ontroerend. Als hij hier was, dan zou hij waarschijnlijk een knuffel krijgen, ondanks hoe ongemakkelijk hij reageert als ik hem knuffel.

"Gewoon veel werk." Ik richt mijn telefoon op mijn schermen waarop nog een heleboel artikelen staan. "Nero is op dit moment niet bepaald mijn favoriete persoon."

Alsof in antwoord op mijn woorden, tingelt mijn werk-e-mail en ik kijk naar het scherm en zie weer een e-mail van Nero in mijn inbox.

Ik draai de camera van de telefoon weer naar mezelf toe. "Ik moet weer aan het werk. Bedankt dat je dit domovoj-ding voor me hebt onderzocht. Ik ben je wat verschuldigd."

"Geen probleem." Zijn grijns is aanstekelijk, dus ik grijns terug en hang dan op.

Nero's nieuwe lijst met aandelen is iets korter dan de vorige (maar nog steeds een paar dagen werk), en mijn deadline is 'voordat de markt morgen opengaat.'

Ik bestel Mexicaans eten en ga aan de slag. Tegen de tijd dat mijn eten komt, ben ik zo moe dat ik amper na kan denken en nadat ik mijn burrito heb gegeten, combineert de voedselcoma met uitputting de kwaliteit van mijn toch al twijfelachtige onderzoek aanzienlijk.

Om 20:37 typ ik mijn e-mailrapport voor Nero, maar ik verstuur het niet. Gezien mijn deadline, plan ik de e-mail voor de volgende dag om 6:00 uur. Dit zou Nero de tijd moeten geven om actie te ondernemen en dan zal het lijken alsof ik er extra hard aan heb gewerkt — misschien de hele nacht.

Terwijl ik mijn best doe om te doen alsof ik alleen maar naar buiten ga om mijn benen te strekken, sluip ik het gebouw uit en begin zonder na te denken te lopen.

Als ik de straat oversteek, begin ik een ongemakkelijk gevoel te krijgen, een soort jeuk tussen mijn schouderbladen.

Ik kijk om me heen, maar zie niemand naar me kijken. Toch blijf ik het gevoel houden.

Als ik niet beter wist, dan zou ik denken dat iemand van het kantoor heeft besloten om me te volgen — maar mijn collega's bij het beleggingsfonds zijn echt niet *zo* nieuwsgierig.

Het kost me een paar minuten om te beseffen waar ik heen ga.

Een goochelwinkel.

Meestal koop ik mijn magische boeken en rekwisieten online, maar niets is met de rustgevende eigenschappen te vergelijken om een fysieke goochelwinkel binnen te gaan. Voordat ik de puberteit bereikte, was een goochelwinkel mijn Toys'R'Us en snoepwinkel in één. Naarmate ik borsten kreeg, ging ik echter minder vaak naar goochelwinkels, vanwege de overmatige kwijlende aandacht van het overwegend mannelijke klantenbestand.

Er klinkt een bel als ik naar binnen loop.

De eerdere paranoia gaat niet helemaal weg en ik heb het gevoel dat de denkbeeldige nieuwsgierige collega buiten naar me staat te kijken.

Oh, wat maakt het uit, laat ze kijken. Ik heb buiten het werk een leven en ik schaam me er niet voor.

De goochelwinkel doet duidelijk geen goede zaken — ik denk dat ik niet de enige ben die haar magie online bestelt. De helft van de schapruimte wordt nu door grappen zoals scheetkussens en nephopen poep ingenomen.

De winkel is leeg gedurende het moment dat ik om me heen kijk, maar dan komt er een besnorde hipster van mijn leeftijd tevoorschijn. Zijn ogen worden groter als hij me ziet en zijn snor lijkt in beide richtingen langwerpig te worden.

"Jij bent dat Sasha-meisje," roept hij uit. "Ik heb je op tv gezien. Je was geweldig."

"Bedankt," zeg ik, blij dat hij het YouTubeontmasker-fiasco heeft weggelaten. "Heb je boeken over de illusie van het vangen van een kogel?"

Na de gebeurtenissen van pasgeleden, heb ik me afgevraagd of ik een pistool moest kopen. Ik ben niet van de wapens zoals Ariël, maar ik heb altijd al eens op een dag illusies met betrekking tot wapens willen onderzoeken. Misschien waren al die zombie-aanvallen het universum dat me vertelde dat 'op een dag' nu is.

"We hebben alleen dit." De hipsterman reikt in een grote boekenplank en geeft me een klein boekje.

Ik kijk ernaar. De reclame op de achterkant beschrijft een effect waarbij een artiest een kogel met een lucifer verwarmt, waardoor deze afvuurt, om vervolgens in de mond van de artiest terecht te komen.

Kortom, deze truc mist het meest dramatische deel van de illusie — het pistool.

"Ik wil iets van een groter kaliber," zeg ik. "Grapje."

"Dat is alles wat we hebben." Hij laat zijn snor bewegen.

Ik ben niet echt verbaasd. Het vangen van een kogel is een belachelijk gevaarlijke illusie. Minstens zes zeer beroemde goochelaars zijn tijdens het uitvoeren ervan overleden. Toch heeft elke grote tv-illusionist die ik kan bedenken er een versie van gemaakt en ik heb altijd gedacht dat ik me bij die club moest aansluiten — dat wil zeggen, totdat een Cognizant zijn mijn hoop om op tv te komen beëindigde.

"Ik heb dit over een Russische roulette-routine." De man pakt nog een, iets dikker, boekje van de plank en legt het voor me neer. "Het effect is dat je een kogel in een revolver steekt, eraan draait en 'jezelf neerschiet' in —"

"Ik weet wat een Russische roulette-routine is," zeg ik, terwijl ik probeer om mijn irritatie niet te laten blijken.

De man bloost. "Ik wilde niet impliceren dat je het niet wist. Timothy laat ons aan alle klanten effecten uitleggen. Ongeacht hun geslacht."

Ongeacht geslacht.

Dat is hetzelfde als een zin beginnen met "Ik wil niet seksistisch klinken, maar..."

"Ik heb mijn eigen Russische roulette-routine bedacht," zeg ik tegen hem. Wat ik niet zeg, is dat ik zonder een pistool mijn idee nooit voor een publiek heb getest, dus het kan slecht zijn.

"Dat is geweldig," zegt hij overenthousiast, duidelijk bezig om zijn blunder te willen verdoezelen. "Ga je het publiceren?"

Wat een geweldige vraag.

Moet ik, nu ik geen illusies meer kan maken, mijn ideeën gaan publiceren, in plaats van postuum zoals ik half grappend van plan was, zodat andere goochelaars ze kunnen gebruiken?

Nee.

De effecten die ik heb uitgevonden zijn als mijn baby's en als ik ze aan andere illusionisten zou geven, dan zou het zijn alsof ze op een luchthaven zouden worden achtergelaten zodat een ander gezin ze kan vinden.

"Nee," zeg ik resoluut. "Ik neem al mijn spullen mee het graf in."

De man kijkt oprecht teleurgesteld — wat waarschijnlijk betekent dat hij niet weet hoe ik de dingen in de tv-show heb gedaan en hij had waarschijnlijk gehoopt om het geheim in mijn boek te leren. Waarschijnlijk wil hij weten hoe ik de gastvrouw zover heb gekregen om de Hartendame te noemen voordat ik het op mijn arm had laten tatoeëren.

"Luister," zegt hij samenzweerderig en werpt een blik op de beveiligingscamera. "Meestal ben ik degene die effecten demonstreert, maar ik vroeg me af of je me iets kunt laten zien?"

Als zijn doel was om zichzelf te verlossen, dan is hij zojuist met vlag en wimpel geslaagd. Er is geen groter compliment dat een goochelaar een ander kan geven dan te vragen om iets te laten zien. Gewoonlijk wacht iedereen gewoon op zijn beurt om met zijn eigen vaardigheden te pronken.

Ik aarzel even, herinner me het verbod van de Raad op mijn optredens en besluit dan dat dit daarmee niet in strijd is. Deze man zal in geen miljoen jaar denken dat ik echt ben. Hij weet hoe de meeste effecten tot stand komen.

Op mijn hoede om iets te laten zien dat ik zelf heb uitgevonden, voordat het gestolen wordt, herhaal ik voor hem wat ik Fluffster bij het ontbijt heb laten zien. Er zijn maar weinig dingen in die routine die een man die in een goochelwinkel werkt voor de gek zouden houden, maar hopelijk kan hij mijn uitvoering van alle bewegingen waarderen.

"Dat was geweldig," zegt hij als ik klaar ben. Hij strijkt peinzend over zijn snor, waardoor ik denk dat ik mijn vaardigheid om hem voor de gek te houden toch heb onderschat.

"Niet slecht," zegt een raspende nieuwe stem. "Je vaardigheid om te palmen is behoorlijk goed. Voor een meisje."

Ik draai me om en zie dat de nieuwkomer een mollige man van in de zestig met wit haar is. Ik moet het hem nageven, hij is erin geslaagd om alsof uit het niets te verschijnen.

"Timothy." De verkoper lijkt nu op een konijn dat in het nauw is gedreven. Net als ik had hij niet gemerkt dat zijn baas stiekem naar mijn optreden stond te gluren.

Ik ontmoet Timothy's waterige blik en frons. "Wat bedoel je precies met 'voor een meisje?'"

Ik heb van Timothy Bandicoot, de eigenaar van deze winkel, gehoord. Hij is in de goochelaarsgemeenschap van New York semi-beroemd, vooral omdat hij een beetje een contradictie is. Hoewel hij eigenaar is van een goochelwinkel, heeft hij ook een YouTube-kanaal waar hij zijn theorieën plaatst over hoe beroemde goochelaars hun illusies verwezenlijken. Nadat ik zijn show een keer had gezien, was ik teleurgesteld over enkele van de uitgebreide en onmogelijke theorieën die hij als de methoden achter de magie voorstelde.

Nu lijkt het alsof hij ook geen klantenservice-vaardigheden heeft. Misschien moet ik niet verbaasd zijn over alle neppoep in de schappen.

"Ik bedoelde dat als een compliment," zegt Timothy, terwijl hij over de glanzende kale plek op zijn schedel wrijft, alsof dat geluk moet brengen. "Palmen is moeilijk voor iemand met kleine en delicate handen als die van jou."

"Tuuuurlijk." Ik rol met mijn ogen. "Dus je zegt dat je me de kaarten hebt zien pakken, toch?"

"Maar natuurlijk," zegt Timothy. "Individuele kaarten en het hele kaartspel."

"Dat is vreemd," zeg ik. "Omdat mijn routine niet uit het palmen van een individuele kaart bestond."

"Onmogelijk," zegt Timothy. "Die keer dat de kaart in je zak belandde —"

"Wil je erom wedden? Je hebt me gefilmd." Ik wijs naar zijn beveiligingscamera. "We controleren de band en als daarop te zien is dat ik een kaart palm, dan krijg je duizend dollar. Als dat niet zo is, dan geef je mij vijfhonderd dollar."

Timothy kijkt smekend naar zijn besnorde volgeling. In mijn ooghoek zie ik de verkoper zijn hoofd schudden.

"We gaan zo sluiten," zegt Timothy. "Er is geen tijd voor spelletjes."

"Dan kan ik maar beter gaan." Ik loop triomfantelijk naar de uitgang.

"Hier," zegt de verkoper terwijl hij me inhaalt. Hij geeft me een boekje met een Russisch roulette-routine.

"Een bedankje voor het laten zien van je trucs." Zijn ogen lijken ook toe te voegen, "En een verontschuldiging voor het feit dat mijn baas een klootzak is."

"Bedankt," zeg ik, terwijl ik naar de deurklink grijp. Over mijn schouder voeg ik eraan toe, "Misschien kun je beter voor een online goochelwinkel gaan werken."

Ik sluit de deur met een harde klap en loop naar de metro.

Het gevoel bekeken te worden is er weer. Ben ik door alle research die ik voor Nero heb moeten doen gek geworden? Ik wou dat ik Lucretia of een andere professional in de geestelijke gezondheidszorg onder de sneltoets had om deze theorie te controleren.

Ik duw de gedachte weg, stap in de metro en begin in mijn cadeau te lezen. De tijd gaat zo snel voorbij dat ik bijna mijn halte mis.

Als ik het station verlaat, realiseer ik me dat mijn geest nog te verward is om naar huis te gaan. Gelukkig heb ik daar een perfecte remedie voor — een wandeling door Battery Park.

Dit park, genoemd naar de artillerie batterijen die hier in het meer gewelddadige verleden stonden, is veruit mijn favoriete plek in de stad. Er is gewoon iets aan wandelen langs het water van de haven van New York dat ongelooflijk rustgevend is. Zelfs mijn eerdere gevoel gevolgd te worden neemt af.

Dat wil zeggen, bijna.

Ik loop rustig over de promenade naar de jachthaven.

Zoals gewoonlijk is New Jersey aan de andere kant van de kust verlicht, net als het Vrijheidsbeeld in de haven. De boulevard is redelijk druk, maar als ik bij de jachthaven kom (dus stiekem naar binnen sluip), is er niemand in de buurt.

Ik stop naast een jacht van miljoenen dollars, parkeer mijn achterste op de pier en zwaai met mijn benen over het water. Ik pak het goochelboek en lees het verder bij het licht van de antiek ogende lantaarnpaal.

Het boek catalogiseert veel interessante methoden voor Russisch roulette. Sommige gebruiken een truc-geweer, andere gebruiken truc-kogels en anderen vertrouwen op vingervlugheid als het om het plaatsen van een echte kogel in een echt pistool gaat — wat ik heb overwogen om te doen toen ik over het uitvoeren van deze illusie fantaseerde.

Plotseling word ik door een diep gevoel van onheil overvallen.

Heb ik me onbewust voorgesteld dat ik tijdens een optreden een fout maakte en mijn hersens eruit blies?

Mijn onderbewustzijn moet vergeten zijn dat mijn ambities voor een tv-carrière voorbij zijn. En zelfs als Ariël het me zou laten doen, dan zou ik mijn leven niet riskeren voor een effect om alleen mijn huisgenoten te vermaken.

Tenminste, ik denk niet dat ik dat zou doen. Misschien als Felix jarig is —

Het licht van de lamp achter me dooft.

Ik sta op het punt om ernaar te kijken als er iets onverklaarbaars gebeurt.

Het ene moment zit ik op de pier en het andere moment plons ik in het water.

Mijn hoofd knalt tegen iets metaalachtigs en de wereld wordt wazig.

HOOFDSTUK VIJF

Mijn voeten raken als eerste het water, dan zakt de rest van mij in de kille diepten weg.

Door de schok van het koude water word ik genoeg uit mijn waas gehaald om eraan te denken om mijn adem in te houden.

Ik ben al vele jaren aan het oefenen om mijn adem in te houden voor een ontsnapping onder water die ik ooit zou kunnen doen. Al die oefening redt waarschijnlijk mijn leven terwijl ik mijn adem in blijf houden en naar boven zwem.

Net zoals ik tijdens mijn oefening heb gedaan, begin ik in mijn hoofd Mississippi's te tellen — mijn record tot nu toe is achtenzeventig.

Ben ik net geduwd of ben ik uitgegleden? En als ik geduwd werd, wie deed het dan?

Als iemand achter me aan zit, kan het gevaarlijk voor me zijn om weer boven te komen.

Aan de andere kant, gezien wat ik over de ervaring

van verdrinking heb gelezen, zou ik misschien beter voor het onduidelijke gevaar van degene kiezen die me over het randje heeft geduwd.

Vijftien seconden.

Mensen hebben een instinct om onder water niet te ademen — een instinct dat zo sterk is dat het de angst voor zuurstofgebrek kan overwinnen. In ieder geval tot het breekpunt waarop te veel kooldioxide en te weinig zuurstof de hersenen dwingen om toch die fatale ademhaling te doen. En de gruwelijke waarheid over verdrinking is dat je waarschijnlijk bij bewustzijn bent wanneer die onwillekeurige ademhaling plaatsvindt.

Ik doe mijn ogen open en zwem onder water, terwijl ik probeer om vanaf de pier niet gezien te worden en niet te denken aan al het vuil, gebruikte condooms, dierlijk en menselijk afval, potentiële vleesetende bacteriën/amoeben en welke giftige chemicaliën de regen ook met zich mee zou kunnen brengen.

Mijn hoofd bonst op de plek waar ik hem toen ik in het water viel had gestoten, de pijn beïnvloedt mijn toch al aangetaste concentratie.

Vijfentwintig Mississippi's.

Ik weet niet zeker hoe erg ik in deze situatie op mijn zintuigen kan vertrouwen, maar ik zou zweren dat een groot silhouet het licht van de lantaarnpaal blokkeert. Het figuur ziet er enorm uit — moet door het water komen dat het vervormd is.

Ik span mijn ogen een paar seconden in.

Het verlangen om in te ademen wordt mijn hele wereld. Op de een of andere manier is het honderd keer pijnlijker dan tijdens mijn oefensessies om aan het water te ontsnappen — waarschijnlijk dankzij adrenaline. Vreemd genoeg voelen mijn longen alsof ze door gebrek aan lucht zullen barsten. Dit is tijdens mijn oefensessies nog nooit gebeurd.

De paniek maakt mijn beslissing voor me.

Ik ga doen alsof er niemand op de pier is.

Wanhopig zoek ik naar de trap aan de zijkant van de pier.

Ik zit nu op veertig Mississippi's, hoewel het mogelijk is dat de paniek mijn telling heeft verpest.

Terwijl mijn hand het metaal van de trap aanraakt, realiseer ik me dat ik een ernstige fout heb gemaakt.

Ik heb geen rekening gehouden met de effecten van adrenaline en mijn lichaam heeft net dat breekpunt bereikt.

Tegen mijn wil adem ik in.

Het water stroomt mijn mond en neus in en stroomt vervolgens door naar mijn longen.

Het voelt alsof ik zojuist gesmolten ijzer heb ingeademd.

Een geel-zwarte tint neemt mijn zicht over.

Alles in mij wil heen en weer zwaaien, maar het lukt me om krampachtig de metalen trap vast te grijpen en mezelf omhoog te trekken.

Een vulkaan explodeert in mijn luchtweg.

Ik heb geen idee meer van de tijd als ik mezelf de ene stap na de andere omhoog trek.

De pijn doet me aan de ceremonie denken. Wie denkt dat waterboarden geen marteling is, moet eens op deze manier water inademen. Ik zou iedereen alles vertellen om dit te laten stoppen.

Met een enorme wilskracht trek ik mezelf nog een trede omhoog en koude avondlucht raakt mijn gezicht.

Op dit moment lijkt de helft van het water van de haven in mijn longen te zitten. Met een nieuwe golf van ondraaglijke pijn, hoest en kokhals ik en het water spuit uit mijn neus en mond.

De stuiptrekkingen zorgen ervoor dat ik de ladder bijna loslaat, maar ik grijp ernaar alsof mijn leven ervan afhangt — wat waarschijnlijk ook het geval is.

Als ik dit overleef, dan zal er in mijn carrière nooit, maar dan ook nooit een ontsnapping onder water zijn (ervan uitgaande dat ik die carrière terugkrijg, tenminste). Ik ga waarschijnlijk niet eens meer zwemmen. In feite wil ik, net als Lucifur, misschien helemaal van baden afzien.

Ik beklim op de een of andere manier een andere trede van de ladder.

Mijn hersenen moeten overbelast zijn met de pijn, want ik kan me de volgende paar treden niet herinneren.

In slow-motion, alsof ik nog steeds onder water ben, kruip ik de pier op en krijg ineens een black-out.

Ik word met een zucht wakker en laat me in een
zittende positie vallen.

Er is geen figuur op de pier.

Ik ben hier alleen.

Mijn borst voelt alsof er door een olifant op is
gestampt — wat niet logisch is, tenzij ik bovenop bijna
verdronken te zijn ook een hartaanval krijg.

Ik haal een paar pijnlijke, maar verkwikkende
ademhalingen en kom langzaam overeind.

Mijn hoofd bonkt en mijn ribbenkast doet pijn,
maar mijn hart klopt gestaag. Ik heb het echter zo koud
dat als mijn tanden tanden hadden, zelfs zij zouden
klapperen.

Op benen die als verbrande lucifers aanvoelen,
strompel ik de jachthaven uit, de blikken van de
mensen negerend die over de promenade slenteren.

Zonder een bewuste keuze te maken, begin ik te
rennen.

Ik wed dat hardlopen na mijn beproeving niet door
een dokter zou worden aanbevolen, maar het
verwarmt me en verdrijft een deel van de watten uit
mijn hoofd.

Waarom heb ik geen nuttige droom gehad die me
van tevoren voor deze bijna-verdrinking heeft
gewaarschuwd? Heeft de ceremonie mijn krachten
afgenomen? Ik dacht dat het mandaat een middel was
om de Cognizanten stil te houden over ons bestaan,
maar misschien is er in mijn geval iets mis gegaan?

Wat nog belangrijker is, heeft iemand me in het
water geduwd of ben ik er zelf in gevallen? Dat laatste

lijkt onwaarschijnlijk, maar als iemand me wil pakken, waar zijn ze dan en waarom hebben ze me niet afgemaakt toen ik bewusteloos was?

Niet dat ik het erg vind om in leven te blijven. Als mijn potentiële moordenaar bedenkingen had, vind ik dat best.

In dit tempo bereik ik mijn gebouw in slechts enkele minuten. Als ik in de lift stap, bedank ik voor mijn zegeningen dat er geen buren in de buurt zijn die me kunnen zien.

In het reflecterende oppervlak van de lift zie ik eruit als een mix tussen een natte kat, een gebruikte dweil en de winnaar van een natte T-shirtwedstrijd.

Ariël begroet me in de gang als ik de deur open.

"Wauw." Ze kijkt naar mij en dan naar het raam. "Ik wist niet dat het regende."

"Het regent niet," zeg ik en ik moet net zo ellendig klinken als ik me voel, want ik kan bijna de tandwielen in Ariëls brein zien draaien terwijl ze zich in wat Felix en ik liefkozend haar 'moederkloekmodus' noemen, gaat.

"Laten we die natte kleren uittrekken en vertel me wat er is gebeurd," zegt Ariël met de strenge, maar zorgzame stem die aangeeft dat de modus volledig is geactiveerd.

Ik begin mijn uitleg terwijl ik naar de badkamer ga en begin me uit te kleden.

Ariël zet haar toekomstige-dokterhoed op en onderzoekt zorgvuldig mijn schedel en ribben, terwijl ze de hele tijd haar hoofd schudt. In de spiegel zie ik blauwe plekken op mijn borst. De bult op mijn hoofd is niet zichtbaar, maar ik kan de bult voelen als ik hem aanraak en Ariël kan dat ook.

"Dit is niet goed," mompelt ze terwijl ze de douche aanzet terwijl ik mijn tandenpoets om de vieze smaak van het water kwijt te raken. Terwijl ik de tandpasta uitspuug, vertel ik Ariël verder over het gevoel van paranoia dat aan de bijna-verdrinking voorafging.

"Ga erin." Ariël opent de deur naar de stomende douche en leidt me onder de straal.

In het begin voelt het water kokend aan, maar ik wen er al snel aan en krijg weer het gevoel in mijn tenen terug. Ik schrob alles tot het pijn doet en tegen de tijd dat ik eruit kom, ben ik helemaal roze en rood. Terwijl ik me afdroog, meet Ariël mijn vitale organen, stopt me in haar fleece badjas en sleept me naar de keuken.

"Dit is echt vreemd." Ze plaatst een ijspack in mijn linkerhand en laat me zien waar ik het tegen mijn hoofd moet houden. "De manier waarop je ribben gekneusd zijn — dat heb ik eerder gezien. De eerste keer dat ik in het leger een reanimatie had gedaan, had ik zulke sporen achtergelaten, omdat ik niet wist wat ik deed en te hard op de borst van het slachtoffer had geduwd."

"Reanimatie?" Ik onderdruk beelden van een enge vreemdeling die zijn mond op de mijne legt. "Ik ben er vrij zeker van dat ik ademde toen ik eruit kwam."

"Degene die het bij jou heeft uitgevoerd, is duidelijk niet handig als het om eerste hulp gaat."

Ariël duwt een kop bijna kokende thee in mijn rechterhand.

"Maar waarom was hij of zij er niet toen ik bijkwam?" Ik blaas op de thee om hem af te koelen. "En waarom heeft niemand het alarmnummer gebeld?"

"Misschien was het de persoon die je heeft geduwd. Je zei dat je iemand door het water heen zag en dat er niemand was toen je wakker werd."

Ik frons en nip voorzichtig van mijn thee. "Dat slaat nergens op. Waarom zou je me proberen te vermoorden, om me vervolgens te redden?"

"Misschien was het doel om je bang te maken?"

"Maar waarom?" Ik neem nog een slok van de thee. Het is kamille met honing, realiseer ik me vaag. "Als je iemand bang maakt, dan vertel je hen meestal waarom. Zoals, 'praat niet met de politie of anders.'"

"Ik ben het met je eens." Ariël ploft in de stoel naast de mijne. "Het is allemaal heel onlogisch."

"Over politie gesproken." Ik leg mijn ijszak goed. "Moet ik dit melden?"

Ariël trommelt met haar vingers op de tafel, op haar mooie gezicht zijn lijnen van bezorgdheid te zien. "Ik betwijfel of ze veel voor je kunnen doen, als ze je al geloven. En als dit er iets mee te maken heeft dat je een Cognizant bent, dan kun je ook in de problemen komen met de Raad."

Geweldig. Ook dat nog. "Is er een politie voor Cognizanten waarmee ik kan praten?"

"Dat zijn Vlad en zijn mensen een soort van," zegt Ariël. "Je zou naar hem toe kunnen gaan, maar misschien kun je beter eerst naar je mentor gaan. Dat is wat Vlad je waarschijnlijk zou vertellen om te doen."

"Nero?" Ik zet mijn kopje neer en masseer de brug van mijn neus. "Moet dat? Hij is niet echt mijn favoriete persoon op dit moment."

"Waarom niet? Wat heeft hij gedaan?"

"Niets, eigenlijk." Ik pak de thee weer op en neem een boze slok die mijn verhemelte verbrandt. "Hij heeft ervoor gezorgd dat ik mijn werk veel daadkrachtiger heb gedaan dan normaal. Ik veronderstel dat dat niet echt een misdaad tegen de menselijkheid is."

Ariël trekt haar wenkbrauwen op. "Echt waar? Is dat alles?"

Zul je altijd zien. Ariël weet op de een of andere manier dat ik een geheim over Nero heb. Ik heb haar niets over het gedoe met kussen verteld en het is nu geen goed moment om het uit te leggen. Sterker nog, ik weet niet zeker of er ooit een goed moment zal zijn om —

"Denk je dat Chester hierachter zou kunnen zitten?" vraagt Ariël. "Hij is door jou zijn zetel in de Raad kwijtgeraakt, dus misschien was dat zijn wraak?"

Dit is iets waar ik al even over na heb gedacht, maar ik ben blij dat Ariël degene is die het ter sprake brengt. "Denk je dat hij zoiets zou doen? Gaius had gezegd dat nu ik onder het mandaat val, ik veilig voor hem zou zijn."

"Ik ken Chester niet persoonlijk, dus ik heb geen idee, maar wie heeft er nog meer een wrok tegen je?"

Ik denk erover na. "Weet je, als het Chester was, dan

zou dat de vreemde reanimatie kunnen verklaren." Ik verplaats het ijspack van mijn hoofd naar mijn pijnlijke ribbenkast. "Als Chester me had vermoord, dan zou hij in de problemen zijn gekomen met de Raad, maar zoals het er nu voor staat, heb ik alleen een vreselijke duik genomen en is hij veilig voor alle gevolgen — tenzij ik kan bewijzen dat hij degene is die me erin heeft geduwd."

"Als dat het geval is, dan moet je met Nero praten en hem vertellen dat je Chester verdenkt, ongeacht hoe je op dit moment over je mentor denkt."

"Ik zal erover nadenken," zeg ik en gaap luid.

"In ieder geval ga je de komende tijd nergens heen zonder mij." Ariël masseert haar rechtervuist met haar linkerhandpalm.

"Dat is waanzin. Ik moet werken en jij hebt je dingen voor je medische opleiding."

"Blijf dan niet tot zo laat bij het fonds werken en —"

"Word ontslagen," zeg ik. "Nee. Dat is niet de oplossing, maar ik heb wel een idee dat je leuk zult vinden."

Ariël slaat haar armen over elkaar. "Wat?"

"Zal ik mezelf bewapenen?"

"Zou *jij* een pistool dragen?" Ze maakt haar armen los en ziet er zo opgewonden uit dat je zou denken dat ik me vrijwillig aanbood om haar voet een jaar lang te masseren in plaats van een apparaat te kopen dat mijn tenen eraf kan schieten.

"Het is zeker beter dan jou mee te moeten slepen," zeg ik. "Met alle respect."

"Ik zal mijn mannetje bellen," zegt Ariël met hetzelfde ongepaste enthousiasme. "Weet je wat voor een je wilt?"

"Ik zat aan een revolver te denken," zeg ik, terwijl ik me het nu verdronken goochelboek herinner. "Tenzij jij iets anders voorstelt."

"Zelf heb ik liever een semi, maar een revolver zou wel iets voor jou kunnen zijn. Om te beginnen, als je je wapen op de grond laat vallen, is de kans kleiner dat een revolver per ongeluk vuurt."

"Ik hoop dat ik mijn denkbeeldige wapen helemaal niet laat vallen. Maar goed om te weten."

"De revolver heeft ook geen veiligheidspal." Ariël wrijft met haar duim en wijsvingers over haar kin.

"Is dat goed of slecht?" Ik drink mijn thee in één grote slok op.

"Als je in een vuurgevecht zit, met al die adrenaline en zo, dan zou je kunnen vergeten om de veiligheid eraf te halen. Dat gebeurt meer dan je zou denken. Bovendien loopt een revolver minder snel vast."

"Geweldig." Ik geef haar het ijspack terug. "Waarom zou iemand iets anders dan een revolver nemen?"

"Er zijn een aantal redenen waarom de strijdkrachten en de politie ze niet gebruiken." Ariël loopt weg en legt het ijspack terug in de vriezer. "Een revolver heeft bijvoorbeeld minder schoten."

"Dat is voor mij misschien niet zo'n groot probleem. Als er toch iets gebeurt, dan verwacht ik toch niet meer dan een paar kogels af te hoeven vuren," zeg ik. "Tenminste, ik hoop dat ik dat niet hoef te doen."

"Als we op hoop gaan vertrouwen, laten we dan een wapen voor je halen en hopen dat je het niet nodig hebt," zegt Ariël op haar wijze, ervaren toon. "Het is beter dan het nodig te hebben en het niet te hebben."

"Mee eens," zeg ik door nog een gaap heen.

"Ik neem je dit weekend ook mee naar de schietbaan." Ariël laat haar stem streng klinken. "Geen smoesjes meer."

"Prima." Ik gaap weer. "We gaan naar de club *en* schieten. Probeer je me in jou te veranderen?"

"Dat is al een derde gaap," zegt ze en gaapt ook. Ik moet aanstekelijk zijn. "Ga naar bed," zegt ze op diezelfde strenge toon. "Nu."

"Oké, mam," zeg ik en loop de keuken uit.

Als ik mijn kamer binnenkom, begroet Fluffster me bij de deur en begin ik aan mijn gebruikelijke voerroutine.

Terwijl hij eet, haal ik mijn telefoon uit de natte kleren. Tot mijn verbazing is het nog steeds functioneel — de waterdichte functie werkt echt. Ik hang mijn telefoon aan de oplader, maar zet hem uit om ervoor te zorgen dat ik vannacht ononderbroken kan slapen.

"Ik vind dit hooi echt lekker," zegt Fluffster in gedachten en ik realiseer me dat ik in mijn adrenalinedip was vergeten dat hij met me kan communiceren.

"Het is biologisch," zeg ik tegen hem. "Voor jou geen pesticiden."

"Is biologisch veel duurder dan regulier voer?" Fluffsters mentale stem klinkt erg bezorgd. "Ik betwijfel of ik het verschil zou kunnen proeven en —"

"Ik blijf je het biologische hooi geven," zeg ik, terwijl ik de neiging weersta om met mijn ogen te rollen. "Als ik biologisch eet, waarom jij dan niet?"

"Jij zou het verschil waarschijnlijk ook niet merken," moppert Fluffster. Hij moet dan de blauwe plekken opmerken als ik mijn nachthemd aantrek, want hij vraagt, "Ben je gewond?"

Na enig aandringen vertel ik mijn chinchilla wat er is gebeurd. Als iemand bewijs van mijn mentale instabiliteit zou willen verzamelen, dan zou een opname van dit gesprek waarschijnlijk een sterk argument zijn om me in een gewatteerde kamer op te sluiten.

"Je moet vanaf nu thuisblijven," zegt hij als ik klaar ben. "Dit gebeurt er als je naar buiten gaat."

"Jouw oplossing is net zo praktisch als die van Ariël," zeg ik tegen hem. Hij blaast trots zijn staart op, dus ik moet het verduidelijken, "Daarmee bedoel ik dat ze allebei *niet* praktisch zijn."

We discussiëren een paar minuten en uiteindelijk geeft hij het op — waarschijnlijk omdat hij weet dat ik zijn amandelen en stofbad af kan pakken als hij me kwaad maakt.

"Mag ik bij je knuffelen?" vraagt hij als ik eindelijk in bed lig.

"Natuurlijk." Ik heb online gelezen dat chinchilla's er niet van houden om op deze manier verstikt te worden, maar ik denk dat dit niet op hem van toepassing is — wat voor mij een droom is die uitkomt. "Altijd."

Ik val in slaap, terwijl ik mijn warme en hemels zachte domovoj als een teddybeer tegen mijn borst hou.

HOOFDSTUK ZES

Ik word wakker.

Ik heb geen visioendromen meer gehad. Ben ik ze voorgoed kwijt?

Mijn hoofd en ribben voelen veel beter en tegen de tijd dat ik in de keuken kom en een paar bosbessen-bananenpannenkoekjes van Felix op heb gegeten, voel ik me bijna net zo goed als op een gemiddelde vrijdagochtend.

Ik heb voor mijn werk zelfs een jurk aangetrokken — om de conservatieve ouders van Felix te behagen, die ik vandaag voor de lunch ontmoet.

"Ik denk niet dat Chester je in het water heeft geduwd," zegt Felix nadat ik mijn avonturen met hem heb gedeeld. "Het lijkt gewoon niet zijn stijl te zijn."

"Wat denk jij dan dat er aan de hand is?" Ariël eet vandaag als een holbewoner een pannenkoek met haar handen.

"Geen idee." Hij krabt aan zijn hoofd. "Ik kan

proberen om te zien of er beveiligingscamera's zijn die het incident hebben vastgelegd, maar ik zou er niet op rekenen."

Gedurende de rest van de maaltijd brainstormen we over theorieën, maar we kunnen niets bedenken dat het mysterie van de pier verklaart.

Ik excuseer mezelf, geef Fluffster te eten, trek een paar ballerina's aan die bij mijn jurk passen en vertrek.

"Vergeet niet dat we later vandaag lunchen," zegt Felix terwijl ik de voordeur achter me sluit.

"Zie je daar," zeg ik en haast me naar mijn werk.

ALS IK BIJ MIJN BUREAU KOM, staan er twee e-mails van Nero op me te wachten.

In de eerste is hij extatisch over mijn goede beslissingen van gisteravond, dus ik schijn het iets beter te hebben gedaan dan een geblinddoekte aap — mijn geluk moet nog voortduren.

In de tweede e-mail vraagt Nero me om voor de lunch nog een bootlading aan aandelen te onderzoeken — zo'n vijftig procent meer dan gisterochtend.

Ik onderzoek de meeste aandelen zo goed als ik kan, maar voor degenen die in de tweede helft van het alfabet vallen (ongeveer een kwart ervan), besluit ik vals te spelen en mijn aanbevelingen op basis van puur instinct te doen — zonder enige gegevens met alleen de naam van het bedrijf.

Ik hoop dat zelfs als Nero wat geld op deze kleinere

subset van aandelen verliest, hij mijn waanzinnige werkdruk zal verminderen in plaats van me te ontslaan.

Ik ben tien minuten voor de deadline klaar met schrijven en zoek iets om te doen voordat ik ga lunchen.

Een visitekaartje dat Nero me gisteren heeft gegeven trekt mijn aandacht.

Met alles wat er is gebeurd, ben ik de 'Oriëntatie' volledig vergeten, wat het ook is. Ik ben zelfs vergeten om mijn huisgenoten ernaar te vragen.

Ik pak mijn telefoon en toets het nummer op het kaartje in.

"Met dr. Hekima," zegt een diepe, melodieuze stem die klinkt alsof hij met gemak over natuurdocumentaires zou kunnen vertellen. "Waarmee kan ik je helpen?"

"Hoi. Mijn naam is Sasha." Ik vergrendel mijn computer. "Sasha Urban."

"Ah," zegt dr. Hekima opgewonden. "Jij bent de nieuwe student, waarvan me was verteld dat ik die kon verwachten."

"Een student?" Ik draai me in mijn stoel. "Dus is Oriëntatie een vorm van scholing voor de C-"

"Dit is niet voor een telefoongesprek," zegt dr. Hekima en voor het eerst bespeur ik een zacht accent in zijn uitspraak — misschien Zuid-Afrikaans? "Kun je aanstaande zaterdag tijdens mijn kantooruren bij me langskomen?"

"Natuurlijk," zeg ik. "Waar en hoe laat?"

"Zou 14:00 uur uitkomen?" vraagt hij en hij geeft me het adres — dat helaas in Queens is.

"Dat is prima," zeg ik na een korte aarzeling.

"We zitten net boven het allereerste treinstation in Queens," zegt hij. "Als je de M—"

"Ik zal het vast wel vinden. Ik kijk ernaar uit om met u te spreken, dr. Hekima."

"Ik ook met jou," zegt hij en hangt op.

Ik kijk op de klok van mijn telefoon en spring overeind.

Als ik nu niet snel vertrek, dan kom ik te laat voor de lunch met de familie van Felix.

———

IK BEN HIERVOOR AL DRIE KEER IN BRIGHTON BEACH GEWEEST. Eén keer om te zwemmen en over de promenade te wandelen, één keer toen Felix Ariël en mij had overtuigd om 'de beste kaviaar en wodka ter wereld' te proberen en een andere keer toen ik er op weg naar het themapark op Coney Island langskwam. Deze wijk staat als Little Odessa bekend en heeft de grootste populatie Russische immigranten op het westelijk halfrond.

Ik scan de etalages die allemaal in cyrillisch schrift staan. Als Fluffster echt van mijn biologische ouders was, dan spraken ze waarschijnlijk Russisch — wat betekent dat als ik niet op het vliegveld was achtergelaten, ik al deze borden zou kunnen lezen.

Ik stop naast een gebouw dat bedekt is met een

renovatiesteiger die zo gewoon zijn in New York en pak mijn telefoon. Ik ben een paar minuten te vroeg en volgens de GPS is het restaurant twee straten verderop.

Plotseling overvalt me een gevoel van intens alarm.

Zonder te weten waarom spring ik opzij.

Een baksteen knalt tegen het trottoir waar ik zojuist stond.

HOOFDSTUK ZEVEN

Het gevoel van gevaar gaat niet weg.

Ik spring instinctief achteruit en struikel bijna over het karkas van de steen.

Een emmer met verf landt waar ik net stond en spettert over het trottoir om een schilderij van moderne kunst te maken.

Wat voor de duivel?

Ik dwing mijn verbijsterde brein om te werken en mijn lichaam naar het gebouw te laten bewegen.

Zodra ik een stap zet, knalt er een steeksleutel in de verfvlek, daarna volgen er nog meer gereedschappen in een dodelijke hagel van metaal.

Ik kijk omhoog terwijl ik begin te rennen. Aan de zijkant van de steiger staat een van die touwliften die glazenwassers en bouwvakkers gebruiken, alleen deze hangt schuin naar de grond. Het is duidelijk dat de gevaarlijke materialen daar vandaan zijn gekomen.

Ik durf te wedden dat ze een miljoen regels

overtreden door dat ding te gebruiken zonder het werkgebied af te schermen. Is Brighton Beach van de wetten van NYC vrijgesteld?

Woedend ren ik het gebouw binnen en ren naar de verdieping die evenwijdig aan de bron van het ongeval is. Ik ben vastbesloten om iemand even te laten weten wat ik ervan denk.

Een enorme man sjokt naar me toe en ik vertraag, terwijl ik me afvraag of naar binnen rennen wel een goed idee was.

Volgens de moderne wetenschap hebben de meeste Europeanen en Aziaten ongeveer twee procent van het DNA van een Neanderthaler. Deze man lijkt minstens vijftig keer die hoeveelheid te hebben gekregen. Hij heeft een kort, schuin aflopend voorhoofd, diepliggende ogen en een schedel die zo groot is dat de gele bouwhelm dat op het puntje van zijn hoofd ligt, op een Joods keppeltje lijkt.

"Waarmee kan ik je helpen?" brult hij in een bas die bijna met die van Nero wedijvert, maar dan minus enige sexy ondertoon.

Niet dat ik Nero's sexy ondertoon opmerk.

Ik roep al mijn woede op om me moed te geven. "Ik werd net bijna daardoor vermoord." Ik wijs naar de losse touwlift.

Hij kijkt naar waar ik heen wijs en kijkt dan weer naar mij.

"Dat kan niet," zegt hij, alsof hij niet net naar de gekantelde apparatuur heeft gekeken. "We zijn extreem veiligheidsbewust."

"Hoe bedoel je dat kan niet? Het is net gebeurd," zeg ik verontwaardigd en ik merk nog iets anders op aan de man. Hij lijkt een dikke laag foundation op te hebben. Misschien heeft hij een identiteitsprobleem? Als alternatief zou hij vreselijke littekens kunnen verbergen.

"Onmogelijk," zegt hij en terwijl hij zijn mond opent, zie ik zijn ondertanden. Ze zijn zo prominent dat ze er als gevijlde slagtanden uitzien.

Terwijl ik die rare observatie terzijde schuif, concentreer ik me op het probleem dat aan de orde is. "Het hangt daar, met alle troep die ontbreekt," zeg ik, terwijl ik gefrustreerd naar de lift wijs. "Ik heb niet geprobeerd om zelfmoord te plegen."

"Ik zal dit moeten onderzoeken," zegt hij en hij laat me even zijn boventanden zien — een grillige puinhoop waar elke orthodontist nachtmerries van zou krijgen. "Bedankt dat je ons hier attent op hebt gemaakt."

Zijn ogen glinsteren kwaadaardig terwijl hij dit laatste deel zegt en ik herinner me plotseling mijn lunchplannen.

"Graag gedaan," zeg ik en ik deins voorzichtig achteruit. "We zouden niet willen dat iemand anders gewond zou raken."

Hij buigt zijn hoofd en de gele helm vliegt bijna in mijn gezicht.

Ik ga weer naar de trap en ren zo snel als mijn benen me kunnen dragen naar beneden. Iets aan de man voelde gewoon verkeerd, vooral tegen het einde van ons gesprek.

Tot mijn opluchting verloopt de rest van mijn wandeling naar het restaurant rustig.

Ik sluip naar binnen en kijk om me heen. Alles heeft een duidelijke Midden-Oosterse uitstraling, wat voor Oezbeeks eten logisch is. De geur van gebakken ui en vers brood laat mijn maag knorren.

Felix zwaait naar me vanaf een grote tafel rechts van me, waar hij in zijn eentje zit.

"Ga zitten," zegt hij als ik dichterbij kom. "Mijn ouders hebben me net laten weten dat ze uit de trein zijn gestapt. Sorry hiervoor. Mam is altijd te laat."

"Geeft niks." Ik vraag me af welke stoel 'Niet vriendin' tegen zijn ouders zegt en plof in een stoel die er twee rechts van Felix vandaan is. "Ik werd een seconde geleden bijna vermoord."

"Wat?" Van schrik laat hij bijna het menu vallen. "Wanneer? Hoe?"

"Een steen tegen mijn hoofd," zeg ik en ga verder met hem te vertellen wat er is gebeurd.

Zijn frons wordt dieper terwijl ik praat en zijn vingers friemelen zenuwachtig aan het menu. "Misschien had ik het mis vanmorgen," zegt hij als ik klaar ben. "Misschien zit Chester hier *wel* achter. Als ik zijn kracht goed begrijp, als hij wil dat je kwaad wordt gedaan, dan kan hij de kans vergroten dat er ongelukken gebeuren als hij bij je in de buurt is."

Enig. "Ik zal met Nero moeten praten, nietwaar?"

"Absoluut," zegt Felix, terwijl zijn blik van mij naar de deur verschuift.

Ik zucht en besluit me op iets vrolijkers te concentreren. "Heb je ooit Oriëntatie gehad?" vraag ik als Felix me weer aankijkt.

"Tuurlijk," zegt hij. "Dat hebben we allemaal gehad."

"Wat houdt het in?" Mijn maag knort weer als ik iets deegachtigs en gebakken ruik.

Felix grijnst. "Stuurt Nero je naar Oriëntatie?" Bij mijn blik begint hij te lachen en legt uit, "Het is een zondagsschool voor Cognizanten. Je leert daar wat basis over onze soort…"

"Wat is er dan zo grappig?" vraag ik, terwijl ik mijn ogen samenknijp, hoewel ik een idee begin te krijgen.

"Niets. Het is gewoon iets wat we als tieners doen, dat is alles. Je zult daar waarschijnlijk de oudste student zijn." Hij lacht weer en schud zijn hoofd.

Ik herinner me dat Gaius het over zijn baan als Bode had en hoe hij Cognizant-jongeren laat weten wie en wat ze zijn. De Oriëntatie moet dat volgen.

"Vertel me alsjeblieft niet dat ik terugga naar de middelbare school." Ik kijk Felix met slechts gedeeltelijk geveinsde afschuw aan. "Ik heb de eerste keer amper overleefd."

"Het is maar één dag in de week," zegt hij geruststellend en werpt dan een blik op de ingang. "Ze zijn er."

Ik bestudeer de nieuwkomers.

Los van elkaar is het niet meteen duidelijk dat deze mensen de biologische familieleden van Felix zijn, laat staan zijn ouders. Zijn vader is overwegend van Russische afkomst — hij ziet eruit als een gebruinde blanke man, met Slavische gelaatstrekken. Vooral zijn grote bierbuik staat in schril contrast met de slankheid van Felix. Het grootste verschil zit hem echter in de manier waarop zijn vader naar mij en andere vrouwelijke klanten kijkt — alsof we seksobjecten zijn en geen mensen.

De moeder van Felix ziet er daarentegen helemaal niet Europees uit. Haar gelaatstrekken zijn een sterke mix van Midden-Oosterse en Aziatische kenmerken, haar gezicht is veel ronder dan dat van Felix.

"*Kotek*," zegt ze en uit eerdere ervaring weet ik dat dit in het Russisch 'kitten' betekent — iets waar ik Felix later mee zal plagen.

De familie van Felix behoort tot de vijf procent Oezbeekse mensen die Russisch spreken in plaats van (of, in het geval van zijn moeder, naast) Oezbeeks. Daarom wonen ze in de buurt van het door Russen gedomineerde Brighton en spreekt Felix zelf heel goed Russisch, maar bijna geen Oezbeeks.

Ik voel een steek van jaloezie als ik zie hoe zijn ouders hun zoon omhelzen en in Russische stijl op elke wang kussen. Mijn vader en moeder zijn als het om uitingen van genegenheid gaat veel gereserveerder.

"Sashen'ka," zegt de moeder van Felix, terwijl ze een van de vele Russische verkleinwoorden van mijn naam gebruikt — die op zichzelf al een verkleinwoord voor *Alexandra* is. "Fijn om je weer te zien."

"Hallo, mevrouw Fokin," zeg ik terwijl ik opsta om de vrouw de hand te schudden.

"Alsjeblieft." Ze grijpt mijn arm in een Aikido-achtige manoeuvre, maar in plaats van naar de grond te vliegen, beland ik in een enorme knuffel, mijn gezicht is bijna in haar grote boezem begraven. Ze kust dan mijn wangen en laat ongetwijfeld dikke lippenstiftafdrukken achter die op de afdrukken op het gezicht van Felix lijken. "Ik heb het je eerder gevraagd. Noem me Zamira."

Met een schaapachtige glimlach maak ik mezelf los. "Juist. Sorry, Zamira."

"En noem mij Ruslan," zegt de vader van Felix en hij komt dichterbij, alsof hij me ook in een knuffel wil trekken. Tot mijn opluchting kijkt Zamira hem met samengeknepen ogen aan waardoor hij zijn omhelzing tot een zakelijke handdruk reduceert.

Zijn hand is eeltig en vochtig, dus ik laat hem waarschijnlijk sneller los dan de etiquette voorschrijft.

Iedereen gaat zitten en opent zijn menu.

Ik scan de onbekende woorden, maar voordat ik de kans krijg om ze te ontcijferen, word ik met suggesties van Oezbeekse lekkernijen overspoeld die ik 'moet proberen'.

Voor de eerste gang (je 'moet' hier minstens drie gangen nemen), kies ik een soep met de naam *lagmon* — nadat Felix en zijn vader me allebei verzekeren dat er geen paardenvlees in zit. (Omdat paardenvlees deel uitmaakt van de traditionele Oezbeekse keuken. En hé, het zijn tenminste geen levers van kittens.) Als voorgerecht/tweede gang neem ik genoegen met gestoomde dumplings met de naam *manti* en voor het hoofdgerecht ga ik voor een soort pilaf met de naam *plov*. Een *lepyoshka* — een lekker broodje in tandoori-stijl — zal dit alles vergezellen.

Onze ober is een lange, knappe man die eerder Russisch dan authentiek Oezbeeks lijkt te zijn.

Hij ziet dat ik staar en knipoogt naar me.

Zamira kijkt hem met dezelfde samengeknepen blik aan die ze haar man had gegeven en ik krimp ineen. Waarom zou ze het erg vinden dat ik mannelijke aandacht krijg? Tenzij Felix gelijk heeft en ze ondanks zijn ontkenningen nog steeds denkt dat we samen zijn.

De vader van Felix geeft in razendsnel Russisch onze bestelling door en de ober haast zich weg om aan Zamira's blik te ontsnappen.

"Sasha en ik hebben lunchpauze van het werk," zegt Felix nadat hij er zeker van is dat de ober buiten gehoorsafstand is. "Dus misschien kunnen we meteen ter zake komen?"

Zonder zijn ouders de kans te geven om ermee in te stemmen (omdat ze het er waarschijnlijk niet mee eens zouden zijn), stort Felix zich op de uitleg over Fluffster.

"Dat is interessant," zegt Ruslan als zijn zoon klaar is. "Ik kan je meteen vertellen dat de domovoj niet van Felix is. Mijn grootvader had er wel een, maar die domovoj woont bij mijn vader in Rusland."

De ober brengt onze drankjes en we pauzeren het gesprek. Felix, Zamira en ik krijgen thee in een kom in plaats van in een kopje. Ruslan heeft voor iets sterkers gekozen: een alcoholische drank met de naam *bozo*. Als ik begin te grinniken, verzekert Felix me dat het koolzuurhoudende brouwsel van gekookte en gefermenteerde gierst is gemaakt en dat er bij het maken van deze drank geen clowns, vooral die met de naam Bozo, zijn geschaad.

"Dus." Felix nipt van de thee uit zijn kom en zet hem neer. "We weten dat de domovoj niet van mij is en hij is ook niet van een van de buren. Hij moet van Sasha zijn."

"Dat klopt." Ruslan zet zijn bozo neer. "Maar dat betekent niet dat hij bij haar biologische ouders heeft gewoond." Hij kijkt me aan en vraagt, "Welke nationaliteit hebben je adoptieouders? Zijn zij Cognizanten?"

"Nee, ze zijn gewoon Amerikaans," zeg ik, beschaamd dat ik nooit veel over dit onderwerp heb gevraagd. "Felix en Ariël hebben mijn moeder ontmoet en ze had geen mandaataura. Ik heb mijn vader sinds de ceremonie niet meer gezien, maar ik ben er vrij zeker van dat hij ook geen Cognizant is. Ik heb in ieder geval binnenkort een afspraak met hem om het zeker te weten."

"Zijn niet alle Amerikanen immigranten van ergens?" zegt Zamira wijs. "Als je tenminste een paar generaties terug graaft."

"Ja en bij de tweede generatie zijn ze vaak hun afkomst vergeten." Ruslan kijkt Felix met een doordringende blik aan die lijkt te zeggen, "Zorg ervoor dat *jouw* nageslacht dit niet doet — ervan uitgaande dat iemand kinderen met je zou willen hebben nadat je geen twee perfect goede vrouwen kon houden."

De ober brengt de soep en het lepyoshka-brood, dus ik wacht met mijn antwoord tot hij weg is.

"Ik kan mijn ouders vragen of ze een Russische afkomst hebben." Ik scheur voor mezelf een stuk brood af en bestudeer mijn soep. Het heeft dikke noedels en vette stukjes rund- en lamsvlees en is met prei en dille gegarneerd.

"Als ze Russisch bloed hebben, vraag ze dan of ze huisdieren hadden," zegt Ruslan terwijl hij op zijn *tushpera-soep* blaast.

"Nu we het erover hebben" — Zamira houdt haar lepel naast haar mond — "heb *jij* ooit huisdieren gehad?"

"Nee." Ik pak voorzichtig een lepel van mijn lagmon.

"Misschien toen je klein was?" vraagt Felix.

"Misschien," zeg ik. "Maar ik betwijfel het. Mama is er allergisch voor om voor dingen te zorgen."

Felix grinnikt — hij heeft mijn moeder ontmoet. Zijn ouders zien er echter erg somber uit en ik herinner me te laat de nadruk op respect voor de ouders in hun cultuur.

Om mijn misstap te verbergen, stop ik mijn lepel in mijn mond en de pittige, hartige smaak maakt het moeilijk om me even op iets anders te concentreren. Ik laat de soep door een lekker hapje lepyoshka volgen en weersta de verleiding om van genot te kreunen. Als ik eindelijk op adem kom, vraag ik, "Weten jullie een manier om Fluffster — de domovoj zelf — zich te laten herinneren waar hij vandaan komt?"

Ruslan vist een dumpling uit zijn soep. "Elke keer dat een domovoj de gedaante van een dier aanneemt, vormt hij herinneringen, maar wanneer dat dier sterft, dan gaan de herinneringen niet over in de volgende vorm die de domovoj aanneemt. Ik denk dat geheugenverlies het Nederlandse woord ervoor is. Ik weet dat dit de domovoj van mijn opa minstens vijf keer is overkomen."

"Dus," zeg ik langzaam, mezelf de kans gevend om op dit vreemde idee logica toe te passen. "Als ik geen huisdieren had, dan zou de laatste reeks herinneringen die Fluffster had voordat hij een chinchilla werd, zijn van welk huisdier hij voor zijn laatste eigenaren ook was — die misschien mijn biologische ouders zijn."

"Precies." Ruslan slikt de dumpling door.

"Dus is er een manier om hem van dit geheugenverlies te laten herstellen?" Ik prik met mijn lepel in mijn soep. Ik vermoed dat het antwoord nee zal zijn.

"Nee," zegt Zamira.

"Misschien," zegt Ruslan tegelijkertijd.

"Heb je het over dat sterke verhaal?" Zamira kijkt haar man fronsend aan. "Je grootvader kan dat verzonnen hebben en we weten niet of *zij* dezelfde Baba Jaga is als —"

"Mag ik spreken, mens?" zegt Ruslan streng terwijl hij zijn lepel neerlegt.

Naar mijn mening grenst de manier waarop hij met die lepel sloeg aan een driftbui, maar Zamira stopt met praten en, wat nog erger is, ze ziet er gekastijd uit.

De ober brengt de tweede gang, dus iedereen blijft een paar lange seconden in die ongemakkelijke stilte zitten voordat Ruslan weer iets zegt. "De domovoj van mijn overgrootvader was een hond," zegt hij. "Op een dag vond mijn grootvader zijn vader en de hond dood. Dus toen hij een kat kreeg — die de domovoj onmiddellijk overnam — wilde mijn grootvader de domovoj vragen wat er was gebeurd. Hij had echter hetzelfde probleem als jij." Hij kijkt gepijnigd bij de herinnering en ik vraag me af of hij erbij was toen al dat familiedrama zich afspeelde.

Zamira legt geruststellend een hand op de schouder van haar man terwijl hij zegt, "Mijn grootvader raadpleegde Baba Jaga en zij heeft hem geholpen om de herinneringen terug te halen —"

"Tegen een prijs," zegt Zamira.

"Dat klopt," zegt Ruslan somber. "Hij kon nadat hij de heks had gezien zijn geliefde zand tien jaar lang niet beheersen."

Ik overweeg dat en haal mijn schouders op. "Gezien hoe onbetrouwbaar mijn profetische dromen zijn, zou het niet zo'n grote last zijn om tien jaar zonder te zitten."

"Je moet zoiets niet hardop zeggen." Zamira kijkt om zich heen alsof de heks uit het verhaal uit de hoek zou kunnen springen.

Felix slikt zijn eten door en zegt, "Je wilt toch niet

suggereren dat de Baba Jaga in dit verhaal dezelfde persoon is die dat restaurant een paar straten verderop heeft? *Izbushka Na Kurih Nojkah?*" Hij kijkt me aan. "Dat betekent 'een hut op kippenpoten'."

"Ik heb geen idee," zegt Ruslan en hij stopt zijn samosa in zijn mond. "Lijkt me niet waarschijnlijk, toch?"

"Baba Jaga is een heks uit Russische sprookjes," legt Felix me nogmaals uit. "En het toeval wil dat er in New York een Cognizant-heks met dezelfde naam is. Ze heeft een slechte reputatie."

"Met een naam als Baba Jaga zou je dat wel denken." Zamira snijdt sierlijk een stuk van haar kebab af. "Zelfs als ze niet *de* Baba Jaga is, bedenk dan eens wat voor soort persoon zo'n naam zou aannemen. Wat zou je denken van iemand die een alias neemt als 'Nare Heks uit het Westen?'"

"Het is de Boze Heks van het Westen," zegt Felix en wordt met een boze blik van beide ouderlijke eenheden beloond.

"Als ik jou was, dan zou ik een andere manier zoeken om erachter te komen wie je ouders zijn," zegt Ruslan tegen me.

"Waarom heb je haar dat verhaal dan verteld?" vraagt Zamira.

Ik verwacht weer een driftbui van Ruslan, maar hij zucht alleen maar. "Iedereen verdient een kans om te weten waar ze vandaan komen."

Er volgt een lange stilte. Ik prik mijn manti/dumpling aan mijn vork en vraag me af of ik bereid zou zijn om iemand te zien die zichzelf de Boze Heks van het Westen noemt als het betekende dat ik meer over mijn biologische ouders zou leren.

"Dus," zegt Zamira, terwijl ze Felix streng aankijkt, "als je niet met Sashen'ka of Ariëlechka samen bent zoals je beweert, hoe moet ik dan kleinkinderen krijgen?"

Ik stik bijna in mijn dumpling en Felix wordt zo diep rood dat ik bang ben dat iemand borsjt van hem wil maken.

"Het toeval wil dat ik iemand heb ontmoet," zegt Felix als zijn kleur tot de tint van de oude Sovjetvlag vervaagt. "Ik wil het gewoon niet verpesten door erover te praten."

Ik kom in de verleiding om hem om meer details te vragen, maar onthoud me voor het geval hij dit alleen maar verzonnen heeft om zijn ouders te sussen — wat waarschijnlijk het geval is.

Ik eet nog een dumpling en zie dat Zamira naar me staart. Onderzoekt ze me op tekenen van jaloezie bij de onthulling van Felix?

De ober komt net op tijd om Felix voor het uitweiden over het mysterieuze — en mogelijk denkbeeldige — meisje te behoeden.

"Als jij niet met Felix samen bent, heb je dan een man in je leven?" vraagt Ruslan op een toon die ik zou gebruiken om iets te zeggen als, "Weet je zeker dat je die Chupacabra echt onder de trein hebt gezien?"

Ik voel mezelf blozen. "Nee. Ik ben erg vrijgezel."

Felix wordt weer rood. Hij herinnerde zich

waarschijnlijk net wat Ariël hem onlangs onthulde: dat ik al twee jaar geen seks heb gehad.

Onze ober brengt net op tijd het hoofdgerecht. Zodra hij vertrekt, richt ik het gesprek op de stad Samarkand — een onderwerp waarvan ik weet dat Zamira en Ruslan het niet zouden kunnen weerstaan.

Terwijl ik mijn *plov* eet, leer ik alles over hun geboorteplaats, die 'een van de oudste continu bewoonde steden in Centraal-Azië' is.

We slagen erin om het de rest van de maaltijd bij dat soort veiligere onderwerpen te houden. Als de ober de rekening komt brengen, wijs ik naar de overblijfselen van mijn plov en zeg, "Dit was het beste rijstgerecht dat ik ooit heb gegeten. Over het algemeen was het eten uitstekend."

Mijn woorden bevallen de Fokins meer dan de ober en ze staan erop dat ik snel eens naar hun huis kom om zelfgemaakte versies van de gerechten te proberen die ik net heb gehad.

"Klinkt als een geweldig idee," zeg ik zo vrijblijvend mogelijk en leg mijn creditcard op de rekening.

"Wat is dit?" Ruslan kijkt naar mijn kaart alsof er hoektanden uit kunnen groeien.

"Ik trakteer," zeg ik. "Jullie zijn zo behulpzaam geweest en —"

"Nee." Hij pakt de kaart en gooit hem voor me neer. "Niet zolang ik leef."

Schouderophalend pak ik mijn kaart terug en besluit ze voor hun volgende jubileum een leuk cadeau te sturen.

Ruslan betaalt de rekening en we nemen afscheid.

Ik moet weer aan het werk, maar aangezien het maar een paar straten verderop is, besluit ik om het restaurant te bezoeken waar deze Russische heks van legendes op de loer ligt.

Dankzij mijn telefoon vind ik hem gemakkelijk op Yelp. De boze heks runt een strak schip (of hut) — het restaurant heeft vrijwel unanieme vijfsterrenrecensies.

Terwijl ik de twee en een halve blokken loop, zie ik het restaurant. Ik had het adres niet echt nodig. Ik had het visueel kunnen lokaliseren, gezien wat de Fokins me hebben verteld.

Het restaurant is gemaakt om eruit te zien als een gigantische houten hut met meerdere verdiepingen en het heeft kippenpoten waar de meeste andere gebouwen kolommen zouden plaatsen.

Ik nader en raak de benen aan. Ze voelen aan alsof ze van echt kippenvel zijn gemaakt. Griezelig. Moet een speciaal latex materiaal zijn of zoiets.

Ik ren de krakende houten trap op naar de ingang van de 'hut' en trek aan de deurknop.

Hij zit op slot.

Dan zie ik het bord met de openingstijden. Het restaurant is op dit moment gesloten en gaat pas om vijf uur 's middags weer open. Ik programmeer het telefoonnummer dat op het bord staat in mijn telefoon en vraag het me eraan te herinneren om het restaurant om zes uur te bellen — wat hen een uur zou moeten geven om open te gaan.

Ik roep een Uber op, leun tegen een straatlantaarn

en gebruik dat moment om mijn zakelijke e-mail te checken.

Er zijn een paar berichten van Nero, maar voordat ik ze kan lezen, bekruipt me een onmogelijk te beschrijven, maar vertrouwd gevoel.

Het is hetzelfde gevoel van gevaar van eerder, toen een baksteen me bijna raakte, alleen veel sterker.

Een adrenalinestoot schiet mijn hartslag omhoog en ik kijk op van mijn telefoon.

Een zwart minibusje raast met de snelheid van een raceauto op me af.

HOOFDSTUK ACHT

Ik spring aan de kant.

Het minibusje knalt tegen de straatlantaarn waar ik net tegenaan leunde.

Het gekrijs van metaal op plastic dringt mijn oren binnen en de geur van verbrand rubber verschroeit mijn neusgaten.

Zonder met mijn ogen te knipperen staar ik naar het minibusje terwijl de voorkant van de minibus onder de druk in een accordeon verandert en de lantaarnpaal naar me toe kantelt.

Met een kreun van metaal laat de voet van de lantaarnpaal los van het trottoir en valt als een omgehakte boom om.

Een seconde voordat het eenrichtingsbord dat aan de lantaarnpaal zit de kans krijgt om mijn nek te doorklieven, spring ik weg.

Hijgend staar ik vol ongeloof naar het wrak voor me.

Is dit net gebeurd?

En wat was er in godsnaam met die chauffeur aan de hand?

Ik realiseer me dat de idioot er misschien niet goed aan toe is, pak met onvaste vingers mijn telefoon en bel het alarmnummer om het ongeval te melden.

Als ze me naar het lot van de chauffeur vragen, zeg ik dat ik geen idee heb. De auto is te erg beschadigd om door de voorruit te kunnen kijken en ik durf niet dichterbij te komen om te kijken.

Gezien het geluk dat ik vandaag heb, zou de auto kunnen ontploffen of erger.

Nadat ik heb opgehangen, bedenk ik me dat pech hebben — of in ieder geval pech op zichzelf — misschien niet de reden voor al deze ongelukken is. In paniek kijk ik om me heen om te zien of ik in de menigte van samenkomende toeschouwers Chester ergens zie.

Dit is het tweede ongeval vandaag.

Als het voormalige raadslid er niet bij betrokken is, dan is het wel heel veel toeval.

Mijn handen zijn eindelijk gestopt met trillen, dus als ik sirenes hoor, pak ik mijn telefoon om te kijken waar de auto blijft die me zou komen halen.

Ik had het kunnen weten.

De auto is er al.

Hij is degene die me bijna heeft vermoord.

Ik haal diep adem en vraag een nieuwe rit aan. Terwijl ik dat doe, arriveren er met een oorverdovend gejank van sirenes een brandweerwagen en een ambulance.

Ik kijk met morbide nieuwsgierigheid toe hoe de brandweermannen de beschadigde auto openwrikken. Als de deur opengaat, hoor ik de persoon die er in zit iets met de zwaarste vrouwelijke stem schreeuwen die ik ooit heb gehoord. Of deze dame heeft vijftig jaar lang sigaretten zonder filter gerookt of het is een vreemde bijwerking van het ongeluk.

"Zet me neer," brult ze terwijl de hulpdiensten haar op een brancard vastbinden. "Zie je niet dat het goed met me gaat?"

Mijn rit arriveert en als ik instap, zie ik de nog steeds schreeuwende vrouw van de brancard springen en als een krankzinnige wegrennen.

Hoe kan ze na dat verschrikkelijke ongeluk zo kwiek zijn?

Terwijl we wegrijden, vang ik een glimp van haar op en ik realiseer me dat dit misschien toch geen vrouw was. Hoewel ze borsten heeft, is ze als de Hulk gebouwd. Zou ze een kampioen in bodybuilding kunnen zijn? Haar lichaamsbouw zou in ieder geval gedeeltelijk kunnen verklaren dat ze nog steeds beweegt.

Hoewel ik haar gezicht niet goed kan zien, zie ik wel een laag make-up die zo dik is als gipsplaat en gelaatstrekken die door het gebruik van anabole steroïden groter moeten zijn geworden — het is dat of zij heeft net zoals de man van eerder, een heleboel DNA van een Neanderthaler.

Iets met het DNA-idee geeft aanleiding tot een vage theorie, maar het is buitengewoon moeilijk om met alle adrenaline die nog door mijn systeem pompt na te denken.

Om mezelf te kalmeren begin ik met de ademhalingsoefeningen die Lucretia me laatst heeft geleerd. Na dit een paar minuten gedaan te hebben overtuig ik mezelf ervan om naar Nero's e-mails te kijken.

Zoals routine begint te worden, staat de eerste e-mail vol goed nieuws. Blijkbaar had Nero een handelaar die volgens mijn suggesties had geïnvesteerd en een paar aandelen waren tijdens de lunch al in prijs verdubbeld — een bijna ongekend succes. Wat extra vreemd is, is dat deze buitengewone uitschieters van het stel zijn waar ik helemaal geen onderzoek naar heb gedaan en waar ik alleen de naam van het aandeel heb gebruikt om mijn intuïtie te prikkelen.

Hebben mijn krachten me met deze aandelen geholpen of ben ik gewoon een gelukkige aap? Trouwens, hebben mijn krachten me gered toen de recente ongelukken bijna gebeurden?

Zo ja, zou dit dan de reden kunnen zijn waarom ik de laatste tijd geen visioendromen heb gehad? Ik had zeker een droom kunnen gebruiken om me voor de dingen te waarschuwen die op mijn hoofd zouden vallen en voor auto's die me zouden proberen te rammen, maar misschien 'wisten' de dromen op de een of andere manier dat ik zo ook in orde zou zijn?

En als ik een bovennatuurlijke intuïtie heb gebruikt, is dat dan wat Nero met wakkere visioenen bedoelde? Als dat zo is, dan is het een vreselijke term, omdat ik zou verwachten dat iets met die naam, nou ja, meer *visueel* zou zijn.

Ik heb geen paranormale krachten nodig om de inhoud van de volgende e-mail te raden en Nero stelt niet teleur. Hij wil dat ik meer aandelen ga onderzoeken en deze lijst is nog langer. Het kan mijn baas duidelijk niet schelen *hoe* ik voor hem zoveel geld verdien. Hij wil deze koe blijkbaar gewoon gretig melken tot ze dood neervalt.

Als ik me realiseer dat ik mezelf vandaag twee keer met een koe heb vergeleken, besluit ik om in de toekomst de metafoor van de gouden gans te gebruiken.

Aangezien ik het zonder onderzoek zo goed heb gedaan met mijn aandelenselectie, ga ik die 'strategie' op driekwart van de aandelen op deze nieuwe lijst toepassen — waardoor ik ongeveer vijf minuten aan elk aandeel kan besteden die in het resterende kwart staan en hopelijk ben ik dan op een redelijke tijd thuis.

Ik begin op mijn telefoon aan de opdracht te werken, maar een berichtje van Ariël onderbreekt mijn aandelen-raadspelletje.

Felix heeft me over het ongeluk op de bouwplaats verteld. Heb je Nero al gesproken?

Ik app Felix om hem te laten weten dat hij de grootste roddeltante is die ik ooit heb ontmoet en overweeg om het advies van mijn vrienden op te volgen.

Met al het werk dat ik voor mijn baas doe, waarom zou ik hem niet dwingen om voor de verandering eens nuttig te zijn?

Ik open mijn zakelijke e-mail en schrijf een kort en lief berichtje aan Nero:

Kan ik je persoonlijk spreken?

Hij antwoordt bijna meteen:

Ik heb op dinsdag om 11 uur tijd.

Gaat hij me vier dagen laten wachten? Mijn kaken spannen zich aan en ik begin een boos antwoord te schrijven, maar houd mezelf dan tegen. Waarom ben ik zo boos geworden? Gezien hoe terughoudend ik was om überhaupt met hem te praten, is deze reactie irrationeel. Ik denk dat ik wil dat hij zijn mentorrol serieus neemt. Maar aan de andere kant, hij weet niet dat dit met het mentor zijn te maken heeft, dus ik zou hem de kans moeten geven om van dat feit op de hoogte te zijn.

Ik verander mijn vervelende berichtje in:

Dit is urgent. Heb je nodig als mentor.

Zijn antwoord is deze keer nog sneller:

Kun je nu aan de telefoon praten? Als dit persoonlijk moet zijn, ik ben morgen pas terug uit San Fran.

Ik wist niet dat hij weg was. Dat maakt zijn aanbod van dinsdag iets redelijker, dus ik ben blij dat ik het vervelende bericht heb heroverwogen.

Mijn telefoon gaat over voordat ik de kans krijg om een bevestigend antwoord te typen.

Het is een videogesprek van Nero.

Ik adem rustig in en neem de oproep aan.

Nero moet in de sportschool zijn, want ik zie op de achtergrond de folterapparatuur voor de opbouw van spiermassa. Het is niet verrassend dat de chique sportschool waarin hij zit, met eersteklas apparatuur voor videoconferenties is uitgerust, wat betekent dat mijn baas geen telefoon hoeft vast te houden, zoals de rest van ons dat moet. Wat nog verontrustender is, is dat ik door die videoapparatuur heel goed de zweetdruppels op Nero's voorhoofd kan zien en de aderen die uit de uitpuilende spieren onder zijn nauwsluitende mouwloze shirt komen.

Een shirt waardoor het lijkt alsof hij in karamel is gedoopt.

Als ik me realiseer waar ik naar staar en om kwijl (bij de gedachte aan karamel, natuurlijk), richt ik mijn blik op zijn gezicht. Zie ik daar bezorgdheid in die roofzuchtige trekken of ergernis over het feit dat zijn training door een nederig hulpje wordt onderbroken?

"Ben je gewond?" Zijn sterke kin en prominente jukbeenderen, geaccentueerd door het zweet dat op zijn gezicht parelt, geven hem een bijzonder felle uitdrukking.

Als hij plotseling zou grommen en in de camera zou bijten, dan zou ik slechts licht verrast zijn.

"Het gaat goed," zeg ik. "Maar ik was bijna dood."

"Vertel me alles." Hij slaat zijn armen over zijn borst. Ik weet niet of het zijn doel was om met zijn biceps en borstspieren te pronken, maar het gebaar heeft het met succes volbracht.

Ik concentreer me op het onderhouden van oogcontact om te voorkomen dat ik ongepast naar het hete lichaam van mijn baas ga staren en vertel hem over mijn recente duik in de haven, de dingen die bijna op me vielen en het auto-ongeluk. Ik vermeld ook mijn theorie over Chester.

"Je hebt er goed aan gedaan om dit onder mijn aandacht te brengen in plaats van de autoriteiten erbij te betrekken," zegt Nero als ik klaar ben. "Ik zal Chester eraan herinneren hoe hij in leven kan blijven."

De manier waarop hij het laatste deel zegt, bezorgt me een rilling over mijn rug. Ik zou zeker niet in Chester zijn schoenen willen staan als mij iets zou overkomen.

Ik zie beweging achter Nero. Een gezicht dat ik onlangs op de omslag van het tijdschrift Forbes heb gezien, verschijnt in de cameraweergave en zegt, "Is alles in orde? Ik kan wel wat hulp gebruiken."

Ik staar, verbijsterd. Nero's trainingspartner is de CEO van een populair socialemediaplatform en een van de rijkste mensen ter wereld. Hij heeft in de minuten dat hij vanwege mij op Nero moest wachten waarschijnlijk meer dan mijn jaarsalaris verdiend.

"Alles komt goed," zegt Nero tegen zijn miljardair trainingsmaatje. "Geef me een momentje."

"Ik heb verder niets meer te zeggen," zeg ik zo snel als ik kan. "Je moet verdergaan."

"Laten we dinsdag nog steeds een persoonlijk

gesprek hebben," zegt Nero en hij reikt omhoog om iets op de camera voor hem aan te raken — een beweging waardoor ik zijn gespierde onderarm van dichtbij kan bekijken.

"Natuurlijk," zeg ik ademloos en de verbinding wordt verbroken.

Hoofdschuddend ga ik terug naar mijn lijst met aandelen en staar ik de rest van de reis naar mijn telefoon.

Als ik bij mijn bureau kom, kan ik dankzij de meerdere schermen en het juiste toetsenbord, in een veel sneller tempo doorgaan met mijn onderzoek. Ik ben bijna halverwege als ik zo'n honger krijg dat het mijn concentratie verstoort.

Ik ga naar de kantine en haal Thaise groene curry met plakkerige mangorijst. Als ik in de rij sta om te betalen, herinnert mijn telefoon me eraan dat ik Baba Jaga moet bellen.

Ik draai het nummer.

"Izbushka Na Kurih Nojkah," zegt een aangename vrouwenstem in vloeiend Russisch.

"Hallo," zeg ik. "Zou het mogelijk zijn dat ik de eigenaar van uw etablissement kan spreken?"

"Ik zal je met de manager doorverbinden," zegt het meisje met een zwaar accent. "Een momentje geduld, alsjeblieft."

"Dobriy vecher," zegt een mannenstem even later. Het klinkt alsof er door een gigantische vijzel en stamper gedroogde botten worden verpulverd.

"Hoi," zeg ik terughoudend. "Ik wilde de eigenaar spreken. Is ze in de buurt?"

"En jij bent?" vraagt de man, zijn Engels is beter dan dat van de gastvrouw.

"Mijn naam is Sasha. Je kent me waarschijnlijk niet, maar —"

"Was jij hier eerder vandaag niet aan het rondsnuffelen?" vraagt hij. "En heb je toen een van de kippenpoten aangeraakt?"

"Eh, ja..."

"Jij bent Sasha Urban, toch? Een nieuw lid van onze illustere gemeenschap?"

Is dit restaurant een dekmantel voor de KGB of zo? Hoe weet hij in godsnaam dat ik daar eerder vandaag ben geweest? Hoe weet hij trouwens mijn volledige naam? "Dat ben ik," zeg ik voorzichtig. "Is er een nieuwsbrief naar de gemeenschap gestuurd waarvan ik niet op de hoogte ben?"

"We zorgen er bij *Izbushka* voor dat we goed geïnformeerd zijn," zegt hij trots.

"Oké." Ik probeer niet zo ongemakkelijk te klinken als ik me voel. "Zou ik mevrouw Jaga kunnen spreken?"

Er komt een huiveringwekkend geluid uit de telefoon en het duurt even voordat ik besef dat de man lacht. "Ze spreekt nooit met iemand aan de telefoon, maar ze zal persoonlijk met je praten."

"Dat zou waarschijnlijk nog beter zijn," zeg ik, wensend dat ik dat zelf geloofde. "Kun je alsjeblieft een afspraak voor me maken?"

"Kom hier maandag om elf uur," zegt hij heerszuchtig. "Wees niet te vroeg. Wees niet te laat. Vraag naar mij en ik zal je naar haar toe brengen."

"En jij bent?" Ik zet mijn dienblad naast de kassa en geef mijn creditcard aan de kassabediende.

"Waar zijn mijn manieren?" zegt de stem aan de telefoon spottend. "Ik ben Koschei. Zie mij maar als de manager van dit etablissement."

"Oké, meneer Koschei," zeg ik. "Ik zie u maandag."

De manager kakelt weer als een gemene schurk — iets met eretitels lijkt deze kerel te amuseren. Eindelijk krijgt hij zijn lach onder controle en zegt, "Ik zie je snel, *mevrouw* Sasha."

Ik hang op en veeg mijn bezwete handpalmen aan mijn jurk af voordat ik mijn dienblad pak en naar kantoor ga.

De rest van de dag gaat in een waas voorbij. Tegen de tijd dat ik klaar ben met mijn waanzinnige werklast, ben ik helemaal leeg. Mijn nek doet pijn, mijn ogen doen pijn en ik durf te wedden dat ik twintig uur achter elkaar zou kunnen slapen.

Ik zet voor het weekend mijn monitor uit, trek mijn kantoorschoenen met hoge hakken uit, trek een paar ballerina's aan en vertrek.

Op een typische vrijdag zou ik op mijn Vespa rijden, maar aangezien hij een eervolle dood is gestorven, zijn mijn opties de metro of een taxi.

Alle gele taxi's die langskomen zijn bezet en als ik mijn telefoon tevoorschijn haal, zie ik dat de ride-hailing-apps in de piekmodus staan, wat betekent dat ik langer moet wachten en me blauw zal moeten betalen. Gezien het feit dat de metro slechts een blok verderop is, slenter ik daarheen.

Ik dommel tijdens het grootste deel van de rit in, maar word op tijd wakker om bij mijn station uit te stappen.

Onder de straatverlichting lopend maak ik een deprimerende inschatting van mijn leven. Een deel van de reden waarom ik Nero's fonds wilde verlaten en illusionist wilde worden, was de hoop dat ik het daglicht zou kunnen zien — letterlijk. Nu mijn magische carrière voorbij is, maakt de extra werklast die hij me blijft geven me —

Mijn sombere gedachten worden door een voetganger en zijn hond die in de buurt lopen onderbroken.

De hond is een mahoniekleurig gedrocht van het ras Napolitaanse mastiff. Een enorm wezen, hij lijkt minstens zeventig kilo en bijna een meter lang te zijn.

Ik ben op mijn achtste door een mopshond aangevallen, dus ik voel me begrijpelijkerwijs ongemakkelijk. Als ik zulke honden zie, wekt het bij mij dezelfde emoties op die onze primitieve voorouders bij het zien van een leeuw moeten hebben gevoeld — hoewel, toegegeven, mensen uit de oudheid zouden misschien iets rustiger zijn geweest als ze een ander persoon met een aangelijnde leeuw zouden zien lopen.

Maar hoe eng de hond ook is, het is het baasje dat mijn aandacht trekt. Hij is van achteren zo groot en gespierd dat zijn hond in vergelijking daarmee op een chihuahua lijkt. Hoe zit het met al deze gigantische mensen? Heeft iemand steroïden aan de watervoorziening toegevoegd?

Dan herinner ik me de halfgevormde theorie die door mijn hoofd flitste toen ik de vrouw zag die me bijna met de auto aanreed.

Ik loop sneller, reik in mijn tas en houd mijn telefoon zo vast dat de grote man hem niet ziet als ik voor hem sta.

Ik versnel en als de hond stopt om zijn blaas te ontlasten, loop ik vooruit op het paar.

Zonder om te kijken maak ik stiekem een foto met de camera van mijn telefoon en vertraag mijn gang.

In mijn ooghoek zie ik de grote kerel en zijn hond langs me lopen, dus ik hurk neer om te doen alsof ik mijn niet-bestaande schoenveters strik.

Als ze een paar meter verder zijn, adem ik de adem uit die ik heb ingehouden en bekijk ik de geheime foto die ik zojuist heb gemaakt.

Zoals ik al vreesde, heeft deze man ook het uiterlijk van een Neanderthaler. Zijn percentage van dat DNA zou zelfs groter kunnen zijn dan dat van de man van de bouwplaats en de vrouw van het ongeval.

Ik sta op, draai me om en loop snel weg van de massieve man en zijn hond.

Ik heb vandaag twee keer mensen gezien die bij een bepaald genotype passen en ik ben twee keer bijna omgekomen bij een ongeluk.

Toeval? Onwaarschijnlijk.

En nu zag ik net weer een andere persoon die de grote broer van de andere twee zou kunnen zijn. En toen ik aan het verdrinken was, zag ik door het water heen iemand die extreem groot was.

Om wat voor reden dan ook, is er dus een groep mensen die er zo uitzien die erop uit zijn om me te grazen te nemen. Misschien zou ik me voor dit soort Neanderthalerstereotypering moeten schamen, maar ik vind het moeilijk te geloven dat deze man niet op de een of andere manier met de vorige mensen met die bouw verbonden is.

Ik sta waarschijnlijk op het punt om nog een 'ongeluk' te krijgen.

Mijn hart bonst tegen mijn borst terwijl ik mijn pas opvoer. Hopelijk, voor Chester of andere toeschouwers, lijk ik net als elke andere New Yorker gewoon haast te hebben.

Ik ben een paar stratenblokken van mijn gebouw verwijderd en hoewel ik een rotonde moet nemen om er te komen, zou ik in dit tempo over een paar minuten thuis moeten zijn.

Als ik bij de hoek kom kijk ik voordat ik die neem achterom naar de verdachte man en zijn hond.

Het paar is op dit moment meer dan een half blok van me vandaan, wat goed is, maar de eigenaar staart me recht aan, wat erg slecht is.

De reus lijkt zowel boos als teleurgesteld te zijn.

Ik denk dat hij tot nu toe niet doorhad dat ik was weggelopen.

Tot mijn grote schrik roept hij iets naar zijn hond en laat hij de riem los.

De plooien van het geplette gezicht van de hond lijken in een kwaadaardige grijns te veranderen terwijl het enorme wezen op me afstormt.

HOOFDSTUK NEGEN

Ik draai me om en sprint naar mijn gebouw.

In minder dan een seconde kom ik in het volledige vluchtgedeelte van de beroemde vecht-of-vluchtreactie. Mijn hart bonst en ik kan in mijn snel droog wordende mond het cortisol en de adrenaline bijna proeven.

Dit is precies hoe die primitieve mensen zich moeten hebben gevoeld toen ze door die hypothetische leeuw werden achtervolgd.

Terwijl mijn voeten op de stoep beuken, denk ik aan Netflix. Daar was pas geleden een documentaire over hondentraining op te zien, waarbij mensen met dikke pakken aan flinke beten op armen, benen en billen ondergingen.

Ik zou nu alles geven om een van die dikke pakken te hebben.

Het beest achter me is deels aan het blaffen en deels aan het grommen.

Ik durf niet over mijn schouder te kijken, maar het geluid leek dichterbij dan een half blok verderop, wat betekent dat de hond me inhaalt.

Ik gooi al mijn wilskracht in mijn loden beenspieren en ren uit alle macht.

De straat voor me verandert in een donkere tunnel.

Het buigen van mijn benen en het bonzen van mijn hart zijn als een app die ik op de achtergrond laat draaien, net als het snelle tempo van mijn oppervlakkige ademhaling.

De grommende blaf herhaalt zich, veel dichterbij deze keer.

Ik neem een scherpe bocht en zie eindelijk mijn gebouw — dat spoort me aan.

Mijn longen schreeuwen om zuurstof en mijn benen voelen alsof ze melkzuur door mijn huid lekken, maar ik worstel met mijn ijzeren wil om hun pijn te overheersen.

Ik sluit me af voor de pijn en concentreer me op mijn gebouw — die nu slechts een paar meter verderop is.

De klauwen van de hond schrapen hoorbaar over het trottoir achter me als ik de deur naar de lobby open.

Ik ben er bijna doorheen als enorme kaken de rok van mijn jurk vastpakken en me terugtrekken.

Met een gil verstevig ik mijn greep op de deur en duw ik naar voren, en terwijl ik de deur dichtgooi laat ik een stuk van het materiaal in de muil van het schepsel achter.

Rekening houdend met de boosaardige eigenaar van de hond — en ook met het feit dat sommige honden deuren kunnen openen — sprint ik naar de trap en ga ik snel naar mijn verdieping.

Dat mijn kont er bijna af werd gebeten heeft wonderen gedaan voor mijn pijnlijke beenspieren.

Als ik mijn gang binnenkom, verwacht ik half dat de Neanderthaler of zijn hond me op staat te wachten, maar de gang is leeg.

Zonder enig risico te nemen ren ik naar mijn deur en laat mezelf pas opgelucht ademhalen als ik de deur achter me op slot doe.

De post-adrenaline crash raakt me hard. Plotseling worden mijn benen vloeibaar en leun ik tegen de muur voordat ik naar beneden glijd om op de grond te gaan zitten.

Dit is hoe Ariël en Fluffster me vinden als ze een paar seconden later uit Ariëls slaapkamer komen.

"Wat is er met haar aan de hand?" vraagt Fluffster aan Ariël in een mentale groepsboodschap die ook in mijn hoofd weerklinkt.

"Sasha?" Ariël hurkt voor me neer. "Wat is er aan de hand?"

Ik lik aan mijn lippen. "Ik heb net een zeer grondige cardio gedaan — zoals je altijd zegt dat ik dat zou moeten doen."

"Ze is in shock," zegt Fluffster in gedachten tegen ons allebei en als ik naar zijn harige gezicht kijk, zou ik zweren dat de domovoj erin slaagt om zijn knaagdiergezicht in een heel menselijk ogende uitdrukking van bezorgdheid te veranderen.

Met moeite verman ik mezelf. "Het komt wel goed." Terwijl ik mijn ballerina's uittrap, begin ik mijn brandende kuiten te masseren. "Er zat een hond achter me aan, dat is alles."

Ik vertel ze over de rest van mijn dag en terwijl ik dat doe, raken ze allebei meer en meer van streek.

"Ik heb je toch gezegd om het huis niet te verlaten," projecteert Fluffster streng in mijn gedachten als ik klaar ben met mijn verhaal.

"En ik heb tegen je gezegd om me overal mee naartoe te nemen," zegt Ariël op dezelfde manier, maar dan hardop.

"Ik ga geen gevangene in huis zijn." Ik schuif mijn benen naar buiten om mijn pijnlijke hamstrings te strekken. "Het is voor mij ook niet haalbaar om overal een begeleider mee naar toe te nemen."

"Kun je me je op zijn minst laten begeleiden als ik vrij ben?" zegt Ariël met een smekende blik.

Ik glimlach naar haar. "Natuurlijk. Ik ga morgen ook meteen een wapen halen." Ik kijk naar Fluffster. Hoeveel kan een paranormale chinchilla met terugkerend geheugenverlies over wapens weten? Voor het geval dat, besluit ik het uit te leggen. "Fluffster, wapens zijn deze dingen die kunnen —"

"Ik weet wat wapens doen," snauwt de domovoj. "Ik heb Ariël die van haar schoon zien maken en, nog belangrijker, ik heb YouTube."

"Fijn om te horen. Nu lust ik wel wat water." Ik

breng mijn voeten naar me toe, ga op mijn hurken zitten en steek mijn hand uit naar Ariël. Ze staat op en helpt me om overeind te komen.

Ik strompel de keuken in, schenk voor mezelf een glas water in en pak een doos cornflakes voor de broodnodige suiker.

Ariël en Fluffster, die me zijn gevolgd, kijken toe hoe ik als een negentigjarige in een stoel plof.

"Dus." Ariël loopt naar het koffiezetapparaat en giet er wat verse bonen in. "Ik begeleid je als je naar die Baba Jaga gaat."

"Ik ga ook mee," zegt Fluffster, hoewel hij minder zelfverzekerd klinkt dan Ariël.

"Prima." Ik open de doos met cornflakes, stop wat koolhydraten in mijn mond en spoel ze weg met water. "Misschien heb ik je daar nodig," zeg ik tegen Fluffster, "dat wil zeggen, ervan uitgaande dat je je geheugen terug *wilt*."

"Niet als dat jou in gevaar brengt." Fluffster springt eerst op mijn schoot, dan op de tafel. "Ik weet niet of mijn herinneringen het waard zijn."

"Ik loop geen gevaar als Ariël meegaat." Ik leg een stapeltje cornflakes voor Fluffster neer. "En als je je herinneringen terugkrijgt, dan ontdek ik misschien wie mijn biologische ouders zijn — en dat is het me waard."

Fluffster kauwt op zijn snack in plaats van een reactie te geven en ik richt mijn aandacht op Ariël en zie voor het eerst hoe goed gekleed ze is.

Met die hoge hakken en strakke jurk had ze zo van

de cover van een of ander modetijdschrift kunnen springen.

"Ga je ergens heen?" vraag ik, terwijl ik haar onberispelijke make-up en het kleine tasje bekijk dat over haar schouder hangt.

Ze kijkt me even schuldig aan terwijl ze voor zichzelf koffie inschenkt. "Er is een feest. Mensen van de medische opleiding die je niet kent."

Ariël is niet zo'n slechte leugenaar als Felix, maar ik weet zeker dat ze ter plekke een verhaal staat te verzinnen. "Feestje met je 'vriend' Gaius?" vraag ik sluw.

"Een féést." Ze gaat zitten en verbergt haar ogen door op haar koffie te blazen.

"Gaan we morgen niet naar een feestje?" vraag ik, niet in staat om het met rust te laten.

"Morgen gaan we clubben." Ze kijkt op van haar kopje, haar mondhoeken vormen een grijns. "Ik kan niet wachten tot je de Earth Club ziet en —"

"Is dat niet te veel feesten? Zelfs voor jou?" Ik pak nog een handvol suikerhoudende granen, stop het in mijn mond en bereid me voor op meer terugkrabbelen en ontkenningen van Ariël.

"Er zat een pakketje voor je bij de post." Ze staat op en pakt een geel pakketje dat op de koelkast ligt. "Het is van *Darian*." Ze benadrukt de naam, op dezelfde sluwe toon die ik net heb gebruikt. "Ik durf te wedden dat het dat jubileumgeschenk is dat hij je heeft beloofd."

Ik gris het cadeau uit haar handen en staar naar Darians naam op het 'van'-gedeelte van het adreslabel voordat ik me realiseer dat ik nog nooit iemand een verandering van onderwerp zo kunstzinnig heb zien uitvoeren. Ik besluit het maar te laten gaan en bestudeer het adres verder.

Tot mijn teleurstelling heeft Darian het adres van de tv-studio erop gezet waar hij deed alsof hij werkte in plaats van zijn echte adres neer te zetten.

Daar gaat mijn halfbakken idee om zijn woning te gaan stalken om een echte zienertraining te krijgen.

Bijna barstend van nieuwsgierigheid, scheur ik het pakket open.

Teleurgesteld staar ik naar de inhoud.

Het zwarte object wat erin zit kan maar één ding zijn, maar het slaat nergens op.

"Zijn geschenk is een VHS-band?" Ik kijk naar Ariël voor een verklaring, maar mijn vriendin haalt alleen maar haar schouders op.

"Vroeger werden er op deze dingen films opgenomen, maar ze waren al buiten gebruik voordat ik jou kocht," leg ik aan Fluffster uit terwijl ik hem het zwarte plastic ding laat zien. "Hollywood is meer dan tien jaar geleden met de verkoop hiervan gestopt."

Fluffster knikt wijs. Het is duidelijk dat hij op YouTube nog geen documentaire over een VHS heeft gezien.

Ariël stopt lang genoeg met blazen op haar koffie om me onzeker aan te kijken. "Misschien heeft Felix een speler waar je dat in kunt steken?"

"Tuurlijk," zeg ik. "Hij bewaart het naast zijn telraam en inbelmodem."

"Je hoeft niet sarcastisch te worden." Ariël pakt haar telefoon en typt er iets in. "Zijn kamer staat boordevol computerrommel."

"De allerbeste computerhardware is niet hetzelfde als een oude videorecorder," zeg ik. "Maar het geeft niet, ik wed dat ik online kan krijgen wat ik nodig heb."

"Moet je het niet eerst bij Felix navragen voordat je iets onnodigs gaat kopen?" zegt Fluffster met een norse mentale stem. "Dit huishouden functioneert nauwelijks zoals het is."

"Waarom denk je dat?" Ik pak wat cornflakes uit de doos in mijn handen en beweeg alsof ik die voor hem neer wil leggen, maar stop op het laatste moment. "Heb je mijn bankrekening gehackt of zoiets?"

"Ik heb een weloverwogen gok gedaan," zegt Fluffster, terwijl zijn ogen naar mijn hand blijven kijken.

Omdat ik me schuldig voel, omdat ik zijn favoriete snack als impliciete chantage heb gebruikt, leg ik de cornflakes naast de chinchilla en wrijf hem snel over zijn kin.

Ariëls telefoon geeft een luide piep. Ze kijkt ernaar en zucht. "Felix heeft geen videorecorder."

Ik wed dat Felix haar iets veel grimmigers heeft verteld dan "Ik heb geen videorecorder," maar ik wrijf het er niet in. "Dat geeft de doorslag," zeg ik. "Ik zal de vijftig dollar of wat het ook mag zijn uit moeten geven."

Fluffster ziet er ongelukkig uit, maar Ariël

verandert vakkundig het onderwerp opnieuw. "Laat me die foto van die man met de hond eens zien."

Ik haal de afbeelding op mijn telefoon tevoorschijn en draai het scherm naar Ariël.

Ze pakt het uit mijn handen, haar ogen vernauwen zich terwijl ze de man zorgvuldig bekijkt. "Hij lijkt op een ork," zegt ze fronsend. "Hij draagt alleen make-up."

"Een ork?" Ik kijk naar Fluffster voor morele steun, maar mijn huisdier-domovoj ziet er volkomen kalm uit terwijl hij op zijn versie van junkfood kauwt. "Als in, een ork *uit de Lord of the Rings* en *World of Warcraft?*"

Gezien het feit dat mijn nieuwe paradigma vampiers en de levende doden omvat, lijkt een ork niet zo vreemd te zijn als zou moeten.

"Ja, een ork." Ariël slurpt van haar koffie en kijkt zelfvoldaan. "Orks zijn deze grote bruten die in een aantal van de Andere Werelden leven. Net als hun fictieve broeders hebben ze een groenachtige tint op hun huid — wat de zware make-up verklaart die iemand op dit exemplaar heeft gesmeerd. Ik dacht dat ze niet naar onze wereld mochten komen, maar ik denk dat iemand er toch een paar mee naar binnen heeft genomen." Ze fronst. "Dat betekent dat degene die hierachter zit invloedrijk is. Heel invloedrijk."

"Of met andere woorden, dit is meer bewijs tegen Chester." Ik drink de rest van mijn water op om de plotselinge droogte in mijn mond te compenseren.

"Precies," zegt Ariël. "Als je ooit nog een van deze wezens tegenkomt, dan moet je heel voorzichtig zijn. Orks zijn ongelooflijk sterk — zoals je waarschijnlijk aan hun grootte kunt zien. Ze zijn heel opvliegend, zijn ongevoelig voor —"

"Zal een pistool er een uitschakelen?" Ik zet mijn glas iets te hard op tafel.

"Oh ja," zegt Ariël. Ze is duidelijk blij met waar mijn gedachten heen gaan. "Het lijkt erop dat het nemen van dat pistool niet optioneel meer is."

"Het was hoe dan ook niet optioneel," mompel ik binnensmonds en sta op. "Ik kan maar beter gaan slapen, zodat je naar je geheime date kunt gaan."

"Naar een feestje," zegt Ariël verdedigend en ze staat ook op.

"Vergeet niet om het licht uit te doen," zegt Fluffster als ik hem oppak en achter Ariël aan de keuken uit loop. "Je laatste energierekening was schandalig."

Aangezien hij me niet kan zien als ik hem aan zijn zij vasthoudt, gun ik mezelf de luxe om met mijn ogen te rollen. Maken alle domovoj zich zo druk over de huishoudfinanciën of hebben wij gewoon geluk?

Ik doe echter wel het licht uit.

Als ik bij mijn kamer aankom, open ik mijn laptop en zoek ik op eBay naar een paar videorecorders. Ik vind een veiling die over een seconde eindigt en bied zesenveertig dollar. Mijn bod wint, dus ik betaal onmiddellijk en kies ervoor om de verzending te versnellen wanneer daarom wordt gevraagd. Ik noem de verzendupgrade echter niet tegen Fluffster, anders zou hij me voor nog een 'onnodige' uitgave kunnen berispen.

Ik voel me net een uitgeperste citroen, ga naar bed en ben meteen buiten westen.

____

Mijn ogen zijn gesloten in de heerlijkste kus van mijn leven.

Lenige vingers verspreiden elektriciteit terwijl ze mijn gezicht strelen.

Onze tongen dansen de foxtrot, dan de samba, dan de swing.

Zeggen dat ik opgewonden ben, zou een understatement zijn. Voor gewone geilheid is dit zoals het concert van Mozart voor de jingle van de ijswagen is.

Zijn handpalmen liggen nu op mijn rug, waardoor hij zich kromt terwijl de warme energie zich langs mijn ruggengraat verspreidt.

Wat gebeurt er met me? Dit is gewoon een kus.

Terwijl ik een kreun onderdruk, vergeet ik de rationaliteit terwijl het bloed in mijn trommelvliezen bonst en mijn gezicht, nek en borst branden terwijl alle miljoenen bloedvaten zich verwijden.

Er groeit een fysieke en mentale spanning in me en ik sta op het punt om hem ergens om te smeken — hoewel ik te wazig ben om te weten wat dat iets is.

"Is dit oké?" mompelt de meest sexy stem die ik ooit heb gehoord.

Het is alsof alle opwindingen van mijn leven tot één uitbarsting zijn samengevoegd, alsof de laatste twee jaar van onthouding in tweehonderd zijn veranderd.

Kortom, ik ben een tienerjongen geworden.

"Ja," zeg ik — of misschien jammer ik — maar dan besef ik dat ik geen idee heb wat 'dit' eigenlijk is. Wat als hij gewoon mijn boekencollectie over magie wil alfabetiseren?

De vingers knopen de bovenkant van mijn shirt los en het is het beste idee dat iemand ooit heeft gehad. Verdorie, ik wil dat hij de rest van me af scheurt. Mijn kleding is een knellende dwangbuis tegen mijn huid, waaraan ik ondanks al mijn vaardigheden niet kan ontsnappen.

Dan kust hij mijn nek en de sensatie scheurt in een explosieve golf door me heen. Alle spieren in mijn lichaam verkrampen als één geheel en trillen dan hevig terwijl hij zijn kussen naar mijn schouder verlegt.

Een vaag gevoel van gevaar vormt zich ergens diep onder de stroom van endorfines. Als ik zo sterk op een kus reageer, wat zal er dan gebeuren als we verdergaan?

Hij knabbelt zachtjes aan mijn oorlel en het genot wordt zo intens dat de bezorgdheid dichter naar de oppervlakte drijft — om vervolgens door een nieuwe golf van gelukzaligheid te worden overstemd.

Zijn lippen gaan naar mijn sleutelbeen en een nieuwe explosie schiet door mijn vlees, waardoor mijn lichaam in zijn armen begint te spartelen. Het gevoel van gevaar is slechts een verre herinnering, maar toch vraagt een rationeel deel van mij zich af of ik de vreemdste aanval in de geschiedenis van de geneeskunde heb.

"We moeten stoppen," wil ik zeggen, maar in plaats daarvan komt er een orgastische kreun van mijn lippen.

Ik word zwakker als de volgende golf van extase elke zenuwuiteinde overbelast.

Ik realiseer me dat ik op het punt sta om flauw te vallen... *van zoenen*.

De nieuwe explosie wordt een supernova en mijn wereld wordt zwart.

HOOFDSTUK TIEN

Ik schrik wakker en spring in een zittende positie.

De donkere contouren van mijn kamer kalmeren mijn ademhaling, maar mijn hartslag gaat nog steeds door het dak. Ik ben ook nog steeds zo geil als een bronstige neushoorn.

Ik reik in mijn nachtkastje naar Copperfield (mijn bijnaam voor een Hitachi-toverstaf 'stimulator'), maar opkomende woede weerhoudt me ervan om mijn vertrouwde vriend te gebruiken.

Het is al erg genoeg dat ik geen visioendromen heb gekregen toen ik ze nodig had, maar nu heb ik in plaats daarvan natte dromen?

Of was het een visioen?

Net zo belangrijk, wie was dat in mijn droom?

Weer Nero?

De stem klonk niet als het kenmerkende diepe gegrom van mijn baas, maar aan de andere kant, wie weet hoe het in een droom zou klinken?

Blozend leg ik Copperfield weg.

Ik ga dat absoluut niet doen met Nero's beeld in mijn hoofd.

Ik kijk op de klok.

Het is twee uur 's nachts, dus officieel weekend. Geen wonder dat ik het gevoel heb dat ik nog tien uur zou kunnen slapen.

Ik herinner me de aanstaande excursie met Ariël naar de schietbaan en realiseer me dat ik die luxe misschien niet heb, dus ga ik weer liggen, vastbesloten om zoveel mogelijk slaap te krijgen.

Ik ga lekker onder de dekens liggen en probeer de droom uit mijn gedachten te verdrijven, maar het duurt nog een uur voordat de slaap me weer met zijn aanwezigheid vereerd.

————

De schietbaan ruikt naar testosteron en buskruit en er hangen overal posters met wapens en vermeldingen van het Tweede Amendement.

De paar kerels die hier om elf uur 's ochtends (ook wel het krieken van de dag) op een zaterdag zijn, staren naar Ariël met een ontzag dat aan kwijlen grenst — wat te verwachten is, denk ik. Behalve dat ze prachtig is, is ze hier een vaste klant en kan ze waarschijnlijk beter schieten dan zij allemaal bij elkaar.

We naderen de grote wapenuitstalling als iemand in de andere ruimte zijn wapen afvuurt. Zelfs met de oordopjes diep in mijn oren en speciale oorbeschermers erover, is de knal luider dan de boor van een tandarts — en ongeveer net zo leuk.

"Kies een vuurwapen, welk vuurwapen dan ook," zegt Ariël. Of tenminste, ik neem aan dat dat is wat ze zegt — het is door de veiligheidsuitrusting heen moeilijk om te horen. Om er zeker van te zijn dat ik het begrijp, zwaait ze verleidelijk met haar hand boven een vitrine met wapens die er voor mij bijna allemaal hetzelfde uitzien.

"Een revolver?" schreeuw ik en wijs naar de kleinste die ik kan vinden. "Wat voor soort is dat?"

"Ah," roept de man achter de balie terug. "Een geweldige keuze."

Hij schreeuwt dan een verkooppraatje over het wapen, maar hoewel zijn volume hoog is, registreer ik nog steeds maar twee dingen: dat dit een voorbeeld is van de klassieke Smith & Wesson J-Frame-revolver en dat het kaliber .38 is, de kleinste die ze dragen.

Ik trek aan Ariëls mouw. "Is dat kaliber goed genoeg voor een —"

Een harde, ondraaglijke pijn stopt me voordat ik het woord 'ork' kan zeggen. Het is heel snel voorbij, maar op dat moment voelde het alsof iemand me overal met naalden had gestoken.

Ariël kijkt me bezorgd aan en zwaait naar mijn voor iedereen onzichtbare mandaataura.

Natuurlijk.

Ik had door het woord 'ork' te zeggen bijna het mandaat verbroken. Net als vampiers en andere soorten Cognizanten, zijn orks wezens waar gewone mensen niets van zouden mogen weten.

Misschien heb ik deze keer geluk gehad. Ariël had uit haar ogen, mond en oren gebloed toen ze bijna het pact van stilte verbrak dat door het mandaat was opgelegd. Terwijl ik onder mijn neus veeg, bevestig ik dat ik de ernstigere bloedingsfase van het mandaat-ontmoedigingsprogramma heb ontweken.

Ik zal in de toekomst veel beter moeten letten op wat ik zeg, aangezien het mandaat zo overijverig is. Het woord 'ork' maakt deel uit van de popcultuur en de man zou mijn vraag zeker als een grap hebben opgevat in plaats van plotseling in orks te geloven —

"Dit kaliber kan misschien geen *beer* uitschakelen," zegt Ariël. "Daarvoor heb je zoiets nodig als die .44 magnum." Ze wijst naar een grote revolver. "Het is wat Clint Eastwood in *Dirty Harry* gebruikte."

"Het is zo groot als mijn onderarm," mompel ik. "Ik zou een schoudertas mee moeten nemen om zo'n enorm wapen te verbergen." Ik realiseer me dat ik hardop een illegale activiteit aan het plannen ben, kijk de man zo onschuldig mogelijk aan en voeg eraan toe, "Hypothetisch gezien."

De man knipoogt naar me en maakt luchtcitaten. "Hypothetisch gezien. Natuurlijk."

"Oké," zeg ik resoluut. "Ik zal de magnum uitproberen."

"Weet je het zeker?" vraagt de man terwijl hij en Ariël een irritant wetende glimlach uitwisselen. "Dit heeft een vrij zware terugslag."

"Ik kan alles aan wat jullie kunnen hebben," zeg ik en kijk naar hen beiden, terwijl ik me afvraag waarom Ariël het aanvaardt (en deelneemt aan) wat in de kern een seksistische houding lijkt te zijn.

Dan herinner ik me haar superkracht en een deel van mijn bravoure verdwijnt.

Plechtig haalt de man het kolossale wapen tevoorschijn en laat het me zien. Het wapen heeft een morbide schoonheid.

Als ik ooit een wapen wilde dat er op het podium geweldig uit zou zien, dan zou deze grote jongen het heel goed doen.

Klaar met de demo wijst de verkoper ons ieder een baan aan en Ariël begint gretig het pistool af te vuren dat ze voor de gelegenheid heeft meegenomen terwijl ik les krijg.

Nadat de man klaar is om me de basis uit te leggen, waarschuwt hij me weer om me op de 'zware terugslag' voor te bereiden. Ik ga in de juiste positie staan en maak me klaar om met de dikke loop op een papieren doelwit te richten.

Het doelwit is veel, veel kleiner dan een van de orks, dus als ik dat kan raken dan zou ik zonder probleem een ork moeten kunnen raken.

Mijn hartslag gaat sneller.

Op deze manier de dood in je handen houden blijkt verrassend opwindend te zijn.

Ik voel me krachtig. Alsof iemand zou moeten ingrijpen en me tegen zou moeten houden, maar niemand doet dat.

Ik begrijp waarom Ariël hier zo vaak komt.

"Leun naar voren," roept de man en ik gehoorzaam. "Houd altijd je vinger van de trekker totdat je klaar bent om te vuren."

Omdat mijn rechteroog mijn dominante oog is, gebruik ik het om de voor- en achterkant op één lijn te brengen, waardoor het doelwit een beetje wazig is. Het is niet verwonderlijk dat het richten van een pistool niet hetzelfde is als het gooien van een mes.

Ik probeer het opgewonden trillen van mijn handen zo veel mogelijk te kalmeren, ik houd mijn adem in en haal de trekker over.

De lucht wordt uit mijn longen geslagen terwijl de knal de schietbaan op zijn grondvesten laat schudden. Door de terugslag laat ik het wapen bijna vallen.

Het is alsof een oud kanon zojuist in mijn handen is afgevuurd.

Ariël en de man kijken me grijnzend aan, dus ik bijt op mijn tanden en doe alsof ik de pijn in mijn polsen niet voel.

Met een gezicht zo kalm als ik kan, richt ik opnieuw.

Omdat ik nu weet wat me te wachten staat, gaat mijn hart nog sneller tekeer, maar ik negeer de kriebels en schiet weer.

Hoewel ik deze keer steviger op mijn benen sta, doet de terugslag nog meer pijn — misschien omdat ik gespannen was?

Ik vloek binnensmonds. Om deze terugslag 'zwaar' te noemen, is een understatement.

Ik schiet weer.

De pijn is deze keer gemakkelijker te verdragen — het is dat of mijn handen zijn gevoelloos geworden. Als de Raad me niet had verboden om illusionisme uit te voeren, dan zou ik me waarschijnlijk zorgen moeten maken over het ontwikkelen van de grootste angst van elke goochelaar — het carpaletunnelsyndroom.

Ik besluit mezelf te pushen en ga zo snel als ik kan door de rest van de zes ronden.

Als ik vraag om te herladen, kijkt de man me met een vleugje respect aan.

De tweede ronde is niet makkelijker, maar ik begin me met het wapen meer op mijn gemak te voelen.

Bij de derde herlading van mijn wapen stopt Ariël haar eigen oefening en komt ze met een bijna moederlijke trots naar me toe.

"Dat is genoeg voor de eerste keer," zegt ze nadat ik mijn laatste zes ronden heb gedaan. "Laten we eens kijken hoe je het hebt gedaan."

De man haalt mijn papieren doelwit binnen en berekent mijn hit ratio op veertig procent.

"Dat is niet heel slecht," zegt Ariël terwijl ze de gaten in de borst en het hoofd van het doelwit onderzoekt. "Vooral voor de eerste keer."

Misschien is het de financiële analist in mij, maar ik begrijp dat het slagingspercentage betekent dat ik meer dan de helft van mijn schoten zou missen. Dat is voor mij niet goed, maar wie ben ik om met een ex-soldaat in discussie te gaan?

Ik pak mijn telefoon en maak een foto van mijn

allereerste doelwit, in een poging om enige trots te voelen en faal. Dan kijk ik op de klok van de telefoon en besef dat ik binnenkort naar mijn afspraak met dr. Hekima moet.

"Natuurlijk breng ik je daarheen," zegt Ariël als ik haar aan mijn plannen herinner. "We moeten alleen onderweg hier in New Jersey een korte stop maken."

Ze moet de illegale wapenaankoop bedoelen.

Geweldig. Ik kan niet wachten.

We gaan terug naar Ariëls Hummer. Een geschenk van haar vader, en deze auto brengt Ariël net zoveel vreugde als het benzineverbruik van het ding. Een deel van de reden waarom mijn vriendin altijd zo blut is, is het enorme parkeertarief dat ze aan onze huisbaas moet betalen — of ik denk dat ik 'Nero' moet zeggen, gezien de eerdere onthulling van Felix.

We rijden een half uur, waarin ik stiekem mijn handen masseer. Niet dat Ariël het zou merken als ik het openlijk zou doen. Ze lijkt in een van haar vreemde, super gefocuste rijmodi te zijn, waarbij ze op de weg let en op niets anders. Als ze zo is, dan praat ze niet en beantwoordt ze geen vragen. Ik denk dat het iets met haar tijd in het leger te maken heeft, dus ik heb er niet veel naar gevraagd. Alles wat met haar dienst te maken heeft, is een mijnenveld.

Ten slotte parkeert ze naast een gebouw dat er als een spookhuis uitziet dat tot een distributiecentrum voor crack is omgebouwd.

"Wacht hier," zegt ze als ze ziet dat ik voorzichtig mijn veiligheidsgordel losmaak. "Ik ben zo terug."

Ik doe alle deuren op slot en wacht, me afvragend hoe ironisch het zou zijn als ik tijdens het kopen van een pistool dat bedoeld was om me tegen dit scenario te beschermen, zou worden gedood.

Na wat als de langste tien minuten van mijn leven voelt, walst Ariël het spookachtige crackhuis uit met een merkbare veerkracht in haar stap.

"Dit is je jubileumcadeau," zegt ze, terwijl ze een vettige bruine papieren zak opent om er een pistool uit te halen dat identiek is aan het wapen waarmee ik zojuist op de schietbaan heb geschoten. "Gebruik het alsjeblieft verstandig."

"Ik weet niet zeker of het zo verstandig is om dit ding te hebben," zeg ik, maar ik kan het niet helpen om het pistool eerbiedig van haar aan te nemen.

"Het is voor wanneer je het tegen orks opneemt." Ariël geeft me een doos met kogels. "Zoals ik eerder al zei, laten we hopen dat je het hebt en het niet nodig zal hebben."

"Tuurlijk," zeg ik. Met mijn beste omroepstem zeg ik, "Ik zal het Harry noemen."

"Naar *Dirty Harry*?" Ariël start de auto. "Of *Harry Potter*?"

"Naar Harry Houdini." Ik zet het adres in Queens in de GPS van mijn telefoon en plaats de telefoon in de houder. "Uiteraard."

———

ALS WE OP DE SNELWEG KOMEN, stop ik Harry en de meeste kogels in het dashboardkastje, terwijl ik een enkele kogel in mijn hand hou. Als Ariël niet kijkt, experimenteer ik ermee voor vingervlugheid voor een goocheltruc.

Het blijkt dat sommige van de goocheltrucs die voor munten werken net zo goed voor een .45 kaliber kogel werken.

In het begin oefen ik alleen hoe het voelt en eruitziet om een kogel van de ene hand naar de andere over te brengen. Ik vind dat dit soort oefeningen ervoor zorgt dat de bewegingen er net zo natuurlijk uitzien als mijn echte bewegingen. Dan probeer ik de oude klassieke beweging genaamd 'de Franse val', waarbij ik de kogel tussen mijn duim en de eerste twee vingertoppen van de rechterhand houd en de linkerhand laat doen alsof hij de kogel opvangt, terwijl de kogel in werkelijkheid niet naar beneden valt, maar in de handpalm in de rechterhand blijft. Vanuit dat startpunt ontwikkel ik een variant van wat een 'In het zicht verdwijning' wordt genoemd, waarbij je de kogel (of munt) in de hand laat glanzen die zogenaamd het object heeft gepakt en de toeschouwers zweren op de gezondheid van hun moeder dat het object in de hand in kwestie moet zitten, want ze 'zagen het' daarheen gaan. Dan probeer ik de beweging met mijn ogen dicht te doen, dan met —

"Hier moet je zijn," zegt Ariël en ik realiseer me dat ik zo in mijn vingervlugge-oefeningen met kogels opging dat ik het niet eens heb gemerkt dat ze de Hummer parkeerde.

"Houd deze kogel even voor me vast," zeg ik tegen Ariël en doe een beweging voor haar zodat de kogel in mijn rechterhand lijkt te zitten.

"Natuurlijk," zegt ze en ze strekt haar handpalm uit.

Als ik mijn lege hand open en er geen kogel uit valt, hapt Ariël naar adem.

Zich snel herstellend (ze heeft me zoiets met veel kleine voorwerpen zien doen), zegt ze, "Goed gedaan. Laat alsjeblieft geen kogels uit de oren van kleine kinderen verschijnen. We zouden niet willen dat je op een of andere lijst terechtkomt."

Omdat ik haar steek onder water niet met een antwoord verwaardig, laat ik de kogel in mijn zak vallen en ga het gebouw voor ons binnen.

"Ik ben hier voor dr. Hekima," zeg ik tegen de pafferige bewaker in de lobby.

"Hij verwacht je," zegt de man. "Ga maar gelijk naar de klas."

Ik vraag waar de 'klas' is en binnen een paar minuten sta ik op de vijfde verdieping, 'in de klas'.

Ik weet niet zeker waar de bijnaam 'klas' vandaan is gekomen, gezien de slechte staat van deze plek. Het lijkt beter geschikt te zijn voor de Anonieme Lijmsnuiversondersteuningsgroep op die dagen dat ze geen betere locatie kunnen vinden. Met klapstoelen tegen de muren, een oud koffiezetapparaat en afbladderende muurverf, lijkt het helemaal niet op een klaslokaal en ontbreekt het over het algemeen in de klassikale afdeling.

Een man — de enige persoon in de kamer — staat met een warme glimlach op van een van de klapstoelen. "Hallo, Sasha. Ik ben dokter Hekima."

Als Morgan Freeman gecast zou zijn om Albert Einstein te spelen (en ja, als hij God kan spelen, kan hij Einstein spelen), dan zou het resultaat veel op dr. Hekima kunnen lijken, tot aan het wilde grijze haar en de gloed van intelligentie in de ogen van de man.

"Hoi," zeg ik. "Leuk om u te ontmoeten."

"Neem een stoel." Dr. Hekima schuifelt terug naar zijn stoel en gaat voorzichtig zitten.

Ik probeer de minst versleten klapstoel te nemen en me op een stoel te vestigen met slechts een licht geknikte zitting waar nog verfsporen aan vastzitten. Ik negeer het spinnenweb dat aan de rugleuning van de stoel is bevestigd, klap de stoel in het midden van de kamer met een luid gepiep open en ga zitten.

"Nu," zegt dr. Hekima, "moet je een keuze maken."

"Een keuze?" Ik sla mijn armen over mijn borst. "Welke keuze?"

"Je kunt het volgende semester, over een paar maanden, met de nieuwe klas beginnen," zegt hij met die kalmerende, licht geaccentueerde stem. "Of je kunt morgen beginnen, dan heb je maar een paar colleges gemist."

"Kunnen we een paar stappen terug doen, alstublieft?" Ik spreid mijn armen. "Misschien beginnen met een uitleg van wat Oriëntatie eigenlijk is?"

"Natuurlijk," zegt dr. Hekima met een glimlach. Het woord 'uitleg' lijkt de man bijna vrolijk te maken. "Oriëntatie is een instelling waar aan nieuwe leden van de Cognizantengemeenschap instructie wordt gegeven."

"Zoals een zondagsschool?" vraag ik behoedzaam en de woorden van Felix herhalend.

"De enige overeenkomst die we hebben, is dat we elkaar op zondag ontmoeten." Hij duwt met een geoefende por van zijn middelvinger zijn bril hoger op de brug van zijn neus — zich er duidelijk niet bewust van hoezeer het gebaar op het opsteken van je middelvinger lijkt. "Oriëntatie heeft in het menselijke onderwijssysteem geen direct equivalent."

"Dus in wat voor dingen geeft u les?" Ik kijk rond in de groezelige kamer, maar zie geen Cognizanten-equivalent van het periodiek systeem of zelfs maar een kaart van de wereld. "Wat nog belangrijker is, als ik morgen meedoe, wat heb ik dan gemist?"

"Hmm." Hij pakt zijn telefoon en raadpleegt een soort aantekeningen. "Ah. Ja. We hebben de geschiedenis van het Mandaatsysteem behandeld," zegt hij op een professorale toon, terwijl zijn ogen niet van het scherm gaan. "In verband daarmee hebben we ook de noodzaak besproken om het bestaan van Cognizanten verborgen te houden." Hij kijkt op, meer geanimeerd. "We hebben grondig de religieuze, filosofische, politieke en andere implicaties besproken als het geheim van onze soort ooit zou worden ontdekt — een onderwerp dat altijd een zeer goede klassenparticipatie genereert. Deze keer hebben we een aantal scenario's uit menselijke fictie genomen, van X-Men tot de Jedi, en —"

Ik grinnik, maar stik bijna in mijn vrolijkheid als hij me streng aankijkt. Dr. Hekima is duidelijk een zwarte band als het om het omgaan met onbeschaamdheid tijdens zijn colleges gaat.

"Het spijt me," zeg ik. "Ga alstublieft verder."

"De X-Men-reactie," zegt hij, "zou zijn om bang voor ons te zijn — de spreekwoordelijke 'vrees wat je niet begrijpt'-tactiek volgen. Degenen onder ons met grote krachten zouden als massavernietigingswapens worden behandeld, terwijl iemand met krachten zoals die van jou als een hulpmiddel voor het verzamelen van inlichtingen zouden kunnen worden gebruikt —"

"Klinkt dystopisch," zeg ik, terwijl ik een huivering onderdruk als ik me voorstel dat ik in een of andere ondergrondse bunker opgesloten zou zitten en geopolitieke voorspellingen voor de CIA zou doen — een taak die in vergelijking zelfs Nero's onderzoek leuk zou maken.

Hij knikt. "Inderdaad dystopisch. En goed in contrast met het 'Jedi-scenario', dat nogal utopisch is. In de *Star Wars* franchise waren de Jedi extreem krachtig, maar ze werden niet gevreesd of voor iets gebruikt waar ze niet voor gebruikt —"

"Totdat ze allemaal weggevaagd worden," mompel ik. "Spoiler alert."

"Juist, maar dat waren de Sith." Hij houdt zijn telefoon nog steeds vast en gluurt stiekem op zijn polshorloge.

Aangezien ik het gesprek fascinerend vind, doe ik alsof ik het gebaar niet heb gezien.

"Ik zou de Sith als een subtype van Jedi beschouwen," vervolgt hij, "tenminste omwille van deze analogie. Het waren niet de mensen die genocide pleegden — wat de belangrijkste strekking van dit scenario is."

"Maar hebben vampiers geen krachten die mensen kunnen doen vergeten dat de Cognizanten bestaat, zelfs als het geheim is uitgekomen?" zeg ik. "Maakt dat deze discussie niet irrelevant?"

Hij kijkt weer op zijn horloge en ik doe weer net alsof ik het niet heb gezien.

"Ik kan nu al zien hoe stimulerend het zal zijn om jou in mijn lessen te hebben," zegt hij. "Je stelt de juiste vragen."

"Bedankt. Maar ik merk dat u niet echt heeft geantwoord."

"Gezien hoe jong en beïnvloedbaar mijn studenten zijn, blijf ik meestal uit de buurt van dit onderwerp," zegt hij, deze keer stiekem op zijn telefoon kijkend. "Maar je lijkt me een volwassen en intelligente jonge vrouw, dus ik kan je vertellen dat ja, zelfs als ons geheim bekend zou worden, afhankelijk van hoe het naar buiten zou komen, dingen onder controle gehouden zouden kunnen worden."

Hij kijkt weer op zijn stomme horloge. "De

vampiers en andere Cognizanten hebben toegang tot mensen die op elk machtsniveau zitten, van bedrijfsleiders tot leiders van landen. Ze kunnen ze in de richting duwen die goed is voor de Cognizanten. In sommige gevallen hebben de Cognizanten zelf belangrijke posities. De spil van de meeste georganiseerde criminele ondernemingen zijn bijvoorbeeld kansmanipulatoren, omdat die positie in de samenleving hen op chaos laat gedijen op een manier die het bestaan van de rest van de Cognizanten niet onthult."

Ik kan me met gemak iemand als Chester voorstellen die de leiding over een drugskartel heeft. Ik herinner me ook Nero's opmerkingen over de vampiers bij Goldman Sachs en mijn hoofd begint te tollen.

Dat moet hij letterlijk hebben bedoeld.

Er dwarrelen een heleboel vragen door mijn hoofd, dus ik flap er de meest relevante uit. "Wat als het geheim op een grote manier naar buiten zou komen? Zeg, als een of andere gedaantewisselaar zich live op tv in een onzichtbare roze eenhoorn zou veranderen?"

"Mensen zouden dan nog steeds de waarheid kunnen ontkennen," zegt hij. "Het als iets van CGI of iets dergelijks wegzetten. Maar als ze het zouden gaan geloven, dan vrees ik dat we erachter zouden komen welke van de vele fictieve scenario's het meest realistisch was." Deze keer ontgrendelt hij zijn telefoon en staart er even naar voordat hij eindigt met,

"Persoonlijk vermoed ik dat we — zoals mijn studenten zouden zeggen — de klos zouden zijn."

"Oké, maar wat als —"

"Het spijt me zo vreselijk dat ik dit kort moet houden." Met oprechte spijt in zijn ogen kijkt hij op van de telefoon. "Ik heb nog een afspraak gepland en we lopen uit in onze toegewezen tijd."

"Nog een paar laatste vragen," zeg ik snel. "Als u het niet erg vindt."

Hij knikt met zijn hoofd.

"Was de stof die u in de eerste colleges heeft behandeld een voorwaarde voor het komende lesprogramma?"

"Nee." Hij haalt zijn hand door de wilde klitten van zijn haar. "Ik denk niet dat we tot nu toe iets te fundamenteels hebben behandeld."

"Mag ik in dat geval dan morgen beginnen en dan als de volgende groep Cognizanten aan hun semester begint een paar inhaallessen volgen? Ik wil niets missen, maar ik wil ook heel graag zo snel mogelijk met leren beginnen."

"Hmm," zegt dr. Hekima. "Het is ongebruikelijk, maar meneer Gorin was zo vol lof over je dat —"

Ik ben zo in shock dat ik alles wat hij daarna zegt mis. Heeft Nero vol lof over me gesproken?

"— en heel erg bedankt dat je me vandaag bent komen opzoeken," hoor ik als ik me weer concentreer op wat dr. Hekima zegt. "Ik kijk ernaar uit om je morgen om drie uur te zien." Hij staat op en steekt zijn hand uit. "Het was erg leuk om je te ontmoeten, Sasha."

"Ook leuk om u te ontmoeten." Ik schud zijn hand en neem met tegenzin afscheid.

Op weg naar de auto denk ik na over de dingen die ik heb geleerd. Ondanks het vooruitzicht om door tieners omringd te zijn, ben ik extreem opgewonden over de les van morgen — en de anderen die daarna volgen.

"Hoe gaat het met die goede oude dr. Hekima?" zegt Ariël terwijl ik in de auto stap.

"Ik heb niets om het mee te vergelijken," zeg ik. "Hij had het behoorlijk druk."

"Het verbaast me dat hij überhaupt tijd voor je heeft vrijgemaakt." Ze start de auto en rijdt de parkeerplaats af. "Niemand krijgt hem ooit buiten die lessen te zien."

"Misschien was het een gunst voor Nero." Ik maak mijn veiligheidsgordel vast. "Ik denk dat mijn baas toch *wat* mentortaken uitvoert."

"Ik heb altijd het gevoel gehad dat Nero niet zo slecht is als jij hem voor doet komen," zegt Ariël met de meest kwaadaardige uitdrukking op haar gezicht. "Het is zelfs bijna alsof je —"

"Verhonger," zeg ik streng. "Zullen we ergens wat gaan eten?"

"Felix appt net." Ze toetert naar een gele taxi en steekt haar middelvinger naar een andere chauffeur op terwijl ze plotseling van rijstrook verandert. "Hij heeft iets gemaakt dat 'dolma' heet, wat volgens mijn zoekopdracht in Google gevulde paprika's en/of kool met vlees is."

"Dan gaan we naar huis," zeg ik met een

rommelende maag. "We willen niet de kookhobby van Felix ontmoedigen."

"Juist." Ariël lacht ondeugend. "Denk aan het kwaadaardige plan — we zeggen bedankt alsof we het menen, zelfs als we het niet menen en vergeet niet om de chef overvloedig te complimenteren."

"Ik heb dit 'kwaadaardige plan' zelf bedacht, weet je nog?" zeg ik en haal de kogel tevoorschijn.

Zo kan ik nog wat oefenen als we op de snelweg komen en Ariël weer in die niet-pratende rijmodus gaat.

"DIT IS GEWELDIG," zegt Ariël terwijl ze in een grote paprika bijt die met pittig vlees gevuld is.

Als ze doet alsof, dan is ze zo goed dat zelfs ik (de meesteres van het bedrog) het niet kan zien en Felix straalt bijna van genot.

"Mam heeft me na onze lunch met Sasha het recept gemaild," zegt hij. "Ze wilde dat ik het aan een van jullie zou geven, maar ik dacht dat dat beledigend zou zijn en jullie weten hoe graag ik kook."

"Het zou zeker aanstootgevend zijn als Ariël kookte," zeg ik met een mondvol heerlijke paprika en vlees. "Voor onze smaakpapillen."

"Moet jij zeggen." Ariël likt haar vork schoon. "We herinneren ons allemaal het illusie-feestmaal."

Felix huivert zichtbaar bij de herinnering en Ariël lacht.

"Hé." Ik moet heel hard mijn best doen om mijn gezicht in de plooi te houden. "Ik zeg nog steeds dat het een van mijn beste ideeën was."

"Ik heb geen idee waar iedereen het over heeft." Fluffster heft zijn hoofd op van een bord met luzernehooi. "Ik wist niet dat Sasha kon koken."

"Ik kan koken," zeg ik defensief, maar Ariël en Felix gnuiven.

Ik kijk ze boos aan en wend me dan tot Fluffster. "Waar ze het in ieder geval over hebben, is dat ik ooit een culinaire illusie wilde creëren met *synsepalum dulcificum*. Het is een plant die ook wel de mirakelbes wordt genoemd," voeg ik eraan toe als iedereen me met een leeg gezicht aankijkt. "Het miraculine in deze bes doet iets heel vreemds. Het bindt zich aan de zoetheidsreceptoren op de tong, dus een persoon die zuur voedsel eet, zoals citroenen, ervaart ze als zoet smakend."

"Juist." Ariël grinnikt weer. "Dus had ze een cake van citroenen gemaakt. Niet met een citroencake te verwarren."

"De zuurste cake ooit," zegt Felix.

"Juist," zeg ik. "Maar ik had stiekem de mirakelbessen in onze papillenreiniger gedaan."

"Zonder iets te zeggen," zegt Felix.

"Ter verdediging," zegt Ariël, "was het resultaat *erg* zoet. Op de dag van de illusie welteverstaan."

Ik grijns. "Ja, ze vonden het geweldig. Maar de volgende dag kwam ik de badkamer uitgerend, omdat er allemaal wanhopige vloeken en kreten waren. Zie je,

ze hadden geprobeerd om de restjes op te eten —
zonder eerst op de mirakelbessen te kauwen."

"Het was verschrikkelijk." Felix huivert weer. "Mijn
kaken waren letterlijk verkrampt."

"Het klinkt alsof er meer voedsel werd verspild,"
zegt Fluffster. Zijn mentale stem is ontstemd, maar ik
bespeur ook wat gelach.

Felix schudt zijn hoofd en kijkt dan naar mij en
Ariël. "Dus ik heb een vraag voor jullie twee." Hij kijkt
Fluffster verontschuldigend aan. "Als vrouwen."

Ariël — die een gevulde paprika in haar mond
stopte — verslikt zich zo erg dat ik me klaarmaak om
de Heimlichmanoeuvre uit te voeren.

"Dus hoe dan ook." Felix kijkt naar zijn bijna lege
bord. "Stel dat ik een dame zou gaan entertainen...
Denken jullie dan dat ik deze maaltijd voor haar moet
koken?"

Met een luide slok slikt Ariël de paprika door waar
ze zich in verslikte en ratelt, "Wie? Wat? Wanneer?
Hoe?"

Ik sta op het punt om hem samen met haar met
vragen te bestoken, maar dan herinner ik me dat hij het
bij zijn ouders over een meisje had gehad.

Het lijkt erop dat hij er niet een heeft verzonnen om
ze te sussen.

"Het is niet iemand die je kent," zegt Felix. "Ik weet
niet eens zeker waar dit toe kan leiden. Ik probeer
gewoon te beslissen welke activiteit het beste is en —"

"Ik denk dat koken op de eerste date misschien een
beetje te veel van het goede is." Ik leg mijn vork iets te

plotseling neer. Iets hieraan stoort me en ik heb geen idee waarom.

Zou ik jaloers kunnen zijn?

Nee. Dat slaat nergens op.

Als ik van streek ben, dan is dat alleen maar, omdat Felix zijn verliefdheid op een meisje altijd in huis heeft gehouden en hij mij of Ariël begeerde — zoals een goede polygame echtgenoot zou moeten doen. Nu blijkt dat zijn hart een wispelturig wezen is.

Ach ja, goed voor hem. Als hij een lellebel wil, dan mag hij haar hebben.

"Ik zou haar mee uit vragen om koffie te gaan drinken," zegt Ariël. "En als het goed gaat, Netflixen en chillen." Blijkbaar deelt ze mijn twijfels over deze situatie niet.

Felix wordt niet rood, dus hij weet waarschijnlijk niet dat N&C een code is voor met elkaar naar bed gaan.

Ik dwing mezelf om te glimlachen en te zeggen, "Daar ben ik het mee eens." Ik pak mijn vork en prik er nog een paprika aan. "En als ze mee naar huis komt en je hebt lekkere restjes van iets dat je persoonlijk hebt gekookt, dan zal ze behoorlijk onder de indruk zijn, zonder enige onnodige druk te voelen."

"Ik zou 'restjes' van je gevulde eieren met gerookte zalm aanraden." Ariël neemt een hongerige hap van de gevulde paprika. "Of misschien die Russische versie met de rode kaviaar?"

"En," zegt Fluffster in ons hoofd, "laat mij haar laten zien hoe ik mezelf in een stofbad was. Het lijkt echt indruk te maken op de twee vrouwen aan wie ik ben blootgesteld."

"Of op wie dan ook met ogen," zegt Ariël.

"Met een gevoel voor schattigheid," stem ik in.

"Bedankt, jongens." Felix pakt zijn telefoon en maakt aantekeningen.

"Natuurlijk," zeg ik, "kun je alles wat we net hebben gezegd schrappen en vanavond je nieuwe vriendin meenemen naar de Earth Club."

"Ervan uitgaande dat ze een Cognizant is, natuurlijk." Ariël springt bijna op en neer van opwinding. "Er zal gedanst worden, muziek —"

"Ze is geen Cognizant en ze heeft het vanavond druk." Felix verbergt de telefoon en brengt zijn bord naar de gootsteen. "Bovendien vind ik het low-key idee veel beter."

"En hoe zit het met jou?" vraagt Ariël aan hem. "Ga je vanavond met mij en Sasha mee?"

"Ik denk niet dat ik dat zou moeten doen." Felix spoelt zijn bord om en zet het in de vaatwasser. "Het zou hetzelfde zijn als vreemdgaan."

Ariël staart naar zijn rug. "Je bent nog niet eens op een echte date geweest."

"En we gaan gewoon naar een club om te dansen, niet om aan een orgie deel te nemen," zeg ik en kijk dan naar Ariël. "Toch?"

"Geen orgieën," bevestigt ze. Binnensmonds voegt ze eraan toe, "Tenzij je er een wilt."

"Stel je voor wat mijn vrouw zou zeggen als we zouden trouwen, en ik haar zou vertellen dat ik zonder haar naar een club was gegaan, *nadat we elkaar al hadden ontmoet,*" zegt Felix ernstig.

"Wat is een orgie?" vraagt Fluffster.

We vallen allemaal (met uitzondering van de chinchilla) bijna op de grond van het lachen.

Door krampachtig gelach heen weet ik eruit te persen, "Ik denk dat we de grenzen van op YouTube gebaseerd onderwijs hebben gevonden."

Mijn opmerking maakt mijn vrienden nog meer aan het lachen, totdat ik Fluffster met zijn zwarte ogen tot spleetjes vernauwd naar ons zie staren — op dat moment barst ik bijna van het lachen.

Uiteindelijk stoppen we met het plagen van Fluffster en Ariël meldt zich vrijwillig aan om uit te leggen wat een orgie eigenlijk is.

"We moeten gaan," zegt ze nadat ze klaar is met het bederven van de onschuldige geest van de arme chinchilla. "Sasha en ik hebben mani-pedi-afspraken voor onze missie naar de Earth Club."

Ik wist niet dat we iets dergelijks hadden. Als ik geraadpleegd was, dan zou ik erop hebben gewezen dat mijn nagels er na het jubileum nog perfect uitzien, maar wat doe je eraan?

Ariël krijgt altijd haar zin in dit soort dingen.

———

We krijgen de mani-pedi's, die in gezichtsbehandelingen escaleren.

Al snel wordt duidelijk dat Ariël heeft besloten om

de jubileummake-over die Nero onlangs voor me had georganiseerd, opnieuw te creëren, maar met een redelijker budget en ik mag zelf mijn kleding kiezen.

Als we na alle verwennerij en winkelen thuiskomen, vlucht ik naar mijn kamer om me aan te kleden.

Ik trek de nieuwe spijkerbroek aan, de stijlvolle blouse met knoopjes die mijn concessie aan Ariël was en het nieuwe paar laarzen. Een blik in de spiegel is het enige wat ik nodig heb om te bevestigen dat dit ensemble heel goed bij mijn nieuwe leren jas zal staan.

Om het karwei van het aanbrengen van make-up prettiger te maken, herinner ik mezelf er zoals gewoonlijk aan dat me opmaken een soort illusie is. Op die manier kan ik mezelf dwingen om wat aan te brengen, zodat Ariël niet hoeft te doen alsof we niet samen zijn gekomen.

Om mijn outfit compleet te maken, steek ik mijn nieuwe pistool in een schoudertas die ik over mijn schouder hang. Als ik het pistool zo wil dragen, dan moet ik meer tassen kopen die bij verschillende outfits passen.

"Oh jeetje," roept Felix als ik de woonkamer binnenstap. "Je ziet er geweldig uit."

Fluffster kijkt me ook aan en aangezien hij niet over het onnodig winkelen klaagt, beschouw ik zijn stilte als een compliment.

Dan komt Ariël binnen.

Niemand weet wat ze moeten zeggen — zelfs Fluffster niet, die telepathisch kan spreken.

Ze heeft vals gespeeld.

Dit is niet iets dat we zojuist hebben gekocht, omdat we niet bij BDSM'R'Us hebben gewinkeld.

Het hele lichaam van Ariël is strak in zwart leer gewikkeld — hoewel het latex kan zijn. De glanzende, nauwsluitende broek pronkt met elke spier van haar danserachtige benen en de zwarte pumps benadrukken haar troeven nog meer. Haar topje plakt zo nauw aan haar huid dat het haar buikspieren omlijnt. Ik heb geen idee hoe ze erin is gekomen, of in de broek.

Als klap op de vuurpijl is haar haar opgestoken, bijeengehouden door zoiets als een breinaald of een schroevendraaier — het is moeilijk om dat onder de golven te zien.

Ze zou niet meer sexappeal kunnen uitstralen als ze daar in Victoria's Secret-lingerie zou staan.

"Ben je een dominatrix of Catwoman?" vraag ik, terwijl ik probeer om de betovering te verbreken. "En als het het laatste is, vind je dan niet dat je je Batman-verslaving te ver doordrijft?"

"Nee," zegt Felix met een hese stem. "Ik denk dat dit een veel, veel strakkere versie van Trinity's outfit uit *The Matrix* is."

"Dit is gewoon iets dat tegenwoordig in de mode is bij de Earth Club," zegt Ariël, terwijl ze haar handpalmen langs haar romp strijkt. Ze klinkt een beetje zelfbewust. "Ik kan me omkleden als —"

"Nee," zeggen Felix en ik in koor.

"Je ziet er geweldig uit," verduidelijk ik.

"Je hoeft je niet om te kleden." Felix schraapt zijn keel. "Geloof me maar."

Ariël schenkt iedereen een megawatt glimlach. "Super. Ik ga wat make-up opdoen."

"Dat was zonder make-up?" zeg ik tegen niemand in het bijzonder.

"Ze zou met modellenwerk zoveel geld kunnen verdienen," zegt Fluffster in gedachten. "Dat heb ik haar al verteld. Waarom geeft niemand in dit huishouden om het opbouwen van spaargeld?"

"Jij harige pooier." Ik pak de chinchilla en wrijf de hemelse vacht tegen mijn wang. "Als Ariël dokter wil worden, dan moet ze dokter worden, geen model. Bovendien verdienen artsen goed geld."

Dat lijkt de domovoj tot bedaren te brengen en we gaan op Ariël zitten wachten.

Ze komt na wat als een uur voelt naar buiten. We staren haar allemaal weer sprakeloos aan — hoewel ik niet zeker weet of het de nieuw aangebrachte goth-achtige make-up is of de aanhoudende impact van de sexy superheldenoutfit.

"We kunnen maar beter gaan," zegt ze tegen me. "Tijd stroomt anders op onze bestemming."

Ik sta op van de bank en rek me uit.

"Zorg ervoor dat jullie iets warms meenemen," eist Fluffster in ons hoofd. "Het is kil buiten."

Ik verzet me tegen grappen over iemand die eruitziet als een perfecte want van bont, steek mijn zwarte leren handschoenen in mijn zak, doe mijn favoriete sjaal om mijn nek en zet een muts op.

Ariël trekt een lange regenjas aan, wat aan scènes uit romantische komedies doet denken waarin het meisje naar het huis van de jongen komt en ze onder zo'n jas niets draagt.

"Laat de tas maar," zegt Ariël over mijn wapenholster/schoudertas.

"Maar ik heb de —"

"Ze zouden je niet binnenlaten met zo'n... misdaad tegen de mode." Ze tuit haar lippen en schudt haar hoofd alsof ze wil zeggen, 'Ga niet in discussie, anders moeten we het pistool aan de anderen uitleggen.'

"Goed dan." Met enige opluchting doe ik de zware tas af.

"Dit is waarom je mij in de buurt houdt," zegt Ariël en ik kan niet anders dan om de dubbele betekenis glimlachen.

"Ga je niet met de auto?" vraag ik aan Ariël als ik zie dat ze de sleutels van haar Hummer aan de haak bij de deur laat hangen.

"Parkeren bij JFK is vreselijk," zegt ze terwijl ze de deur opent. "Bovendien" — ze grijnst — "ben ik op de terugweg misschien een beetje dronken."

"Dat doet me eraan denken," zeg ik terwijl we het appartement verlaten en naar de lift lopen. "Is JFK airport de beste manier om naar de Andere Werelden te reizen?"

"Helaas wel." Ariël glijdt sierlijk de lift in en ik volg. "Als er poorten zijn bij LaGuardia, dan zijn ze niet toegankelijk voor degenen onder ons aan de onderkant van de voedselketen van Cognizanten."

"Heten die dingen officieel poorten?" Ik kan het

niet helpen dat ik opgewonden op mijn plaats begin te stuiteren. "Zo noemde ik ze in mijn gedachten."

"Iedereen noemt ze poorten, maar er is misschien een meer officiële term die ik niet ken." Ariël stopt een losse pluk van mijn haar onder mijn muts.

"Hoe kun je deze dingen niet weten?" vraag ik als we de lift verlaten.

"Ik denk dat je zo nieuwsgierig bent, omdat je hier net in bent gekomen." Ariël pakt haar telefoon om voor ons een taxi op te roepen. "Je bent als een toerist die voor de eerste keer New York bezoekt."

"Hé," zeg ik spottend. "Neem dat terug."

"Een binnenlandse toerist," zegt ze met een stalen gezicht. "Met een heuptasje en een papieren kaart."

"Tuuuurlijk. En jij bent de hipste local die nog nooit in het Vrijheidsbeeld of het Empire State Building is geweest?"

"Dat klopt." Ariël slaat haar armen over elkaar. "En ik heb een hekel aan Times Square."

Ik kan niet anders dan glimlachen. We zijn geen van beiden bij het Vrijheidsbeeld geweest, ondanks dat we op loopafstand van de veerboot van Ellis Island wonen.

"Dus," zeg ik. "Naar welke van de Andere Werelden gaan we?"

"Het heet Gomorrah," zegt Ariël terwijl een zwarte minibus bij de stoeprand stopt.

"Heeft het veel vuur en zwavel of zoiets?" vraag ik, over de naam nadenkend.

"Dat zie je vanzelf wel." Ze loopt naar de auto. "Laten we gaan."

ALS WE BIJ JFK KOMEN, gaan we naar de geheime deur die Ariël de laatste keer dat we hier waren had gebruikt.

Aangezien ik vandaag geen blinddoek draag, onderzoek ik de muren van de gangen die naar de grote kamer met poorten leiden.

De tunnels zijn pijnlijk gewoon — wat ik op basis van het eenvoudige linoleum dat ik de laatste keer onder onze voeten zag, had kunnen raden.

Het enige vreemde aan ons pad is hoe onnodig labyrintisch de gangen zijn — er zijn bij elke stap splitsingen. Ariël neemt echter vol vertrouwen iedere bocht, ze heeft duidelijk het pad uit haar hoofd geleerd.

Ik blijf stil, pak mijn telefoon en begin een nieuwe notitie: elke keer dat we een respectievelijke bocht nemen, typ ik L voor links en R voor rechts. Later, als ik even tijd heb, zal ik dit pad ook uit mijn hoofd leren.

"Waar zouden we eindigen als je een verkeerde afslag nam?" vraag ik als we een langere gang binnenkomen.

"Een kuil met slangen?" Ariël haalt haar schouders op. "Toen mijn vader me de weg naar de Hub wees, heeft hij tegen me gezegd dat ik nooit de verkeerde kant op mocht gaan, dus dat heb ik nooit gedaan. Voor zover ik weet leiden al deze gangen naar hun eigen Hubs."

Hoe kan het dat ze zich niet druk maakt om zulke dingen? Is het gewoon de toeristische analogie?

Omdat ik begin te denken dat Ariël het nieuwsgierigheidsgen mist — tenminste als het om alle zaken gaat die met Cognizanten te maken hebben.

We nemen nog een paar bochten en ik besluit om ervoor te zorgen dat Ariël mijn aantekeningen doorneemt voordat ik in mijn eentje door deze plek ga navigeren. Als er daar ergens een put met slangen is, dan wil ik er niet in vallen. Ik stop ook met praten, zodat ik de plek zo nauwkeurig mogelijk in kaart kan blijven brengen.

Uiteindelijk verandert de vloer onder onze voeten in het gladde chroommateriaal dat ik me van onze laatste excursie herinner.

We moeten in de buurt komen van wat Ariël de Hub noemde.

De volgende deur is gesloten, dus doet Ariël hem open en zegt met fanfare, "Klaar?" Dan gaat ze zonder op me te wachten naar binnen.

Mijn hartslag versnelt van opwinding terwijl ik haar volg.

"Wauw," mompel ik vol ontzag terwijl ik de balans opmaak van waar ik ben.

De ronde kamer is zo groot als Madison Square Garden en overal om ons heen zijn de veelkleurige plasmapoorten te zien. Gigantische kabels kronkelen van het plafond naar de basis van elke poort en er stroomt zichtbaar elektriciteit-achtige energie naar beneden, alsof een gekke wetenschapper Frankenstein probeert te reanimeren. Ik sta versteld bij wat ik zie.

De energierekening voor deze kamer moet gelijk zijn aan het BBP van een klein land.

"Vandaag gaan we niet hoppen," zegt Ariël, naar een turquoise poort wijzend die zich in de buurt bevindt.

"Met 'hoppen' bedoel je het nemen van een poort naar een andere Hub en dan een andere poort?" vraag ik, terwijl mijn nek de spanning voelt van al het naar boven, naar beneden en om ons heen staren.

"Juist." Ariël wandelt naar de turquoise poort.

"Zijn er net zoveel werelden als er poorten zijn?" vraag ik, met mijn hand gebarend om de hoeveelheid om ons heen te omvatten.

"Niet eens in de buurt," zegt Ariël. Haar nonchalance is ongelooflijk irritant als je bedenkt hoezeer ze me op dit moment versteld doet staan. "Er is een oneindig aantal werelden. Wat wij de Andere Werelden noemen, is slechts een kleine druppel in die rivier — alleen degenen die toegankelijk zijn met bestaande poorten. De poorten hier op JFK leiden naar slechts een klein deel van alle toegankelijke werelden, maar met genoeg hoppen kun je alle andere bereiken, zelfs als je dat in sommige gevallen niet zou moeten doen."

"Hoe kun je weten dat er werelden zijn waar de poorten niet naar leiden?" Ik stop en kijk om me heen om het aantal poorten in de kamer in te schatten, maar geef het al snel op. "En wat bedoel je met 'niet zou moeten doen?'"

Ariël haalt haar schouders op en loopt verder. "Ik ga gewoon af op wat dr. Hekima ons tijdens de oriëntatie heeft verteld. Hij is op het gebied van poorten een expert, dus hij zou het moeten weten. Wat betreft de gevaren vertelde hij ons ook dat we niet zomaar lukraak moeten gaan backpacken. Er zijn werelden waar je dood zou gaan zodra je de poort verlaat."

"Doodgaan?" Ik volg haar. "Waarom?"

"Dat wisselt." Ze stopt naast de turquoise poort. "Ben je er klaar voor?"

Ik wil een paar maanden hier blijven en meer over de Andere Werelden leren, maar ik verlang nog meer naar een voorbeeld van een echte andere wereld. In de veronderstelling dat ik haar, Felix of zelfs dr. Hekima later kan ondervragen, knik ik hevig met mijn hoofd. "Klaar."

Ariël stapt het turquoise plasma binnen. Overal waar haar lichaam het glinsterende oppervlak raakt, verdwijnt het, alsof het eraf is gesneden.

Als ze helemaal weg is, zet ik een schuifelende stap in de richting van de poort.

Ik krijg kippenvel in mijn nek.

"Daar gaan we," zeg ik tegen de lege kamer en stap door de poort.

HOOFDSTUK ELF

"WELKOM OP GOMORRAH," ZEGT ARIËL TRIOMFANTELIJK.

Als ik om me heen kijk, overweeg om mezelf te knijpen om er zeker van te zijn dat dit geen ingewikkelde droom is.

Hoewel het vijf uur 's avonds is op JFK, is het in deze wereld al nacht. De lucht is helder, waardoor ik het onmogelijke uitzicht in me op kan nemen.

Een uitzicht dat duidelijk maakt dat we niet meer in Kansas (of New York) zijn.

Er is geen maan aan de hemel. In plaats daarvan wordt de duisternis boven ons gedomineerd door wat op een majestueuze nevel lijkt: een interstellaire wolk van stof en gassen. De gele en rode tinten vormen lange kolommen, die me op een griezelige manier aan vuur en zwavel doen denken die op het punt staan om naar beneden te regenen.

Ik ruk mijn ogen weg van de surrealistische hemel en kijk om me heen. We bevinden ons in een colosseum-achtige buitenruimte die als poorthub dienst doet, het bevindt zich alleen — en ik kan niet geloven dat ik dit eerst niet zag — boven op een enorme wolkenkrabber.

Gefascineerd loop ik achter de poort langs om naar beneden te kijken.

Het gebouw is verbijsterend hoog. Het staat minstens een factor tien hoger dan alle andere op aarde. Hoe kan het dat we op deze hoogte niet bevriezen? De planeet moet veel warmer zijn — het is dat of er is een onzichtbare verwarming om ons heen. Om nog maar van een soort zuurstoftoevoer te zwijgen.

De bovenkant van het gebouw moet ook een toeristische attractie zijn, want er zijn handige telescopen rond de omtrek te zien. Ik ren er naartoe en kijk erin.

Als je alle wolkenkrabbers van aardse steden zoals New York, Dubai, Shanghai, Parijs en Moskou zou nemen en ze allemaal samen in één superstad zou proppen, dan zou het resultaat er in vergelijking hiermee nog steeds armoedig uitzien. Er hangt een Disneyland-meets-Times-Square-sfeer in deze uitgestrekte megapolis waardoor ik ernaartoe wil om alle hoeken en gaten te verkennen.

"Ik neem aan dat je onder de indruk bent?" Ariël legt een hand op mijn schouder. "Voel je niet rot als dat zo is — daar is deze plek voor ontworpen."

"Het moet enorm zijn." Ik stap weg van de rand van het gebouw.

"De stad Gomorrah is groter dan de Verenigde Staten van Amerika. De wereld — of planeet — van Gomorrah is echter ongeveer even groot als de aarde, dus de rest van het land van de planeet wordt gebruikt om de krankzinnige bevolking van de stad te voeden."

Ik fluit en draai me om om Ariël aan te kijken. Ik merk dat er iets niet klopt en wrijf in mijn ogen om er zeker van te zijn dat het geen bijproduct is van een overdaad aan ontzag.

"Je aura," zeg ik als er niets verandert. "Hij is weg."

"Nou, ja," zegt Ariël nonchalant. "Dat van jou ook. We hebben die hier in Gomorrah niet nodig."

Ik kijk naar de spiegelvloer en verifieer dat die van mij inderdaad ook ontbreekt. Ik kom weer met mijn hoofd omhoog en vraag, "Is de aura specifiek voor onze wereld?"

"Nee," zegt Ariël en ik weet niet of ik me een ondertoon van zelfvoldaanheid in haar woorden verbeeld. Misschien geniet ze ervan iets te weten wat ik niet weet, na alle magische effecten waarmee ik haar heb verbijsterd. "De aura is specifiek voor de mens."

"Wat bedoel je met 'specifiek voor de mens?'" Ik masseer mijn voorhoofd in de hoop dat ik meer bloed naar mijn momenteel trage hersenen kan laten stromen.

"Gomorrah is een van de werelden waar geen mensen op leven." Ariël loopt naar het midden van het dak en gebaart dat ik haar moet volgen.

Ik haal haar in en zeg, "Wat bedoel je met waar geen

mensen op leven?" Ik zwaai naar de gigantische stad. "Daar leeft duidelijk iemand in."

"Allemaal Cognizanten," zegt Ariël over haar schouder. "Vandaar dat er geen aura nodig is."

"Wacht." Ik stop met lopen. "Is dit de oorspronkelijke wereld waar onze mensen vandaan komen?"

"Nee." Ariël stopt ook. Ze draait zich naar me toe en houdt haar hoofd schuin. "Ik had moeten wachten tot je klaar was met Oriëntatie voordat ik je hier mee naartoe nam. Dit wordt een nacht van 'waarom', nietwaar?"

"Dus het is niet de thuiswereld, maar iedereen is een Cognizant," herhaal ik en negeer haar geklaag. "Waarom?"

"Je mag nog vier vragen stellen, daarna gaan we gewoon van de avond genieten," zegt ze, hoewel haar ergernis me een beetje onecht lijkt. "Het is duidelijk dat de Cognizanten hier wonen omdat ze deze onbewoonde wereld hadden ontdekt, het aangenaam vonden en besloten om hier hun thuis te maken. In ieder geval degenen die om te beginnen geen krachten hadden." Ze loopt verder naar het midden, waar ik een klein bouwwerk zie.

"Wat bedoel je met 'om te beginnen geen krachten hadden?'" Ik ga sneller lopen om naast haar in de pas te kunnen lopen.

"Niet elke Cognizant heeft een meetbare kracht. Maar de rest van ons, die dat wel hebben, verliest die op werelden als Gomorrah," legt ze uit. "Werelden zonder mensen in de buurt."

"Is dat zo?" zeg ik, niet wetend hoe ik me zou moeten voelen als ik mijn wisselvallige krachten zou verliezen om naar een of andere club te gaan — hoe cool die ook is.

"Maak je geen zorgen." Ariël gaat sneller lopen. "Het is een langzaam proces. Het duurt heel lang voordat je helemaal leeg bent."

"Leeg?"

"Is dat de derde vraag?" Ariël stopt naast het gebouw dat onze bestemming was. Het lijkt op een liftschacht — een indruk die bevestigd wordt als Ariël op een knopje drukt die naast de spiegeldeuren zit.

"Wil je stoppen met het tellen van mijn vragen?" Ik vernauw mijn ogen tot spleetjes naar haar.

"Wil je me al je trucs uitleggen?" Ze grijnst wraakzuchtig. "Vooral die ene toen je in onze keuken zweefde?"

"Prima." Een koekje van eigen deeg krijgen is klote. Ik overweeg even om iets anders uit te leggen dan het effect dat ze zojuist noemde, maar de wervelwind van vragen in mijn hoofd maakt het moeilijk om een voorbeeld te bedenken van iets dat ik niet erg zou vinden om op te geven.

"Wat bedoel je met 'volledig leeg?'" vraag ik opnieuw. "Of beter gezegd, bedoelde je te zeggen dat door op deze wereld te leven, een Cognizant zijn krachten volledig zou verliezen? Zo ja, bedoel je permanent en als dat het geval is, waarom zou iemand hier dan gaan wonen? Afgezien van degene zonder krachten, bedoel ik? En ook, waarom? Hebben we mensen nodig om de krachten te laten werken?" De liftdeuren gaan open terwijl ik pauzeer om op adem te komen.

Ariël gaat de lift in en drukt op de grote knop voor de lobby. "Dat waren vijf, misschien zelfs zes vragen."

"Kom op." Ik geef haar mijn beste puppyblik. "Alsjeblieft? Leg dit uit en ik zal vandaag geen vragen meer stellen." Ik kruis mijn vingers achter mijn rug en voeg eraan toe, "Ik beloof het."

Ariël rolt met haar ogen. "Je beseft dat ik je gekruiste vingers in de spiegel kan zien? En dat je geen vijf bent?"

"Als ik je neerbuigende retorische vragen beantwoord, ben je dan bereid om mijn eigen aantal vragen te verhogen?" Ik zet mijn handen op mijn heupen.

De liftdeuren schuiven open. Gezien de hoogte van dit gebouw was dat de snelste rit met de lift ooit.

Ariël gaat naar buiten en zegt over haar schouder, "Oké. Ik zal het uitleggen tot we bij de club zijn —"

De lobby van het gebouw is de natte droom van elke architect en museumconservator. Het ziet eruit als het liefdeskind van het Oculus-treinstation in New York en het Guggenheim-museum.

"Je luistert niet eens naar me," zegt Ariël terwijl ik met open mond tegen haar aan bots.

"Ik luister." Ik ontmoet haar blik.

Ze zucht. "Er zijn lege werelden, werelden met

zowel Cognizanten als menselijke bewoners en werelden met alleen Cognizanten. En er kunnen ook werelden zijn die alleen voor mensen zijn, hoewel ze per definitie geen poorten zullen hebben die naar hen leiden, zoals wij die hebben gebouwd."

Mijn hoofd voelt alsof het op het punt van ontploffen staat. Ik heb nog een miljoen vragen, maar ik weet dat als ik haar onderbreek, ze misschien voorgoed ophoudt met uitleggen.

Ze loopt verder. "Voor werelden waar beide bestaan, lijken we mensen nodig te hebben om onze krachten te behouden."

"Het klinkt alsof we een symbiotische soort zijn," mompel ik binnensmonds.

"Wat zei je?" Ariël fronst haar wenkbrauwen.

"Symbionten." Ik verhoog mijn pas om de passen van de lange benen van Ariël bij te houden. "Zoals de schoonmaakvissen die grotere vissen helpen. Of de nuttige bacteriën die een enorm deel van ieders lichaam uitmaken."

"Symbionten," zegt ze. "Ik weet wat ze zijn. En, gatver. Maar hoe dan ook, als we op een wereld zonder mensen verblijven, dan verliezen we uiteindelijk permanent onze krachten — maar nogmaals, het effect is op één avond verwaarloosbaar. Wat betreft waarom iemand de moeite zou nemen om hier te wonen, de meesten worden hier geboren en blijven dus waar ze geboren zijn. Net zoals mensen die op onherbergzame plekken op aarde zijn geboren daar vaak blijven, ondanks het bestaan van New York." Ze werpt een blik op mij en we wisselen wetende New Yorker-glimlachen uit.

"Hoe zijn mensen op meer dan één wereld gekomen?" vraag ik vervolgens. "En hoe zit het met buitenaardse wezens? Hebben deze werelden naast ons nog andere levende soorten?"

"Zelfs als ik de antwoorden wist, heb je officieel geen vragen meer." Ariël kijkt achterom om er zeker van te zijn dat ik haar volg. Ze ziet mijn bedroefde uitdrukking en zegt vriendelijker, "Ik weet het in ieder geval niet. Mensen kunnen doorgaans niet door de poorten, dus ik denk niet dat ze zich op die manier naar meer dan één wereld hebben verspreid. Ik betwijfel of zelfs dr. Hekima *jouw* nieuwsgierigheid kan bevredigen. Je bent net een foutje van de natuur — sommige mensen hebben grote wijsvingers, jij hebt een gigantisch 'waarom'-centrum in je hersenen.'"

Ook al weet ik dat het niet de bedoeling van Ariël was, beschouw ik haar opmerkingen als een compliment.

We bereiken de draaideuren die uit het gebouw leiden en Ariël duwt het zware ding met nauwelijks een aanraking voort en draait ze voor ons allebei rond.

Ik geloof niet dat ik een vraag hoef te verspillen aan, "Kunnen we op zijn minst onze krachten op deze wereld gebruiken?" aangezien zij dat duidelijk kan. Trouwens, de vraag is in mijn geval een beetje onduidelijk, tenzij ik zou beslissen om een dutje te gaan doen.

"Wauw," zeg ik als we buiten zijn. "Deze plek is als Vegas op crack. En steroïden."

De kakofonie van entertainmentposters, exotische structuren, 3D-hologrammen, lichten en kleurrijk geklede mensen dreigt me migraine te bezorgen.

Ariël wijst naar een groot gebouw dat met een verzameling grote neonreclames in het Duits, Italiaans, Portugees, Nederlands en elke andere aardse taal bedekt is, plus een rune-achtig schrift dat me aan de symbolen herinnert die Beatrice in de lijken kerfde die ze animeerde. Misschien is het de originele taal van de Cognizanten? Op het bord staat, "Earth Club." In kleiner lettertype pronkt het met: "De beste wodka in heel de Andere Werelden."

Er is een enorme rij om binnen te komen, maar dat schrikt Ariël niet af. Ze pakt mijn hand en sleept me naar de oceaanblauwe deuren die van marmer lijken te zijn.

Een uitsmijter bewaakt hen.

Een enorme uitsmijter die groen is.

Hij lijkt op de verloren broer van de orks die me bijna vermoord hebben, maar hij draagt geen make-up.

Hopelijk werkt hij niet met hen samen — een hoop die wordt ondersteund door de volledig lege blik die hij me geeft voordat hij Ariël goedkeurend aankijkt.

"Is dat een ork?" fluister ik zo zachtjes als ik kan tegen haar.

De uitsmijter moet een onnatuurlijk scherp gehoor hebben, want hij trekt zijn wenkbrauw op en kijkt naar

Ariël, alsof hij wil zeggen, 'Wie is die idioot die je mee hebt genomen? Ze is te groen om naar binnen te gaan.'

"Ze hoort bij mij," zegt Ariël resoluut en pakt mijn hand zo stevig vast dat mijn botten kraken. Terwijl ze mij vasthoudt, loopt ze regelrecht op de uitsmijter af. "Dit is Sasha. Ze werkt voor Nero Gorin," zegt ze als de man niet beweegt. "Hij is ook haar mentor."

Ik denk niet dat de uitsmijter zo snel uit de weg zou zijn gegaan als ze hem met al haar kracht had geslagen.

"Kennen ze Nero hier?" vraag ik aan Ariël als we de club binnenkomen.

Als ze antwoordt, hoor ik haar niet boven de aardbeving-luide beat die mijn trommelvliezen aanvalt en die mijn interne organen laat trillen.

"Welkom bij de Earth Club," schreeuwt Ariël in mijn oor. "Laat het feest beginnen."

HOOFDSTUK TWAALF

Het is anders dan alles wat ik ooit heb meegemaakt.

De vloeren onder mijn voeten zijn van glas, waardoor je een paar verdiepingen naar beneden kunt kijken, elk met een eigen glazen dansvloer. De algehele sfeer op elke verdieping doet aan de *Star Wars*-cantina denken. Er zijn Cognizanten van allerlei verschillende vormen en maten, van een reus die me aan de man doet denken die tijdens de ceremonie over me heen doemde, tot magere individuen met puntige oren (elfen?), tot een scala aan extreem kleine mensen (dwergen of kabouters?), met af en toe een wezen van Tinkerbel-formaat (pixies?) die met kolibrie-achtige vleugels rondzweven.

Mijn ogen dreigen uit hun kassen te springen. Als ik iets had gedronken, dan zou ik denken dat ik hallucinogenen binnen had gekregen. Hoewel ik mijn wereldbeeld de afgelopen dagen veel heb aangepast, is het evenwicht dat ik heb bereikt nu in kleine, pixie-achtige scherven verbrijzeld.

En dan te bedenken dat ik ooit moeite had om in vampiers te geloven.

Over vampiers gesproken, deze plek moet bijzonder populair bij hen zijn — ik neem tenminste aan dat dat is wie alle bleke mensen in zwarte outfits met een zonnebril zijn. Interessant is ook dat de meeste misschien-vampiers door danspartners worden vergezeld die in strakke zwartleren outfits gekleed zijn die verdacht veel op die van Ariël lijken.

Als ik genoeg bij ben gekomen om omhoog te kijken, zie ik dat de bovenste verdieping een groot zwembad is waar mensen en dolfijnen samen zwemmen. Bij een tweede blik zie ik ook iets wat alleen zeemeerminnen kunnen zijn — zoals in, mensen met vinnen en staarten. En hé, waarom ook niet?

"Dat zijn weerdolfijnen en meermensen," schreeuwt Ariël in mijn oor nadat ze mijn blik volgt. "Wil je met ze gaan zwemmen?"

"Ik denk dat ik het voorlopig bij dansen houd," roep ik terug.

Ariël steekt haar duim omhoog en schudt ritmisch haar heupen op de muziek.

Haar enthousiasme is zo aanstekelijk dat het mijn wereldbeeldcrisis doorbreekt en ik begin ook op de beat te bewegen.

De muziekstijl is niet te lokaliseren. Het wordt door instrumenten gespeeld die ik nog nooit eerder heb gehoord. Een soort synthesizer misschien?

Voor zover ik weet, kunnen het sirenes zijn die zingen.

Even verlies ik Ariël uit het oog en terwijl ik haar zoek, trekt iets mijn aandacht.

Ik sta daar, zonder te knipperen.

Darian staat een paar meter bij me vandaan te dansen — en hij danst met *mij*.

Nou, hij danst natuurlijk niet met mij, maar met iemand die precies op mij lijkt, ze is alleen in een andere outfit gekleed.

Ik dwing mijn verstijfde ledematen om te bewegen zodat ik het vreemde duo kan confronteren, maar voordat ik ze kan bereiken, beginnen ze te zoenen.

Ik stop vlak naast hen.

Ze zijn zich niet van mijn aanwezigheid bewust en ik kan niet anders dan de gelukzalige uitdrukking op Darians gezicht opmerken en hoe de andere 'ik' in elk klein detail dat ik kan bedenken met de echte ik overeenkomt — behalve misschien het enthousiasme waarmee ze hem kust.

Ze is bijna op zijn amandelen aan het zuigen.

"Wat is hier in godsnaam aan de hand?" schreeuw ik naar de aspirant-geliefden. "Is dit een of andere zieke grap?"

Darian schokt zichtbaar en opent zijn ogen, zijn blik gaat van zijn partner naar mij.

Hij springt achteruit alsof hij zich heeft verbrand, al het bloed verlaat zijn gezicht.

De andere ik knipoogt en verandert meteen in Raadslid Kit — de vormveranderende vrouw die duidelijk een kick krijgt van het kussen van mensen onder valse voorwendselen.

"Sasha..." Darian zet een stap naar me toe, zijn Britse accent is zwaarder. "Ik wist het niet. Ik bedoel, ik wist dat je hier zou zijn — ik had het in een visioen gezien — maar ik wist niet dat zij —"

Ik kijk hem boos aan. "Dacht je dat ik je zou kussen? Heb je *dat* in een visioen gezien?"

Hij kijkt weer van mij naar Kit, zijn gezicht de definitie van verwarring. "Ik —"

"Ik moet gaan," zegt Kit.

"Nee," zeggen Darian en ik in koor.

"Je kunt hier maar beter een goede verklaring voor hebben." Ik richt mijn blik op Kit.

Ze pruilt. "Ik wil gewoon mijn eigen ziener. Is dat zo fout?"

Darians handen klemmen zich langs zijn zijden, maar Kit verandert zichzelf in een woeste reus en wat Darian ook wilde zeggen of doen, sterft op zijn lippen.

"Geniet van de club," zegt Kit met de dreunende stem van de reus, verandert zich dan weer in zichzelf en loopt weg, een vage geur van kersenbloesem achterlatend.

Ik staar naar Darian.

Hij lijkt sprakeloos te zijn — duidelijk een ongebruikelijke gang van zaken voor hem.

Er verschijnt een hand op mijn schouder. "Is alles goed?" vraagt Ariël.

"Ja," lieg ik. "Ik ging net weg."

"Sasha, wacht," zegt Darian, maar ik negeer hem,

popelend om aan de ongemakkelijke situatie te ontsnappen.

Ariël sleept me de dansvloer op en we gaan op in de menigte dansende lichamen. Tussen de muziek die door mijn botten bonst en de stroboscooplichten die mijn ogen raken, kan ik mijn gedachten niet genoeg op een rijtje krijgen om het incident in meer dan oppervlakkige details te analyseren.

Kit had bij Darian dezelfde truc uitgehaald als bij mij, wat bewijst dat de ziener niet alwetend is.

En dat hij me blijkbaar wil kussen.

Oké dan.

Moving on.

We dansen een beetje voordat ik me realiseer dat Ariël ons langzaam door de menigte naar de achterkant van de club leidt, waar de bar is.

"Ik heb dorst," zegt ze en ik knik en veeg een straaltje zweet van mijn voorhoofd.

Ik zou zelf ook wel een drankje kunnen gebruiken.

Daar gaat mijn eed om na mijn jubileum nooit meer alcohol aan te raken.

De klanten rond de bar zijn net zo divers als die op de dansvloer, er zijn slechts een paar mensachtige exemplaren onder hen.

Een heel mooi exemplaar staart me aan met een glimlach en een sensuele glans in zijn dromerige amberkleurige ogen. Hij is even knap als dat hij niet mijn type is. Met die perfecte, borderline-mooie gelaatstrekken en gehighlighte, glanzende lokken die uit een shampoo-reclame lijken te komen die over zijn voorhoofd vallen, doet hij me aan Leonardo DiCaprio in *Titanic* denken of aan wat voor jongensbandlid dan ook waar tieners momenteel om gillen. Ik heb meestal liever dat mijn mannen mannelijker zijn — als ik dit soort schoonheid had gewild, dan zou ik voor Ariël gaan. Toch is er iets boeiends aan de vreemdeling. En — hoewel dit een soort olfactorische illusie moet zijn — denk ik dat ik hem kan ruiken en het is de lekkerste geur ooit —

Ik merk dat Ariëls enthousiaste gezichtsuitdrukking in een frons verandert.

Terwijl ik mijn ogen van de sexy vreemdeling losmaak, volg ik haar blik.

Daar, chillend op een blauwmarmeren barkruk, zit Chester — het voormalige raadslid die Beatrice in had gehuurd om mij te vermoorden.

Hij moet ons zien kijken, want zijn mond vormt zich in een saterachtige glimlach. Met de ene hand heft hij zijn martini-glas naar ons en hij zwaait met de andere — alsof we besties zijn.

Ariël loopt naar hem toe, haar strakke outfit laat de spanning in haar rugspieren zien.

Ik volg haar, mijn eigen kaken op elkaar geklemd, zelfs terwijl ik nog een snelle blik op de interessante vreemdeling werp — die me betrapt op kijken en me nog een magnetische glimlach toevertrouwt.

De glazen dansvloer verandert in blauw marmer (misschien om de bar af te bakenen) en als ik die drempel overschrijd, zakt het volume van de muziek zo'n honderd decibel. Het is nu mogelijk om het gemompel van de bezoekers aan de bar te horen en zelfs het gerinkel van glazen tegen de stenen bar.

Zonder Chester zou ik mijn belofte breken om geen vragen te stellen en Ariël ondervragen over hoe deze schijnbare breuk in de akoestische fysica werkt, maar voor nu probeer ik haar gewoon bij te houden.

"Jij," zegt Ariël zo hard dat een paar andere bezoekers haar kant op kijken.

"Ik," zegt Chester met een grijns. "En jij bent jij en zij" — hij wijst naar mij — "is zij en zij" — hij wijst naar de dansvloer — "zijn zij en —"

"Dit is niet het moment voor je grappige clown-act," zegt Ariël met een angstaanjagende stalen ondertoon. "Je hebt geprobeerd om Sasha te vermoorden."

Chester neemt een slok van zijn robijnkleurige drankje terwijl hij me aankijkt. "Loopt ze altijd zoveel stappen achter? Die puinhoop met Beatrice is nu verleden tijd. Tijd om verder te gaan."

"Ik heb het over iets veel recenters en dat weet je." Ariëls hand gaat door haar haren en met een snelle ruk trekt ze er iets uit, waardoor de dikke massa langs haar rug naar beneden valt.

Ze ziet er nu niet alleen uit als Xena de Warrior Princess, maar ze houdt ook een lang, naaldachtig wapen vast.

"De kans is groot dat je priem mijn vitale organen zou missen," zegt Chester met een zelfverzekerde grijns. "Zoals je moet weten, zijn de kansen altijd in mijn voordeel."

"Heb je net een citaat uit *The Hunger Games*

afgeslacht?" vraag ik aan Chester. Tegen Ariël fluister ik, "Je zou moeten antwoorden met 'heb je het gevoel dat je geluk hebt, etter?'"

Ariël kijkt ons allebei met samengeknepen ogen aan en gromt dan, "Ik kan je blijven steken tot je geluk op is."

"En dan wat?" Hij schenkt ons een duivelse glimlach. "Als bloedhoer voor een van de Ordebewakers sta je niet boven de wet."

Ik zie dat Ariël op het punt staat om naar hem uit te vallen, dus ik leg een kalmerende hand op haar schouder, terwijl ik me de hele tijd afvraag of de denigrerende term die hij zojuist gebruikte naar Ariëls vreemde relatie met Gaius verwijst.

"Zoals je waarschijnlijk wel weet," zeg ik zo neerbuigend als ik kan, "hebben er de laatste tijd een reeks ongelukkige gebeurtenissen in mijn leven plaatsgevonden. Pech is jouw modus operandi. Net als het inhuren van bullebakken. Dus je snapt hoe dit eruitziet."

Ariëls schouder ontspant een beetje onder mijn hand. "Sasha heeft Nero op de hoogte gebracht van haar ongelukken," vertelt ze aan Chester. "Denk je echt dat hij je in leven zou laten als haar iets zou overkomen?"

Chesters grijns verdwijnt. "Ik heb geen idee waar je het over hebt."

"Dit." Ik pak mijn telefoon en laat hem de foto van de ork zien. "Ben je een van je volgelingen vergeten?"

"Dat is een ork." Chester zet zijn drankje neer en

reikt naar mijn telefoon. Aangezien ik hem niet vertrouw, gris ik het apparaat weg.

"Die ork heeft een hond op me afgestuurd," zeg ik, bijna huiverend bij de herinnering. "Het beest heeft me bijna opgegeten."

Chester reikt naar zijn drankje en stopt dan. "Het kan me niet schelen hoe dit er voor jou uitziet," zegt hij met een serieuze uitdrukking die er op zijn gezicht onnatuurlijk uitziet. "Maar ik heb in geen jaren iets met een ork te maken gehad."

"Orks," zeg ik. "Meervoud. Er zijn meerdere aanslagen op mijn leven geweest."

Hij sluit zijn ogen en masseert zijn slapen en opent dan zijn ogen. "Denk je dat ik echt zo dom ben? Ik heb Beatrice ingehuurd om je te vermoorden." Hij strekt zijn hand uit en vouwt zijn rechter pink. "Ik word betrapt en" — hij vouwt zijn ringvinger — "je krijgt bescherming onder het mandaat — wat betekent dat degene die jou vermoordt ook zal sterven als hij wordt opgepakt." Hij vouwt zijn wijsvinger. "Dus in een ultieme stompzinnigheid breng ik orks naar de aarde — wat trouwens nog een overtreding is waarop de dood staat — en vraag ze dan om je te doden?" Hij vouwt zijn duim, waardoor alleen zijn middelvinger naar ons uitsteekt. "Tot slot," zegt hij, "als kers op de taart, verknoeien mijn orks herhaaldelijk de moordpogingen?" Hij vouwt de middelvinger.

"Beatrice heeft gefaald." Ik ruik nog steeds iets lekkers en mijn ogen kunnen het niet helpen om in de richting van de amberkleurige vreemdeling te schieten.

Hij lijkt nu echter helemaal in zijn drankje op te gaan en hij kijkt niet mijn kant op. Ik dwing mezelf om terug te keren naar Chester en zeg, "Dit volgt een vast patroon."

"Met Darians bemoeienis, ongetwijfeld," zegt Chester minachtend. "Zienerskrachten vernietigen die van wezens zoals ik — daarom wilde ik voorkomen dat een andere ziener formeel in de Cognizanten-gemeenschap van New York zou worden opgenomen." Hij kijkt me ernstig aan — of zo ernstig als waar zijn geniepige ogen toe in staat zijn. "Die hele puinhoop was niet persoonlijk," vervolgt hij. "Dus nu je *wel* deel uitmaakt van de gemeenschap, zal ik je bestaan gewoon verdragen."

"En Nero heeft vast niets te maken met je plotselinge goede wil jegens Sasha. Je bent gewoon een goede Cognizant-burger en je bent gewoon aardig uit de goedheid van je hart," zegt Ariël en ik ben geschokt door hoe hard ze klinkt — ze moet nog steeds gekwetst zijn over die verwijzing naar een 'bloedhoer'.

"En wat dan nog als Nero een variabele in mijn beslissing is?" Chester pakt zijn drankje. "Ik heb geen ruzie met hem." Hij neemt een slok van de roze vloeistof. "Toen Darian haar zo graag wilde hebben" — hij kijkt me aan — "maakte *dat* de dingen voor mij wat specialer. Maar nu zijn het allemaal ouwe koeien."

"Je verwacht toch niet dat we deze onzin geloven," zeg ik. In mijn ooghoek zie ik de lekker geurende vreemdeling mijn gezicht grondig bestuderen. "Je bent door mij je zetel in de Raad kwijtgeraakt," vervolg ik, terwijl ik mijn volledige aandacht weer op Chester richt. "Verwacht je dat ik geloof dat je het hebt vergeven en vergeten?"

"Daar geef ik Darian ook de schuld van, niet zijn tijdelijke pionnen," zegt hij, zijn lippen versmallend. "Hij en ik hebben een rekening te vereffenen, maar *jij* staat niet op mijn lijst — tenzij dit gesprek veel langer voortduurt."

Ik kijk naar Ariël.

Ze lijkt onzeker te zijn.

Wat hij zegt bevat genoeg logica om 'waar' te klinken — maar aan de andere kant, dat geldt voor de beste leugens.

"Ik heb Beatrice aangenomen, omdat je dood snel moest zijn," zegt Chester. "Nu het te laat is om te voorkomen dat je bescherming krijgt, zou mijn wraak niet zo direct of impulsief zijn. Ik zou bijvoorbeeld je risico op borstkanker drastisch kunnen verhogen of —"

Hij stopt met praten, omdat hij Ariëls wapen tegen zijn keel voelt.

Ik knipper herhaaldelijk. Ik heb mijn vriendin niet eens zien bewegen, hoewel ik misschien afgeleid was door een vleugje van de lekkere geur van de vreemdeling met de amberkleurige ogen.

"Natuurlijk zou ik niet zoiets doen als iemand kanker geven." Chester nipt van het drankje alsof hij niet merkt dat de naald in zijn strottenhoofd prikt. "Zoals ik al zei, ouwe koeien."

"Ariël?" zegt een bekende hypnotiserende stem. "Heb je plezier zonder mij?"

Als ik me omdraai, herken ik Gaius. Met zijn zonnebril naar zijn voorhoofd geheven, zie ik zijn ogen die op de poollucht lijken als zelfgeleide raketten naar Ariël dwalen.

Ariël verwijdert de dreiging uit Chesters nek en steekt haar haren weer op. De priem verdwijnt zo soepel dat ik in de verleiding kom om haar te vragen hoe ze het deed, zodat ik de beweging aan mijn repertoire van goocheltrucs kan toevoegen.

"Het was leuk om met jullie dames te praten." Chester legt een paar vreemd uitziende biljetten op de toonbank en staat op, mompelend, "En ik gebruik die term losjes."

Hij slentert weg, terwijl Ariël naar hem staart alsof ze hem met haar priem in zijn rug zou willen spietsen (en voor de goede orde een paar dolken zou willen gooien).

"Waarom ben je me niet op de negende verdieping komen zoeken?" vraagt Gaius aan Ariël. Zijn zachte stem past niet bij zijn bezitterige uitdrukking als hij naar Ariëls outfit kijkt. "Ontwijk je me?"

"We zijn er net," zegt ze snel. "Ik was van plan om wat met Sasha te gaan drinken en je op te zoeken als ik haar de club liet zien."

"Vind je het goed als ik Ariël eventjes van je leen?" Gaius kijkt me aan. "Misschien vind je het leuk om zonder oppas te verkennen."

"Dat is prima." Ik probeer stiekem naar de lekkere

vreemdeling te gluren, maar hij betrapt me erop dat ik kijk en hij knipoogt weer. Ik draai me om naar Ariël. "Maak je om mij maar geen zorgen. Ga wat tijd met je vriendje doorbrengen."

"Vriendje?" Gaius wrijft over zijn kin en kijkt Ariël peinzend aan.

Mijn vriendin kijkt me boos aan. "Waag het niet om deze plek zonder mij te verlaten."

"Ik zweer het," zeg ik en maak een kruis.

"Hier." Gaius gooit meer van dezelfde vreemde valuta op de bar en zwaait naar de barman. "Sasha's volgende drankje is van mij."

Hij pakt Ariël bij de elleboog en leidt haar weg.

Ondanks alle protesten van Ariël, zijn ze duidelijk meer dan vrienden. Wat een soort van logisch klinkt. Ze is tenslotte geobsedeerd door Batman — en met zijn zwarte cape en affiniteit voor vleermuizen is Batman behoorlijk vampierachtig.

De barkeeper pakt Chesters drankje en veegt met een doekje van twijfelachtige reinheid de bar voor me schoon.

"Wat mag het zijn?" vraagt hij en ik zie hem zijdelings met een amfibieachtig melkachtig ooglid knipperen — een transparant derde ooglid dat hij moet gebruiken om zijn ogen te bevochtigen.

"Ik wil hetzelfde." Ik gebaar naar Chesters drankje in zijn hand.

"Weet je het zeker?" Hij kijkt me met een mengeling van ongeloof en respect aan.

Ik zoek naar Ariël en Gaius, maar ze zijn in de

menigte verdwenen. "Ja," zeg ik tegen de barkeeper. "Ik kan net zo goed met feesten beginnen."

"Wat jij wil." Hij loopt weg en mixt de drank in een reeks snelle bewegingen die me aan kikkersprongen doen denken.

Ik ruik weer de geur van de lekkere vreemdeling en vraag me af of ik de man zou kunnen of moeten benaderen. Ariël heeft er geen probleem mee om naar mannen toe te stappen, maar aan de andere kant, zij hoeft zich geen zorgen te maken over afwijzing, want iedereen met een hartslag zal haar onweerstaanbaar vinden.

Nu ik erover nadenk, misschien ook degene zonder hartslag. Ik moet uitzoeken of Cognizant-vampiers er een hebben.

De barman slaat het drankje voor mijn neus op de bar en ik besluit dat wat vloeibare moed misschien precies is wat ik nodig heb.

Ik pak het glas en neem een grote slok — en heb er meteen spijt van.

De vloeistof schroeit door mijn tong als heet magma, terwijl de hitte naar mijn maag uitstraalt en naar elk pijncentrum van mijn hersenen.

Heb ik zojuist pure pepperspray gedronken?

In paniek hap ik naar lucht.

Mijn ogen beginnen te tranen en ik wil schreeuwen.

Als ik een rivier voor me had, dan zou ik hem waarschijnlijk leegdrinken.

"Je had haar voor Chimera's Vuur moeten waarschuwen," zegt een nieuwe stem ergens vandaan.

Strenger voegt de nieuwkomer eraan toe, "Geef me een shot Waterspuwersmelk. Nu."

Er explodeert nog steeds TNT in mijn mond en ik hyperventileer tegen de tijd dat er een shot in mijn hand wordt geduwd.

"Dit zou moeten helpen," zegt de nieuwe stem — een stem die vergezeld gaat met een heerlijk aroma dat ik zelfs in mijn erbarmelijke toestand kan bespeuren.

Ik gooi wanhopig het shot achterover — en rustgevende opluchting verspreidt zich door me heen.

Ik haal een paar huiverende ademhalingen, veeg de tranen uit mijn ogen en kijk naar mijn redder in nood.

Ik had op basis van de boybandsopraan en de onmiskenbare geur moeten weten wie het was.

De dromerige vreemdeling is het eindelijk zat geworden om met onze ogen te pingpongen.

"Was dat wel alcohol?" zeg ik met een hese stem en duw de resten van de drank zo ver mogelijk bij me vandaan. Een paar druppels klotsen op de bar en ik verwacht half dat het oppervlak zal gaan sissen.

Hoe kan het dat Chester tijdens ons gesprek niet gestorven is door van deze gruwel te nippen? Wat nog belangrijker is, dronk de klootzak het smerige brouwsel alleen maar zodat ik de pech zou hebben om het na hem te bestellen?

"Er zit capsaïcine in Chimera's Vuur," zegt de barman.

Nou, dat verklaart een hoop. Capsaïcine zorgt ervoor dat pepers branden en dat afschuwelijke drankje was waarschijnlijk capsaïcine in zijn puurste vorm.

"Ja," zegt mijn redder, naar de barman fronsend. "En daarom moet je mensen altijd waarschuwen."

"Je moet mij niet de schuld geven," zegt de barman. "Ze leek zo zeker van zichzelf dat ik —"

Ik negeer de rest van wat hij zegt terwijl ik een servet pak, me van mijn redder afwend en kwijl en de resten van tranen wegveeg.

Natuurlijk.

De wet van Murphy stelt dat de dag dat ik een hete vreemdeling in een bar ontmoet, ik een drankje krijg dat zo heet is dat mijn mascara me in een wasbeer laat veranderen. Of moet ik het in de toekomst 'de wet van Chester' noemen?

Ik draai me om en kijk de man aan en tot mijn opluchting huivert hij niet van afschuw.

"Je had met Alien Bloed moeten beginnen," zegt hij met een grijns. "Of Drano Armageddon."

"Ik denk dat ik er klaar mee ben om hier drankjes te bestellen." Ik adem diep in en besef meteen mijn fout. Ik heb net een veel grotere dosis van zijn heerlijke geur ingeademd en mijn hoofd tolt, hoewel ik denk dat het tollen de gecombineerde effecten van de twee drankjes kunnen zijn die ik net had gedronken. Wie weet wat voor scheikundelab er nu door mijn systeem stroomt?

"Een tijdje geen drankjes is misschien een goed idee voor je." De man knippert met oneerlijk lange wimpers met zijn ogen.

"Ik ben Sasha," zeg ik, terwijl ik mijn hand zo

professioneel mogelijk uitstrek en ik heb al mijn wilskracht nodig om niet met mijn vingers over zijn scherpe jukbeenderen te strijken — en dat is wat mijn stomme hand momenteel heel graag wil doen.

"Harper." Hij strekt zijn hand uit en wanneer zijn handpalm de mijne raakt, verspreidt zich een stroomstoot vanuit mijn handpalm door mijn lichaam.

De tijd lijkt te vertragen als hij me met die grote ogen aankijkt en het voelt alsof ik een knipoog verwijderd ben om zoals die honderd miljoen jaar oude insecten te eindigen die in barnsteen vastzitten.

Het lukt me op de een of andere manier om mijn hand terug te trekken en te zeggen, "Leuk je te ontmoeten."

"Het is me een genoegen," zegt Harper, die een wolk van heerlijke feromonen op me lijkt te projecteren.

Mijn adem stokt, ik kijk naar hem als een vrouwtjespauw die wil paren, terwijl ik naar het prachtige pauwgevederte kijk.

"Wil je dansen?" mompelt Harper in mijn oor, zijn zachte lippen strijken langs mijn oorlel.

In plaats van een antwoord, spring ik overeind.

Met een arrogante grijns staat hij op en pakt mijn hand vast.

De elektriciteit van zijn aanraking is deze keer van een hogere spanning.

In een waas laat ik me door Harper naar de dansvloer leiden en we beginnen te bewegen — hij op het ritme en ik als een marionet waarbij hij de snaren vasthoudt.

De muziek knalt heavy metal riffs, maar dan met elektronische violen in plaats van gitaren.

Met hem dansen is als in een achtbaan rijden, alleen in plaats van die swoosh in mijn maag te voelen, voel ik het absoluut overal. Hij is niet zo groot — slechts een paar centimeter langer dan ik — maar dat maakt het alleen maar moeilijker voor me om aan zijn intense blik te ontsnappen. Ik kan het niet helpen om hem weer in te ademen en mijn hoofd wervelt als riet in een tornado.

Wat gebeurt er?

Zijn het de drankjes?

Ik heb nog nooit zoiets meegemaakt. Ik wil dichter bij hem komen, hem als warme chocolademelk op een koude dag opdrinken.

Mijn lippen voelen helemaal opgezwollen aan — en ik wil dat hij daar iets aan doet. Maar gek genoeg blijft hij me maar aankijken, blijft dansen — waardoor ik alleen maar meer naar die kus verlang.

Als hij me niet snel kust, dan bespring ik hem misschien wel.

Een deel van mij weet dat het misschien ongepast is om zijn weelderige, glanzende lokken vast te pakken en zijn hoofd naar me toe te trekken, maar een ander deel van mij wil dat eerste deel van mij zeggen dat ze haar kop moet houden.

"Zullen we dit naar een hoger niveau tillen?" mompelt hij tijdens een pauze tussen de liedjes door.

Mijn huid tintelt overal. "Ja," zeg ik buiten adem. "Laten we dat doen."

Hij leunt naar voren en ik sluit mijn ogen. Mijn hartslag schiet omhoog.

Hij gaat me eindelijk kussen.

Ik kan hem al bijna proeven, maar in plaats van me te kussen, pakt hij alleen mijn hand. Terwijl de elektriciteit van de aanraking mijn toch al hyperbewuste zintuigen aanvalt, kost het me al mijn wilskracht om zijn hand niet ergens te duwen wat misschien te privé is voor de dansvloer.

Hij trekt aan mijn hand en leidt me ergens heen.

Terwijl we lopen, zie ik Kit in haar echte vorm in de menigte en slaak een zucht van verlichting. Onbewust moet ik me zorgen hebben gemaakt dat ik weer in een van haar vreemde spelletjes zat.

Al snel bereiken we de liftdeuren.

Voordat ik het kan vragen, streelt Harpers pezige vinger de liftknop — een gebaar dat me erg jaloers maakt op een levenloos object.

Hij leidt me de lift in en drukt op de knop voor de negende verdieping.

De liftdeuren zijn van glas, zodat iedereen naar binnen kan kijken, maar ik wil toch dat hij me tegen die deuren drukt en —

De lift rinkelt en de deuren gaan open.

Was ik even van de wereld of is deze lift nog sneller dan die bij de wolkenkrabber?

Harper grijpt me weer bij de hand en verdrijft alle dwalende gedachten, behalve hoe gevoelig mijn huid is, hoe tintelend —

Ik word door onze omgeving van het hormonale waas afgeleid.

Het blijkt dat de negende verdieping eigenlijk niet bedoeld is om te dansen.

In mijn bedwelmde gemoedstoestand vind ik het moeilijk om te begrijpen wat het doel van deze plek eigenlijk is, maar het ziet eruit als een kruising tussen een BDSM-kerker en een lounge.

Rechts van mij ligt een gespierde vrouwelijke ork uitgestrekt op een grote tafel, haar naakte lichaam is met hors d'oeuvres bedekt die kleine bebaarde kerels met een overvloed aan enthousiasme aanvallen.

Links van mij is een naakte elfachtige man met een extatische uitdrukking op zijn gezicht te zien die op een doorkruist houten frame vastgebonden is. Een vrouw met blauwe schubben die op haar blote schouders glinsteren, geeft hem geseling. Wanneer de geselaar even stopt, vecht een horde vampiers met elkaar over wie als eerste de stroompjes bloed op de rug van de elfenman mag likken.

De gelukzalige glimlach op het gezicht van een bloedzuigende vampier doet een verre alarmbel in mijn hoofd rinkelen. Ik vraag me af of Ariël en Gaius ook ergens op deze verdieping zijn, wie weet —

"We kunnen achterin een privékamer vinden," fluistert Harper hees, mijn aandacht weer op hem vestigend.

"Oké," weet ik uit te brengen. "Neem me... mee daarheen, bedoel ik."

Hij leidt me langs een man die iets bizars doet met

het blaasgat van een dolfijn in een glazen bak en ergens diep in mijn hoofd realiseer ik me een paar dingen.

Ten eerste ben ik in mijn leven nog nooit zo geil geweest.

Ten tweede stem ik ermee in om alleen in een kamer te zijn met een man wiens achternaam ik niet ken.

Had ik geen regel over het kennen van de achternaam van mensen voordat ik in dit soort situaties terechtkwam?

Op dit moment vind ik het moeilijk om me druk te maken over zijn achternaam of over wat dan ook.

Heeft mijn jarenlange onthouding een deel van mijn hersenen beschadigd of zat er iets in die drankjes? Kan Harper iets in dat shotje hebben gestopt dat hij voor me had gehaald?

Het laatste idee lijkt onwaarschijnlijk, maar als het waar is, dan zou het ironisch zijn. Als Harper zo goed was in vingervlugheid, dan had hij me niet hoeven te drogeren. Hij had zijn vaardigheden gewoon aan me kunnen laten zien en ik zou hem waarschijnlijk net zo graag willen bespringen als ik nu doe.

"Wat dacht je van hier?" mompelt Harper en een frisse wolk van lekkere geur wist alle verdwaalde gedachten uit mijn hoofd.

Ik strompel de knusse kleine nis in, ga op de leren bank zitten, leun achterover en probeer mijn hectische ademhaling in bedwang te houden.

Zonder de deur zelfs maar te sluiten, zakt Harper naast me op de bank en kijkt me strak in de ogen.

Ik staar terug, mijn longen veranderen in blaasbalgen.

Hij buigt zich naar me toe.

Zijn blik, of misschien zijn geur, of misschien de wetenschap dat we gaan zoenen, triggert wat ik het best als een leger roze vlinders kan omschrijven die als een waanzinnige met hun vleugels in mijn buik en borst fladderen (ik denk tenminste dat het vlinders zijn en niet brandend maagzuur van dat uber-pittige drankje). Een van de vlinders is duidelijk een overachiever, het soort dat een orkaan kan veroorzaken, omdat een wervelwind van warmte, tintelingen en bonzen zich door mijn lichaam verspreidt, waardoor ik naar adem snak.

Harper is nu een centimeter van me verwijderd.

Mijn ogen vallen dicht zonder dat ik ze daartoe dwing.

Onze lippen ontmoeten elkaar.

De wereld om me heen lijkt scherper te worden, alsof iemand het naar ultrahoge definitie heeft geüpgraded.

Het is officieel.

Dit is de lekkerste kus van mijn leven.

Terwijl Harpers lenige vingers mijn gezicht strelen en kleine stroomstootjes verspreiden, verschijnt er ergens in mijn hoofd een knagende twijfel.

Terwijl onze tongen beginnen te dansen, groeit de twijfel en kan ik eindelijk het probleem lokaliseren.

Iets hierover komt me vaag bekend voor.

Mijn eerdere opwinding lijkt in vergelijking met

wat ik nu voel zo timide. Voor gewone geilheid is dit zoals het concert van Mozart voor de jingle van de ijswagen is.

Zijn handpalmen liggen nu op mijn rug, waardoor het zich kromt terwijl de warme energie zich langs mijn ruggengraat verspreidt.

Wat gebeurt er met me? Waarom komt dit me zo bekend voor?

Terwijl ik een kreun onderdruk, vergeet ik de rationaliteit terwijl het bloed in mijn trommelvliezen bonst en mijn gezicht, hals en borst branden terwijl alle miljoenen bloedvaten zich verwijden.

Er groeit een fysieke en mentale spanning in me en ik sta op het punt om hem ergens om te smeken — hoewel ik te wazig ben om te weten wat dat iets is.

"Is dit oké?" mompelt Harper.

Met een gevoel van déjà vu komen alle opwindingen van mijn leven in één uitbarsting samen.

"Ja," zucht ik.

Zijn vingers knopen de bovenkant van mijn shirt los en ook dit is bekend, net als mijn verlangen dat hij de rest ervan afscheurt.

Dan kust hij mijn nek en de sensatie scheurt in een explosieve golf door me heen. Alle spieren in mijn lichaam verkrampen als één geheel en trillen dan hevig terwijl hij zijn kussen naar mijn schouder verlegd.

Het eerdere gevoel van vertrouwdheid is het enige dat me in staat stelt om in deze oceaan van endorfines omhoog te zwemmen naar een schijn van gezond verstand.

Waarom. Komt. Dit. Me. Zo. Bekend. Voor?

Als Harper zachtjes aan mijn oorlel knabbelt, vecht ik tegen de golf van gelukzaligheid en span ik me in om me op de vertrouwdheid van deze ervaring te concentreren.

Een deel van me herinnert zich dat zijn lippen op het punt staan om naar mijn sleutelbeen te gaan.

Harpers lippen bewegen naar mijn sleutelbeen.

Met een monumentale wilsinspanning distantieer ik me van de krachtige explosie van sensatie die door mijn vlees schiet.

"Nee," roep ik in plaats van een orgastische kreun te uiten. "Stop!"

HOOFDSTUK DERTIEN

TEGEN DE GROEIENDE ZWAKTE VECHTEND, WRIK IK MIJN zware oogleden open.

Harper ziet er anders uit. Feller, bij gebrek aan een betere term. Afgezien daarvan is er een onbeschrijfelijke uitdrukking op zijn gezicht te zien — deels verbazing en deels ergernis.

"Ik zei stop," herhaal ik op vastere toon.

"Vecht er niet tegen," mompelt hij en de lekkere geur wordt verstikkend sterk. "Ontspan nou maar gewoon."

Eindelijk weet ik het.

De reden dat dit zo vertrouwd aanvoelt, is dat ik dit heb gedroomd.

Mijn natte droom *was* een visioen.

Een visioen hierover.

Mijn hartslag versnelt, ik gebruik al mijn wilskracht om mijn kracht op te roepen en Harper van me af te duwen.

Hij kijkt even nog meer verward, reikt dan weer naar me. Zijn lenige vingers doen me plotseling aan klauwen denken.

Woede jaagt de overblijfselen van opwinding uit mijn nog steeds mistige brein. "Nee betekent *nee*," zeg ik krachtig en geef hem een klap tegen zijn te mooie gezicht.

Ik raak hem op zijn wang en de pijn explodeert in mijn arm.

Het is alsof ik een muur heb geraakt.

"Jij teef." Harpers stem schiet omhoog. "Jij —"

"Loopt hier ongedeerd weg," zegt een bekende stem.

Ik kijk op, mijn adem suizend van opluchting.

Ariël staat voor ons, de priem stevig in één vuist geklemd.

Haar zwarte outfit maakt haar bijna onzichtbaar tegen de zwarte muren van de kamer. Ze gebruikt per ongeluk een magische techniek die het zwarte kunstprincipe wordt genoemd, hoewel ik wed dat ninja's het lang voor goochelaars hadden ontdekt.

Harpers lekkere geur wordt sterker en met diezelfde vreemde falsetstem zegt hij, "Je zou met ons mee moeten doen."

Ongelooflijk, ondanks wat er net is gebeurd, klinkt het idee om Ariël bij mij en Harper te hebben even verleidelijk. Schokkend genoeg ziet Ariël er ook uit alsof ze het aanbod overweegt. Dan werpt ze een blik op de deur en haar uitdrukking verandert weer in grimmige vastberadenheid.

Ik volg Ariëls blik en zie Gaius in de deurpost staan.

Hij ziet er absoluut angstaanjagend uit, met zijn hoektanden volledig zichtbaar, ogen die in spiegels zijn veranderd en een woest fronsend gezicht.

"Doe die stank uit," beveelt Gaius Harper koeltjes. "Je hebt een seconde voordat ik je hoofd eraf trek."

"Ik ben door haar vol energie gepompt." Harper zwaait naar mij. "Weet je zeker dat ik je mijn hoofd eraf zou *laten* rukken?"

"Ik zal hem helpen om het eraf te rukken," zegt Ariël grimmig. "Nadat ik wat gaten in je heb gestoken."

"Ik denk niet dat ik hulp nodig heb." Gaius balt zijn handen tot vuisten.

Harper zucht demonstratief en staat op, zijn armen boven zijn hoofd, alsof hij zich aan een politieagent overgeeft.

Ariël laat haar priem zakken en stapt opzij, alsof ze hem niet wil aanraken. Harper grijnst als hij langs haar slentert. Als hij naast Gaius staat, leunt hij dicht tegen de vampier aan. "Jullie bloedzuigers zijn zulke hypocrieten."

De vampier stapt voor hem en blokkeert zijn pad.

"Je durft jouw soort met de mijne te vergelijken?" De ijzige ogen van Gaius lijken klaar om pijlen naar Harper te schieten. "Wij nemen onze voeding consensueel."

"Tuurlijk." Harper geeft de veel grotere Gaius een duw met zijn schouder.

Tot mijn verbazing wankelt de vampier even, waardoor Harper de kans krijgt om de kamer uit te sluipen.

Gaius ziet eruit alsof hij een achtervolging overweegt, maar hij moet er toch van afzien, want hij blijft waar hij is.

"Gaat het met je?" vraagt Ariël me, moederkloekmodus volledig geactiveerd en ingesteld op minstens elf van de tien.

"Ik denk het wel," lieg ik. In werkelijkheid heb ik geen idee hoe ik me voel of wat er net is gebeurd.

"Het spijt me zo dat ik je alleen heb gelaten." Ariël strekt zich uit om mijn koude handen vast te pakken. "Dat zal ik nooit meer doen."

"Het gaat duidelijk goed met haar," zegt Gaius, terwijl zijn ogen weer ijsblauw worden.

"Waar heb je het over?" reageert Ariël. "Als we een minuut later waren geweest, dan zou ze dood zijn."

Ik staar haar aan, al het bloed trekt weg uit mijn blozende gezicht. "Zou ik dat zijn?"

"Je hebt geluk dat je stop hebt geschreeuwd," zegt Gaius op een iets vriendelijkere toon tegen me. "Dankzij mijn scherpe gehoor waren we hier op tijd."

"Het was niet bepaald geluk," zeg ik, terwijl ik mijn shirt dichtknoop. "Kun je me vertellen wat Harper in godsnaam is?"

Gaius kijkt naar Ariël, die haar schouders ophaalt en zegt, "Heb je ooit menselijke legendes over de incubus of succubus gehoord?"

Alle overblijfselen van vlinders in mijn buik keren terug naar hun rupsvorm. "Als in, demonen die mensen verleiden?"

"Juist," zegt Ariël. "Harper zou bij gebrek aan een

betere term je leven als seksuele energie opzuigen. Het resultaat is meestal dodelijk."

"Nu we het erover hebben," zegt Gaius. "Voel je je zwak?"

Ik onderzoek mezelf en knik. "Ja. Het is alsof ik een erg lage bloeddruk heb en een maaltijd heb overgeslagen."

"Eet dit." Gaius haalt een reep tevoorschijn en geeft die aan me.

Ik wil vragen waarom een vampier zo'n snack bij zich heeft, maar besluit dat ik het misschien niet wil weten. Ik scheur de verpakking open en stop de chocolade in mijn mond.

"Denk je dat Darian daarom heeft gevraagd om hier met je te spreken?" zegt Ariël tegen Gaius terwijl ik kauw. "Denk je dat hij wist dat Sasha je hulp nodig zou kunnen hebben?"

"Als dat zo is, dan zou ik echt willen dat hij gewoon zou zeggen: 'ga om 1:37 naar de negende verdieping, naar de derde privékamer aan de rechterkant en red Sasha,'" zegt Gaius, terwijl hij in de brug van zijn neus knijpt. "Zieners kunnen zo irritant zijn — niet beledigend bedoeld, Sasha."

"Geen probleem," mompel ik door de chocolade en nougat in mijn mond. "Ik ben het met je eens. Als Darian echt wist wat er ging gebeuren, dan had hij me ervan moeten weerhouden om met Harper te dansen."

Ariël wrijft over haar kin. "Ik vraag me af waarom hij dat niet heeft gedaan?"

"Misschien heeft hij het geprobeerd? Hij wilde me

na dat Kit-incident wel iets vertellen. Of misschien wist hij dat ik hier al een visioen over had gezien." Ik slik de rest van de reep door. "Misschien wilde hij dat ik mijn zienerskrachten gebruikte om mezelf eruit te krijgen?"

"Heb je hier een visioen over gezien?" Ariël kijkt me aan alsof er net een teen op mijn voorhoofd is gegroeid. "Waarom heb *jij* het dan niet vermeden?"

"Mijn droom was niet zo specifiek." Ik lik gretig alle overgebleven chocolade van mijn vingers. "Misschien is dat ook bij Darian gebeurd. Misschien had hij een visioen dat net zo vaag was als het mijne en wist hij gewoon dat hij je naar deze verdieping moest brengen."

"Of er zit op deze manier misschien meer voor hem in." Gaius onderzoekt zijn vingernagels en ik realiseer me dat hij zwarte nagellak op heeft. Ik ben er vrij zeker van dat hij dat eerder niet had, dus het moet een gothic-look zijn voor deze club.

"Hoe voel je je?" Ariël kijkt me aan alsof ik een porseleinen pop ben die op een betonnen vloer is gevallen.

Haar zorgzame uitdrukking zorgt ervoor dat ze er om de een of andere reden extreem sexy uitziet. In feite, die outfit en — Ik schud mijn hoofd en realiseer me dat Harpers verleidingsmojo nog niet uit mijn systeem is.

"Het komt wel goed," zeg ik, terwijl ik probeer om mijn ademhaling te normaliseren. "Maar ik zou heel graag naar huis willen."

Ariël en Gaius wisselen een snelle blik, waarvan de betekenis aan mijn vermoeide brein ontsnapt.

"Neem haar mee," zegt Gaius, misschien te heerszuchtig naar mijn smaak. "Als je kunt, kom dan later hier terug. Ik zal je naar de hoogste verdieping begeleiden."

Ariël knikt met haar hoofd en helpt me om overeind te komen.

Haar aanraking is bijna net zo elektrisch als die van Harper, dus ik probeer onsexy gedachten te denken over syfilitische naakte molratten — en de financiële sector.

Als we de kamer uit komen, zie ik de bezoekers van de negende verdieping naar een groot podium in het midden van de verdieping kijken. Een paar bijna naakte mannen voeren met elkaars lichamen Cirque du Soleil-achtige acrobatiek uit. Hun bewegingen zijn soepel en sensueel en ik wou dat ik ertussenin zat —

Ik schud mijn hoofd weer en probeer mijn opwinding weg te jagen door aan lintwormen en voetschimmel te denken.

"Ik weet dat het onwaarschijnlijk is," fluistert Ariël in mijn oor, "maar ik wil het gewoon zeker weten." Ze dempt haar stem nog meer. "Je hebt die gruwel toch niet bij ons thuis uitgenodigd?"

"We hadden niet veel tijd om te kletsen," fluister ik terug, terwijl mijn wangen rood worden als Gaius ons een niet te ontcijferen blik toewerpt.

Ariël lijkt het niet te merken, want ze kijkt opgelucht als we naar de lift gaan.

Ik kan het niet helpen dat ik me haar nieuwe vriend herinner — of wat hij ook is — die naar een uitnodiging voor ons huis aan het vissen was. Betekent dit dat vampiers en incubi in dat opzicht vergelijkbaar zijn? Hoewel ik nieuwsgierig ben, heb ik genoeg tact om het nu niet aan een van hen te vragen.

De acrobaten maken een bijzonder indrukwekkende pose en iedereen geeft ze een staande ovatie.

Gelukkige acrobaten.

Wat ik niet voor een staande ovatie zou geven.

Mijn jaloezie over al dat enthousiaste geklap geeft me een idee. Mag ik hier als illusionist in de Earth Club optreden? Of als het niet hier is, misschien ergens anders in Gomorrah? De reden dat ik niet mag optreden is tenslotte het Mandaat, maar het Mandaat is toevallig niet van toepassing in deze wereld.

Zouden de Cognizanten überhaupt onder de indruk zijn van mijn effecten? Velen van hen kunnen namelijk echt doen wat ik alleen maar pretendeer te kunnen doen. En voor de meeste effecten van mentalisme zouden ze vermoeden dat ik mijn zienerskrachten gebruik. Aan de andere kant, en dit is het sterkste argument tegen dit idee, als ik de hele tijd in Gomorrah zou werken, dan zou ik voorgoed mijn krachten verliezen en —

De lift komt aan en Ariël en Gaius duwen me erin.

De rit terug is weer ongelooflijk snel. Het lijkt bijna alsof de deuren dichtgaan en dan op straatniveau van de club weer opengaan.

Een knappe man staat voor onze glazen lift.

Het is Darian en hij ziet er zelfvoldaan uit — waarschijnlijk omdat hij trots is op zijn vermogen om op het exacte moment dat we zouden aankomen te anticiperen.

Het is duidelijk dat hij het gedoe met Kit is vergeten.

"Jij," zegt Ariël tegen Darian en ze laat mijn bovenarm los en zet haar handen op haar heupen.

"Darian," zegt Gaius snerend. "Wilde je niet op de negende verdieping met me praten?"

"Gegroet," zegt Darian, terwijl zijn Britse accent sexyer klinkt dan normaal. "Ik ben van gedachten veranderd om met je te praten. Het is mijn voorrecht als raadslid om met de Ordebewakers te spreken... of niet, als ik daarvoor kies."

Terwijl hij spreekt, lijken zijn groene ogen door ons heen te staren naar iets achter de horizon — of misschien beter gezegd, in de toekomst.

Ik voel me opgesloten en doe een stap naar voren om de lift uit te gaan, maar ik moet nog steeds zwak of hormonaal stompzinnig zijn, want ik struikel over het punt waar de lift de vloer raakt.

Voordat ik met mijn gezicht op de grond beland, vangen Darians verrassend sterke armen me op en zetten me op mijn voeten.

"Gaat het?" vraagt hij, zijn accent nog meer aanwezig.

"Ik weet het niet," zeg ik, niet in staat om te stoppen om in die groene ogen te staren —

Ariël schraapt haar keel naast me. "Dank je, Darian," zegt ze, hoewel het zelfs voor mij in mijn vreemde toestand duidelijk is dat ze het niet van harte meent.

"Graag gedaan." Darian streelt zijn perfect verzorgde sik. "Een dans met Sasha zal genoeg zijn als beloning voor mijn diensten."

"Wie heeft gezegd dat Sasha met je gaat dansen?" Ariëls ogen vernauwen zich. "Ze moet naar huis. Ze —"

"Sasha bepaalt met wie ze danst en wanneer," zeg ik terwijl ik mijn armen over elkaar sla. "Eén dans zal geen kwaad kunnen." Ik kijk goedkeurend naar Darians brede schouders. "Het zou zelfs het tegenovergestelde kunnen doen."

Terwijl mijn mond spreekt, vraagt mijn geest zich af waarom ik eigenlijk met deze dans instem.

Ik heb gezien wat hij wil — die scène met Kit was nogal onthullend — maar dat betekent niet dat ik mee moet spelen.

Ik wil hem alleen wat vragen stellen over zienerskrachten.

Ja, dat is het.

Ik ga zeker niet akkoord met deze dans, omdat ik me de blik op zijn gezicht herinner toen hij dacht dat hij me kuste, of omdat ik die plooi in zijn voorhoofd leuk vind terwijl hij op mijn beslissing wacht. En zeker niet vanwege zijn zeer knabbelbare gespierde nek.

En zijn accent is *niet* sexy. De koningin van Engeland heeft hetzelfde accent en ik wil geen seks met Hare Majesteit —

"Een dans is misschien een goed idee." Gaius legt

een hand op Ariëls heup. "Daarna kun je haar mee naar huis nemen."

"Prima." Ariëls toon is identiek aan de toon die mijn moeder vaak gebruikte toen ik jonger was. "Maar slechts één dans."

Ik knik plechtig en Darian strekt zijn armen naar me uit.

Ik leg mijn handen in de zijne en voel weer een elektrische vonk. Mijn ademhaling versnelt en mijn handpalmen worden vochtig, samen met een paar andere plekken op mijn lichaam.

Verdomde Harper. Ik heb geen nare dingen meer om over na te denken.

Op dat exacte moment komt er een langzaam deuntje uit de miljoen speakers om ons heen, waardoor ik me realiseer dat er geen liedjes werden afgespeeld terwijl we met Darian aan het praten waren.

Ik ruk mijn ogen weg van Darians hypnotiserende blik en vang Ariëls blik.

Ik wed dat ze, net als ik, niet denkt dat de muziek toeval was. Darian moet de DJ betaald hebben om dit nummer precies te timen, wat betekent —

Darian begint op de muziek te bewegen en ik word door de dans meegesleept.

Stomme incubus. Is het zijn toedoen of heb ik voorheen gewoon niet in de volle omvang opgemerkt hoe knap Darian is?

Alsof hij een supercomputer gebruikt om het optimale traject te bepalen, beweegt Darian ons met gracieuze en zelfverzekerde bewegingen over de dansvloer.

Ik heb altijd geweten dat zijn ogen groen zijn, maar ik zie nu pas hoe *erg* groen ze eigenlijk zijn. Als iemand me zou vertellen dat hij met die ogen fotosynthese kan doen, dan zou ik het meteen geloven.

Hij leunt naar me toe.

Een deel van mij hoopt dat hij de echte ik wil kussen, net zoals het veel rationelere deel van mij weet dat ik hem in zijn kruis moet trappen als hij het lef heeft.

"Hoe gaat het met je zienervisioenen?" fluistert Darian in mijn oor, zijn stem een hese kreun.

Dan draait hij zich om en buigt zijn hoofd, waarbij hij zijn eigen oor bij mijn mond houdt zodat ik kan antwoorden. Tot mijn schrik vind ik zelfs zijn oor aantrekkelijk. Het is zo precies gevormd en de oorlel is zo zacht en aanraakbaar...

Ik doe mijn best om Harpers voodoo van me af te schudden en probeer zo nonchalant mogelijk te klinken. "Ik krijg alleen droomvisioenen en zelfs die zijn niet voorspelbaar."

De muziek zwelt aan en Darian doet een cross-body leaddansbeweging waardoor we van houding veranderen. Ik raak ook buiten adem en het voelt alsof ik op de set van *Dancing with the Stars* ben.

Darian leunt weer naar voren alsof hij me wil kussen en mompelt, "Het is geweldig dat je al volledige visioenen krijgt — de krachtboost die ik je heb gegeven, werkt duidelijk. Droomvisioenen zijn echter beperkend, omdat je maar twee uur REM-slaap per dag krijgt, max. Als je lot meerdere bedreigingen op één dag plaatst, dan heb je geluk als je een enkel droomvisioen als waarschuwing krijgt." Hij buigt me terug in een andere indrukwekkende dansbeweging.

Als onze lichamen elkaar weer ontmoeten, leunt hij naar voren en gaat verder. "Ongevraagde wakkere visioenen zijn het volgende waar je naar moet streven. Ze lijken op droomvisioenen in die zin dat je geen controle hebt over wanneer je ze krijgt. Je hebt echter een hele dag de kans om ze te krijgen." Hij draait me rond alsof ik een ballerina ben. "Uiteindelijk leren de meest krachtige van ons om visioenen met bewuste controle naar voren te brengen."

De combinatie van wat Darian me vertelt en zijn dansmoves maakt me duizelig alsof ik een NASA-training krijg.

Ik sta op het punt om hem met een miljoen vragen te bestoken als ik een paar meter verderop Ariël met Gaius zie dansen.

Als kan worden gezegd dat mijn dans met Darian sensueel is, dan is wat Ariël en Gaius doen grensverleggend erotisch. Ze zijn eigenlijk op de muziek aan het droogneuken. Om het nog interessanter te maken, wanneer ze zich met tegenzin van elkaar terugtrekken, stellen hun respectieve superkrachten hen in staat om een dansbeweging uit te voeren waar ik nog nooit van heb gehoord.

Iemand heeft zich duidelijk door de acrobaten op de negende verdieping laten inspireren.

Ariëls ogen zijn wild, haar wangen zo rood als ze tijdens een orgasme zouden kunnen worden —

Verdomde incubus. Nu denk ik aan Ariëls orgasmes.

Als de acrobatiek voorbij is, leunt Gaius weer dicht tegen Ariël aan en ik zie hem in haar nek snuffelen. Ariël kijkt gelukzalig extatisch.

Het is officieel.

Als die twee 'gewoon vrienden' zijn, dan zijn het vrienden met *grote* voordelen.

"We hebben niet veel tijd meer voor ons dansje," zegt Darian en ik herinner me waar ik ben — en waarom ik zo opgewonden en gefrustreerd ben. "Ik weet dat je mijn geschenk hebt gekregen."

"De band?" Ik laat Darian me ronddraaien waar ik sta. "Hoe wist je dat ik die heb ontvangen? Heb je een visioen gehad?" Ik ben blij dat ik iets heb dat mijn gedachten kan afleiden van hoe knap hij eruitziet en hoe sexy —

"Nee." De grijns van Darian is de schattigste glimlach die ik ooit heb gezien. "Ik heb mijn pakket op de UPS-website gevolgd."

Ik antwoord met het meest onvrouwelijke gesnuif, maar hij verdoezelt het door me nog een keer te laten draaien — en ik begin te merken dat andere dansers ons jaloers aankijken.

Darian leunt nog dichterbij en ik kan bijna de geur van bergamot in zijn eau de cologne proeven. "Heb je visioenen over *mij* gezien?"

Hij probeert nonchalant te kijken, maar ik zie dat

hij zijn adem inhoudt. Het antwoord is om de een of andere reden belangrijk voor hem — nog een bewijs dat hij niet alwetend is.

"Nee," zeg ik. "Mijn visioenen gingen tot nu toe allemaal over vermoord worden, dus tenzij je van plan bent om me te vermoorden, betwijfel ik of ik een visioen over je zal krijgen. Je bent toch niet van plan om me te vermoorden, ofwel?"

"Natuurlijk niet," zegt hij, nauwelijks zijn teleurstelling verbergend. "Dus al je visioenen waren over de nabije toekomst?"

"Ja," zeg ik. "Hoezo?"

"In tegenstelling tot jou heb ik wel visioenen van ons tweeën gezien," zegt hij en alsof hij de daad bij het woord wil voegen, krijgen zijn groene ogen een afstandelijke blik. "In de ene toekomst zijn we samen zo gelukkig dat —"

Hij stopt, zijn ogen kijken naar iets achter me terwijl zijn gezicht zo wit als een geest wordt.

Mijn hart klopt met driehonderd kilometer per uur en ik volg Darians blik.

HOOFDSTUK VEERTIEN

Het duurt even voordat ik besef waar Darian naar kijkt.

In een kleine nis die de VIP-ruimte moet zijn, staat een bekende breedgeschouderde figuur.

Het is Nero, zijn gezicht angstaanjagend — maar toch verrassend sexy — in zijn woede.

Nu begrijp ik het.

Darian moet net een visioen van de toekomst hebben gehad waarin Nero hem verscheurt — of wat het ook is waardoor mijn baas deze volwassen man zo bang maakt.

Ik besef dat mijn handen plotseling leeg zijn, maar als een hert dat naar dodelijke koplampen staart, vind ik het moeilijk om mijn blik van Nero's woede af te wenden.

Tegen de tijd dat ik terugkijk naar mijn danspartner, is hij er niet meer.

Terwijl ik de dansvloer afspeur, kan ik Darian nergens vinden.

Ik wrijf in mijn ogen.

Nog steeds geen Darian.

Hoe is hij zo snel verdwenen?

Heeft hij zijn kracht gebruikt om met deze ninjastunt te helpen? Als hij had kunnen voorzien waar ik heen zou kijken, dan had hij er in theorie zeker voor kunnen zorgen dat hij er op dat moment niet meer zou zijn. Natuurlijk zou dat soort controle over zijn zienervermogen —

Ik ben afgeleid als mijn blik weer op Nero's hoekige gezicht valt.

Shit. Harpers machinaties kleuren zeker mijn perceptie van mijn baas.

Ik heb me nog nooit voor Nero willen uitkleden en hem zo graag willen bespringen. Ik bedoel, *ooit*.

Ik ruk mijn blik weg en vang een glimp op van de VIP-nis waar Nero vandaan is gekomen. Er is een groep met modelachtige sloeries waarmee hij duidelijk dat kleine tafeltje deelde.

Wat een eikel.

Ik ga hem nu niet bespringen.

Wat zeg ik allemaal? Ik zou Nero nooit bespringen.

Ofwel?

Hij komt dichterbij, zijn gezichtsuitdrukking verandert van boos in bezorgd.

Aww. Maakt hij zich zorgen om me? Een warm, smeltend gevoel vult mijn borst.

Oh nee. Ik denk verwoed aan snotjes, dan korstige

overblijfselen van mascara en die haarachtige smurrie op gebruikte poriestrips, maar geen van die dingen is smerig genoeg om het plotselinge spervuur van pornografische beelden van Nero die door mijn stomme brein flitsen tot zwijgen te brengen.

Ariël stopt lang genoeg met het bespringen van Gaius om Nero te zien naderen en tegen de tijd dat mijn baas halverwege mijn locatie is, staat Ariël schouder aan schouder met me.

Als ze wist waar ik net aan dacht, dan zou ze die schouder willen ontsmetten.

"Wat doet Nero hier in godsnaam?" vraag ik aan Ariël, terwijl ik alle warme gevoelens opzij schuif. "Ik had nog zoveel vragen voor Darian en hij heeft hem weggejaagd."

"Nero is de eigenaar van deze club," antwoordt Ariël over de muziek heen. "En je gesprek met Darian kan verkeerd zijn opgevat als Darian die je van Nero probeert te stelen... als leerling."

Natuurlijk. Ik had kunnen vermoeden dat Nero de eigenaar van deze zaak is. Wat bezit hij niet?

Dit verklaart de reactie van de uitsmijter-ork toen Ariël de naam van Nero liet vallen. Het zou ook kunnen verklaren —

Nero gebaart met zijn hand en de muziek stopt.

De mensen om ons heen voelen dat er iets mis is en gaan uit de weg van Nero, waardoor hij me in een paar roofzuchtige passen met lange benen kan bereiken.

"Sasha." Zijn diepe stem straalt sexappeal uit — iets wat ik vast nog nooit eerder heb opgemerkt.

Waarschijnlijk omdat ik nog nooit eerder incubusbeestjes in mijn systeem in de buurt van mijn baas heb gehad.

"Nero." Ik doe mijn best om niet te stotteren.

Hij staat op kusafstand.

Vergeet dat, hij staat op mepafstand.

Terwijl hij de lucht inademt alsof hij me besnuffelt, bekijkt hij me nog een keer grondig voordat hij mijn blik vasthoudt.

De limbale ring in zijn ogen is tegenwoordig extra dik en zijn strakke blauwe shirt benadrukt elke spier van zijn krachtige lichaam. De kleur brengt het blauw in zijn blauwgrijze ogen naar voren en doet me aan een stormachtige oceaan denken.

Hij maakt zijn lippen nat.

Zijn schone, bosachtige geur komt mijn neusgaten binnen en ik vraag me af of hij ook een incubus is.

Het is dat, of Harpers mojo is losgeslagen.

Ik wil op die lippen bijten, hem dan vastpakken, hem op de grond duwen en op hem springen.

Hij leunt naar voren.

HOOFDSTUK VIJFTIEN

STAAT NERO OP HET PUNT OM ME TE KUSSEN?

Zal ik hem het laten doen?

Waarom heb ik *hier* niet over gedroomd?

"Je ziet er niet goed uit," zegt hij, terwijl zijn dikke wenkbrauwen fronsen. "Jij." Hij kijkt naar Ariël. "Kun je haar naar huis brengen?"

Ariël knikt gedwee met haar hoofd — en ik heb deze meid nog nooit iets gedwee zien doen.

"Goed," zegt Nero en hij loopt weg, me in een mengeling van woede, opwinding en verwarring achterlatend.

Terwijl hij loopt, zwaait hij met zijn hand en de muziek wordt hervat.

Ariël grijpt mijn hand iets te stevig vast en trekt me naar de uitgang.

Ik volg haar als een goed schaap.

Terwijl we de club verlaten, oefen ik een ademhalingstechniek die Lucretia me heeft geleerd, maar het helpt niet. Naar alles onder de zon verlangen moet nog stressvoller zijn dan in het openbaar spreken.

"Hij heeft het expres gedaan," zegt Ariël terwijl we de straat oversteken, terug naar de wolkenkrabber. "Ik weet het zeker."

"Wie?" Ik kijk omhoog, naar de enorme hoogte van het gebouw starend. "Deed wat?"

"Darian." Ariël duwt zo krachtig tegen de draaideuren dat ik moet oppassen dat ik niet verpletterd word. "Weet je nog dat we ons afvroegen waarom Darian je dodelijke ontmoeting niet gewoon had verhinderd door Gaius te vertellen waar hij je moest redden? Ik denk dat ik erachter ben waarom hij zo indirect was. Hij wilde dat je onder invloed van de feromonen was, zodat je naar hem zou kijken zoals je deed toen hij je ten dans vroeg."

"Hoe heb ik naar hem gekeken?" Ik verberg mijn ogen door in de museumachtige lobby rond te kijken.

"Vleselijk," zegt Ariël. Dan voegt ze er op een samenzweerderige fluistertoon aan toe, "Hoewel het niets was vergeleken met de manier waarop je naar Nero keek."

Geweldig. "Je kunt duidelijk mijn boze gezicht niet van mijn geile gezicht onderscheiden," zeg ik tegen haar.

Ariël kijkt me aan met een smeulende blik vol seksuele beloften, grinnikt dan en zegt, "Was dat boos?"

Ik schraap mijn keel. Ik ben er vrij zeker van dat mijn gezicht niet de spieren heeft om te doen wat zij net deed. "Misschien heb je gelijk over Darians beweegredenen. Weet je nog dat je me naast hem en Kit zag staan?"

Ze knikt.

"Nou, ik heb toen niet de kans gekregen om het je te vertellen, maar ik heb ze op zoenen betrapt — terwijl Kit mijn gezicht had."

"Wat?" Ariëls ogen worden zo groot als schotels.

"Ja, ik denk dat ze hem erin heeft geluisd — iets over het willen van een eigen ziener of iets dergelijks. Ik heb geen idee. Het punt is, hij viel ervoor en terwijl we aan het dansen waren, vertelde hij me dat hij een toekomst had gezien waarin wij een eenheid waren."

Haar mond hangt even open. Dan vraagt ze op gedempte toon, "Denk je dat hij de waarheid sprak?"

"Waarom zou hij liegen?" Ik druk op de knop van de lift.

"Misschien wil hij een zelfvervullende voorspelling creëren?" Ariël krabt op haar achterhoofd.

"Ik weet het niet. Ik denk dat ik hem geloof. Maar dat betekent nog niet dat de toekomst die kant op zal gaan. Zoals ik van de weinige visioenen heb geleerd die ik heb gehad, maakt het weten wat er gaat gebeuren het mogelijk om het te veranderen — ervan uitgaande dat je dat wilt."

De lift gaat open en Ariël trekt me naar binnen. "Wil je een toekomst met Darian?"

"Ik wil een goede nachtrust," zeg ik en sluit mijn vermoeide ogen alsof ik hier en nu een dutje wil doen.

Als ik mijn ogen open, kijkt Ariël me nog steeds verwachtingsvol aan. Terwijl de supersnelle lift zijn deuren op het dak opent, zeg ik, "Ik ken Darian nauwelijks. Op dit moment ben ik meer in hem als ziener geïnteresseerd."

"Niet beledigend bedoeld, maar omdat hij een ziener is, moet je bij hem uit de buurt blijven." Ariël neemt de leiding, haar langbenige passen stappen stevig door. "Je hebt geen controle over je leven als er zieners in de buurt zijn."

"Ken je andere zieners dan Darian?" vraag ik. "Ik wil dat iemand me leert om mijn droomvisioenen naar dagvisioenen te upgraden."

"Zieners zijn zeldzaam," zegt Ariël zonder zich om te draaien. "Het is onwaarschijnlijk dat je er een zult vinden, tenzij ze verstrikt *willen* raken in je problemen, wat ik denk dat ze, afgezien van Darian, niet zullen willen. En je zou kunnen beargumenteren dat hij de bron van je problemen is."

Ze bereikt de poort die naar JFK leidt en loopt er zonder veel ophef in.

Zelfs in mijn huidige overweldigde staat vervult de insta-trip van wereld naar wereld me met ontzag.

We lopen een paar seconden door de JFK-hub voordat ik op mijn horloge kijk. Het is hier op aarde 4.20 uur. Ik ben er vrij zeker van dat het bij de club vroeger was.

"De tijd stroomt anders in de Andere Werelden," zegt Ariël. "Je kunt hele dagen verliezen als je niet oppast."

We lopen een paar gangen zonder iets te zeggen.

Dan verzamel ik mijn moed. "Dus... hoe zit het tussen jou en Gaius?"

"We zijn vrienden," zegt Ariël heel snel. "Hoe vaak moet ik je dat nog vertellen?"

Een betere vraag is: hoe vaak moet Ariël zichzelf dat vertellen, ervan uitgaande dat ze die onzin echt gelooft?

Als ik haar aandachtig bekijk, merk ik dat ze er, om wat voor reden dan ook, gespannen uitziet. Mist ze haar 'vriend' Gaius, of heeft ze genoeg van Harpers dampen ingeademd om met mij in hetzelfde schuitje te zitten?

"Denk je dat het door de kracht van Chester is geweest dat je bijna om het leven bent gekomen?" vraagt ze, duidelijk enthousiast om van onderwerp te veranderen.

Ik overweeg haar vraag.

Ik had al een vermoeden dat Chester zijn krachten had gebruikt bij het regelen van het pittige drankdebacle. Kan hij ook mijn geluk/ongeluk bij het ontmoeten van Harper hebben beïnvloed? De drank had Harper tenslotte een manier gegeven om me te benaderen.

"De eerste keer dat ik Harper zag, was toen we bij Chester waren," zeg ik. "Dus het lijkt mogelijk."

Ariëls passen worden langer. "Ik had die klootzak neer moeten steken."

"Dan krijg je problemen met de Raad," antwoord ik terug, terwijl ik mijn best doe om haar bij te houden.

"Misschien de moeite waard," moppert ze. "Ik had niet gedacht dat hij zich tot verkrachting zou verlagen."

"Als ik mijn visioen niet had gehad, dan weet ik niet zeker of dat verkrachting zou zijn geweest," zeg ik na een lange stilte. "Dat was het probleem. Ik *wilde* Harper."

"Vanwege de kracht van Harper." Ariël rukt bijna het handvat van de deur voor haar. "Het afdwingen van opwinding is verkrachting."

Ik haast me door de deur om haar bij te houden. "Niet dat ik Harper wil verdedigen, maar om advocaat van de duivel te spelen, als ik iemand wil, wat de reden ook is, is het dan verkrachting?"

"Als je erin wordt geluisd, dan wel," zegt Ariël.

"Door die logica kun je veel ontmoetingen met wederzijdse toestemming in verkrachting veranderen. Stel bijvoorbeeld dat een man tegen een meisje over zijn baan liegt — en zichzelf aantrekkelijker laat lijken om alleen maar in haar broekje te komen. Dat is geen verkrachting... of wel? Of wat dacht je van die versierders die manipulatie of wat dan ook gebruiken om een meisje in bed te krijgen. Zijn het volgens jouw definitie dan verkrachters?"

"Wat ze doen is niet zo krachtig als wat Harper je heeft aangedaan." Ariël opent de deur die terug naar JFK leidt. "Maar ik denk dat het in dezelfde lijn is."

Ik besluit om dit debat op te schorten voor een dag waarop mijn geest helderder is en we lopen de rest van de weg in grimmige stilte over het vliegveld.

Als we in een taxi stappen, doezel ik in en slaap voor het grootste deel van de rit terug.

"We zijn thuis," zegt Ariël en ik word wakker genoeg om haar te helpen om me uit de auto te slepen.

We lopen de lift in, maar voordat de deuren kunnen sluiten, komt er een man binnen.

"Goedenavond, Sasha," zegt Vlad, zijn sombere gelaatstrekken verwarmd door een flauwe glimlach. Dan ziet hij dat ik niet alleen in de lift sta en elke zweem van een glimlach verdwijnt volledig.

Ik bekijk het vampierschatje van Rose van top tot teen en heb er meteen spijt van. Zijn imposante gestalte en bleek symmetrisch gezicht — met die sensuele lippen — reactiveren de kwade invloed van Harper op volle toeren.

Hij drukt om de een of andere reden op de bovenste verdieping. Misschien wil hij niet dat Ariël weet dat hij naar onze verdieping gaat? Ik denk dat hij niet beseft dat ik haar pas geleden al over hem en Rose heb verteld, nadat hij me van de zombies in onze gang had gered.

"Ariël, dit is Vlad," zeg ik en besluit mee te spelen met de poppenkast dat Ariël zich niet bewust is van zijn connectie met Rose. "Vlad, dit is mijn beste vriendin Ariël."

"We hebben elkaar eerder ontmoet," zegt Vlad, met zijn gezicht terug naar zijn donkere, sombere onleesbaarheid.

"Is dat zo?" vraag ik, maar geen van beiden antwoordt, waardoor ik me afvraag of ze elkaar op een of ander geheim vampierevenement hebben ontmoet waar Gaius haar mee naartoe heeft genomen.

"Ik wist niet dat je in dit gebouw woonde," zegt Ariël tegen Vlad, haar stem koel en beleefd. Ik denk dat ze heeft besloten om ook te doen alsof ze niets van Vlad en Rose af weet.

"Ik kom niet vaak naar dit appartement," zegt Vlad en hij kijkt me aandachtig aan met die pikzwarte ogen die lijken te zeggen, "Ik lieg om Rose te beschermen en je kunt er maar beter in meegaan."

Aangezien zwijgen in deze zeer ongemakkelijke situatie het gemakkelijkste is wat ik kan doen, houd ik mijn mond.

De stilte die volgt, zou waarschijnlijk in Webster's Dictionary moeten worden opgenomen om het woord 'ongemakkelijk' te definiëren.

Om mezelf van mijn begeerte naar de man van Rose af te leiden, voer ik in mijn hoofd berekeningen uit. Binnen enkele ogenblikken bereken ik dat de afstand tussen zijn ogen en mond zesendertig procent is van de lengte van zijn gezicht, terwijl de afstand tussen Vlads ogen —

De lift rinkelt en Ariël en ik stappen uit en laten Vlad daar achter zodat hij kan doen alsof hij naar een andere verdieping gaat.

Ariël doet de deur van het appartement voor me open en ik loop op mijn tenen naar binnen, vastbesloten om Felix niet wakker te maken — niet alleen omdat ik een goede vriendin ben, maar ook omdat het laatste wat ik wil is dankzij Harper, Felix door een sekskleurige bril zien.

"Je blijft vannacht in mijn kamer," zegt Ariël tegen Fluffster als hij opgewonden opspringt om ons te begroeten.

"Jippie," antwoordt de chinchilla mentaal tegen ons allebei. "Mag ik je mes aanraken?"

"Doe jezelf dan geen pijn," zegt ze terwijl ze met haar ogen rolt. "En blijf van mijn vuurwapens af."

"Afgesproken," zegt Fluffster en hij suist als een kleine wervelwind haar kamer binnen.

"Ik raad je ten zeerste een date met je 'magische' stimulator aan," zegt Ariël met een grijns vlak voordat ik mijn kamer binnenloop. "Je kunt niet naar mensen blijven lonken zoals je dat hebt gedaan, vooral niet als je morgen naar Oriëntatie gaat. Geef een tienerjongen zo'n blik en je komt zeker op een of andere lijst terecht."

Ik sla mijn deur voor Ariëls grijnzende gezicht dicht en doe hem op slot.

Ze heeft niet helemaal ongelijk over mijn toestand. Mijn huid voelt veel te warm en strak aan, mijn kleren schuren onaangenaam. Voordat ik iets anders ga doen, besluit ik om me uit te kleden.

Het had een eenvoudige taak moeten zijn, maar in mijn opgewonden toestand voelt het bizar sensueel aan. Hoe meer kledingstukken ik verwijder, hoe opgewondener ik word — alsof het een minnaar is en niet ikzelf die dit allemaal uittrekt.

Als ik helemaal naakt ben, reik ik zonder tegenzin naar Copperfield en glijd ik onder mijn dekens.

Tegen de tijd dat ik Copperfield aanzet, verheug ik me pijnlijk op de ontmoeting. Ariël had zo gelijk. Ik moet aan deze jeuk krabben voordat al deze opgekropte energie me ertoe brengt om iets stoms te doen.

Wacht.

Ik kan niet aan Ariël denken terwijl ik dit doe.

Ik kan trouwens aan niemand denken die ik ken, hoewel ik denk dat het veilig is om over een beroemdheid te fantaseren. Zeg, een acteur als Matthew McConaughey of Michael Fassbender. Of allebei.

Ik adem in en raak mezelf door de deken heen nauwelijks met Copperfield aan.

Wit licht explodeert voor mijn ogen en warme energie pulseert zo heftig door mijn lichaam dat ik op mijn kussen moet bijten om te voorkomen dat ik hardop ga schreeuwen.

Wauw.

Dat was het meest onverwachte en wereldschokkende orgasme dat ik ooit heb gehad.

Ik trek Copperfield weg om te kijken of ik nog een keer wil.

Het kost me minder dan een seconde om te beseffen dat ja, ik wil zeker nog een keer.

De tweede keer is zo sterk dat mijn zicht wazig wordt. Ik heb misschien ook een spier verrekt.

Terwijl ik op adem kom, moet ik toegeven dat er

voordelen zijn aan dit gedoe van bijna sterven door een incubus. Iemand zou zijn mojo in een flesje moeten doen en voor recreatieve doeleinden moeten verkopen.

Ik sta te popelen om het nog een keer te doen, dus dat doe ik en buiten mijn schuld verandert het beeld van Michael Fassbender op de een of andere manier in dat van Nero. Ik denk dat ze van hetzelfde type zijn?

Tot mijn grote afschuw valt het beeld van Nero samen met de sterkste, meest tenenkrommende ontlading van allemaal.

Ik ben niet in staat om beelden van Nero te verbannen als ik het opnieuw en opnieuw en opnieuw doe.

Heeft Harper een seksverslaafde van me gemaakt? Want hoe uitgeput en overgevoelig ik me ook voel, ik kan het niet helpen dat ik het nog een dozijn keer wil doen.

Terwijl ik Copperfields snelheid lager zet, gun ik mezelf nog een laatste verzetje — met het beeld van Nero dat mijn vermoeide brein weer binnendringt.

Dat is het. Ik ben officieel een seks-geperste citroen.

Met een gekke grijns op mijn gezicht sluit ik mijn ogen om van alle endorfines te genieten die in mijn bloedbaan zwemmen — en val meteen in slaap.

IK WORD WAKKER MET VAGE HERINNERINGEN EN EEN VIBRATOR ONDER MIJN SCHOUDERBLADEN.

Ik leg Copperfield weg en kijk op de klok.

Het is 13.37 uur en ik moet om drie uur in Queens zijn voor Oriëntatie.

Ik trek verwoed een shirt aan en haast me mijn kamer uit terwijl ik een spijkerbroek aantrek en dichtrits. Ik bespeur de geur van iets lekkers dat in de keuken wordt gekookt en ik begin te kwijlen.

Ik haast me de badkamer in, fris me snel op en sprint dan naar de keuken.

"Het feestbeest is wakker." Felix grijnst naar me. "Hoe laat ben je gisteravond thuisgekomen?"

Hij staat bij het fornuis met een sissende koekenpan vol gewokte groenten waarvan mijn maag rommelt als een chagrijnige beer.

"Vijf uur vanochtend." Ik pak een bord en duw het smekend naar Felix.

"Zo laat naar bed gaan, zal je circadiane ritme verpesten." Hij doet wat van het eten op mijn bord en pakt dan een flinke portie voor zichzelf. "Je staat officieel onder Ariëls slechte invloed."

Ik doe wat pittige paksoi in mijn mond en weersta de neiging om van genot te kreunen. Heb ik nog steeds last van incubus-bijwerkingen?

Nee. Als ik onder invloed was, dan zou Felix in zijn losse Batman-pyjama — een gruwelijk geschenk van Ariël toen Felix blijkbaar nog magerder was dan hij nu is — me aantrekkelijker lijken dan hij nu doet.

"Waar is Ariël?" vraag ik wanneer mijn mond voldoende leeg is.

Felix haalt zijn schouders op. "Slaapt nog?"

Fluffster haast zich de kamer in en zwaait met zijn kleine voorpootje naar me.

Ik voel me een psychiatrische patiënt en zwaai terug naar mijn chinchilla.

"Jij was in Ariëls kamer," zeg ik tegen hem. "Waar is ze?"

"Ze is meteen vertrokken nadat je naar bed was gegaan." Fluffster gebruikt me als opstapje om met twee sprongen op de tafel te springen. "Ze is helemaal niet teruggekomen. Ik kan het weten — ik heb op haar kussen geslapen."

Felix pakt zijn telefoon en typt wat.

Ik kauw gretig op mijn eten tot ik zijn telefoon hoor pingen.

"Ze zegt dat ze in orde is," laat Felix ons met een vleugje afkeuring weten. "Ze zegt dat ze later vandaag terugkomt."

"Ik denk dat ik wel zonder oppas naar Oriëntatie kan gaan," zeg ik. "Wel vreemd dat ze haar taken op die manier verzaakt."

"Het komt door de vampier," zegt Felix, terwijl hij zijn stem dempt en om zich heen kijkt alsof Gaius achter ons aanrecht zou kunnen staan luisteren. "Ik denk niet dat hij goed voor haar is."

Ik slik een vork vol peultjes en broccoli door voordat ik vraag, "Wat is een bloedhoer?"

Felix verslikt zich in zijn eten en begint zo hard te hoesten dat ik opsta, voor het geval ik de Heimlichmanoeuvre moet gebruiken.

Hij lijkt echter op adem te komen, dus ik loop in

plaats daarvan naar het aanrecht en pak wat havermout en een schoteltje voor Fluffster.

"Waar heb je die term gehoord?" vraagt Felix wanneer hij eindelijk kan praten.

"Chester heeft Ariël aangesproken."

"Heb je Chester weer gezien?" De rechterkant van de doorlopende wenkbrauw van Felix gaat als een wip omhoog. "Dat heb je me niet verteld."

"Het was gisteravond," zeg ik. Wat ik er niet aan toevoeg, is dat Felix *nooit* alle gebeurtenissen van gisteravond te weten zal komen — niet als ik hem in de toekomst in deze keuken onder ogen wil kunnen zien. "We kwamen Chester tegen. Hij zei dat hij niet heeft geprobeerd om me te vermoorden en tijdens dat gesprek noemde hij Ariël zo."

"Ik denk niet dat Ariël... *dat* is." Felix prikt een paar keer in de groenten op zijn bord alsof ze wegkruipen. "Het is een denigrerende term voor iemand die aan vampierbloed verslaafd is. Ze zijn meestal bereid om alles te doen om een shot te krijgen — vandaar de term..."

"Is vampierbloed verslavend?" vraag ik, aan de onorthodoxe bloedtransfusie denkend waarvan ik getuige was toen Ariël bij de tentoonstelling van *De Lichamen* gewond was geraakt.

"Het heeft zowel helende als pijnstillende eigenschappen en wordt verondersteld met enkele van de ergste illegale drugs te wedijveren als het om de high gaat die je krijgt." Hij wordt zo rood als een biet. "Niet dat ik het uit ervaring weet."

"Dus Ariël kan verslaafd zijn?" vraag ik, terwijl ik hem en Fluffster ontsteld aankijk.

"Ik betwijfel het," antwoordt Fluffster mentaal. "Ze is erg sterk."

"Maar ze is ook een beetje in de war," zegt Felix, terwijl hij over zijn voorhoofd wrijft.

"Dan kunnen we haar maar beter goed in de gaten houden." Ik probeer zoveel mogelijk motiverende energie te projecteren.

"Tuurlijk," zegt Felix.

Fluffster pauzeert even van zijn aanval op de haver en knikt plechtig zijn harige hoofd.

"Oké." Ik prik de rest van de groenten aan mijn vork. "Ik moet gaan."

Ik prop de inhoud van de vork in mijn mond, pak mijn lege bord en zet het in de vaatwasser terwijl ik verwoed blijf kauwen.

"Veel plezier," zegt Felix met een flinke dosis sarcasme. "Ik weet zeker dat Oriëntatie geweldig zal zijn."

Nog steeds kauwend, zwaai ik gedag en haast ik me naar de garderobekast, me afvragend of ik het pistool mee moet nemen.

Ik ben straks in de buurt van tieners, dus er is een reëel risico dat ik in de verleiding kom om iemand neer te schieten — wat een goed argument is om een wapen mee te nemen. Maar aan de andere kant zal Ariël woedend op me zijn als ik het niet meeneem.

Ik haal mijn schouders op, pak de wapentas en hang hem over mijn schouder.

Gewapend en gereed vertrek ik naar Oriëntatie.

———

Volgens mijn telefoon is het 14.55 uur als ik de groezelige kamer nader waar ik gisteren dr. Hekima heb ontmoet.

Er staan een heleboel berichten van het werk op mijn telefoon.

Hebben ze me weer op een zondag nodig?

Ik besluit de berichten niet te lezen tot na de les, zet mijn telefoon uit en discussieer met mezelf terwijl ik de kamer binnenloop.

Zelfs hier in de gang wordt de geur van muffe koffie en schimmel door een sterke stank van tieners vergezeld. Het lage gebrom van veel jonge stemmen die allemaal tegelijk spreken, roept onaangename flashbacks op van de middelbare school.

Mijn hartslag versnelt. Met het gevoel alsof ik een saloon in een westernfilm binnenloop, schuifel ik de kamer binnen.

Er valt een stilte en twintig paar gemene ogen staren me sadistisch gefascineerd aan.

HOOFDSTUK ZESTIEN

Oké, misschien is er maar een klein handjevol gezichten die enige interesse in mijn bestaan tonen en de klas viel waarschijnlijk stil, omdat ze dachten dat ik dr. Hekima zou kunnen zijn — die helaas nog niet in de kamer is.

De kamer ziet er nog steeds uit als een ontmoetingsplaats voor een steungroep, alleen heeft het nu ook het gevoel van de cafetaria van een middelbare school — met alle gruwelen die er bij horen.

Er zitten ongeveer twintig tieners in de middelbare schoolleeftijd in de kamer, opgesplitst in wat op dertig kliekjes lijkt.

Ik loop alsof ik door giftige melasse heen moet en pak een klapstoel bij de muur.

De meeste jongeren lijken vrij gemiddeld. Eén kliek bestaat echter uit vier meisjes die meer op actrices uit een tienerfilm lijken — veel te volwassen voor hun leeftijd en met kleding, haar en make-up waarvoor een team van stylisten en kappers nodig zou zijn.

Ik noem ze mentaal 'de bijenkorf'.

Ik grijp mijn stoel vast, scan mijn omgeving en probeer te beslissen waar ik ga zitten. Als ik een tiener was, dan zou dat een levensbepalende keuze zijn.

Gelukkig ben ik geen tiener meer en is de beslissing makkelijk. Er zijn maar twee plekken beschikbaar, tenzij ik tieners wil vragen om hun stoel te verplaatsen om ruimte voor me te maken — en ik heb liever een wortelkanaalbehandeling.

De ene plek is naast een schattig, tenger meisje met een bril die alleen zit en de andere plek is naast de bijenkorf.

Ik draai me om naar het kleine meisje met de bril.

"Zit ze hier wel goed?" vraagt een van de vier bijen met een gedempte, maar goed hoorbare stem zodra ik met mijn rug naar hen toe sta.

"Ik vraag me af wat ze is," zegt een ander — deze doet niet eens alsof ze fluistert. "Misschien een pre-vampier?"

"Ik betwijfel het," zegt nog een andere, parmantige bij. "Ze zien er nooit zo truttig uit."

"OMG," 'fluistert' weer een van hen met een stem die klinkt alsof ze zestig jaar lang vijf pakjes per dag heeft gerookt. "Gaat ze bij de Psycho zitten?"

Zelfverzekerd klap ik mijn stoel uit naast het kleine meisje dat ze Psycho noemden en hang mijn schoudertas aan de rugleuning van de stoel, in de veronderstelling dat ik op deze manier misschien minder in de verleiding zou komen om de inhoud te gebruiken.

Mijn nieuwe buurvrouw kijkt niet op van haar notitieboekje, waarop ze iets krabbelt alsof haar leven ervan afhangt.

Arme meid.

Ik herken haar opgejaagde gedrag.

Ik was als tiener een laatbloeier en het was verschrikkelijk, maar dit meisje zal waarschijnlijk altijd zo klein en jong blijven — een zegen als ze veertig is, maar voor nu is het een vloek.

Klaar met mij uit te dagen, gaat de bijenkorf verder met een discussie over mijn nieuwe buurvrouw — ik neem tenminste aan dat ze het over haar hebben. Uit de niet-helemaal gefluisterde opmerkingen die ik opvang, zou je denken dat ze het over een zombie met lepra in plaats van over dit schattige meisje hadden. Volgens hen is de hoornen bril van mijn buurvrouw een afschuwelijke misvorming, net als haar kleding, haar houding, haar kapsel, haar tas en al het andere.

Natuurlijk vind *ik* haar bril stijlvol en laat het haar eruitzien als een sexy bibliothecaresse in opleiding of een hete hipster-chick. Maar wat weet ik er nou van? Blijkbaar is mijn mooie zwarte spijkerbroek en met leer bezaaide, Criss Angel-geïnspireerde top 'truttig'.

Mijn buurvrouw kijkt op van haar notitieboekje en staart me aan met ogen die zo groot zijn dat ze amper achter haar bril passen. Je zou denken dat ik net de 'verschijnende Sasha'-illusie heb gedaan waar ik altijd van gedroomd heb om op tv te doen.

"Hoi," zeg ik op de vriendelijkste toon die ik kan opbrengen. "Ik hoop dat je het niet erg vindt dat ik naast je ben gaan zitten."

"Het is een vrij land." Het meisje glimlacht schaapachtig en laat een paar beugels en de schattigste kuiltjes zien die ik ooit heb gezien.

"Ik ben Sasha," zeg ik, tegen de neiging vechtend om in die schattige wang te knijpen, steek ik mijn hand naar haar uit.

"Maya." Ze schudt mijn hand met de slapste beweging die ik ooit heb gekregen.

Er wordt vanuit de richting van de bijenkorf wat gegniffeld, maar ik negeer ze. Zo hard als ik kan, zeg ik, "Het is erg leuk je te ontmoeten, Maya."

Ze bloost en hervat wat ze in haar notitieboekje aan het doen was.

De mentalist in mij kan het niet helpen om even te gluren.

Ze werkt aan een tekening — een griezelig nauwkeurige karikatuur van de mooiste van de vier vervelende meisjes. We moeten op dezelfde manier denken, want ze heeft haar onderwerp het lichaam van een mollige bij met een kroon op haar hoofd gegeven.

De onberispelijke parmantige neus van de bij lijkt in de karikatuur meer op een varkenssnuit en het gezicht van de rustende etterbak is meer uitgesproken dan in het echte leven. Het golvende, gezonde haar, de geïrriteerde pruilmond op die perfect volle lippen en de puntige kin laten echter geen twijfel bestaan over wie het is. Terwijl ik toekijk, schrijft Maya 'Roxy' onder de karikatuur, ze slaat de pagina om en begint een ander lid van de kliek te tekenen.

"Mevrouw," zegt Roxy overdreven hard en haar drie volgelingen grinniken om haar humor. "Mevrouw?"

Omdat ik me honderd jaar oud voel, negeer ik de vraag nadrukkelijk.

"Neem me niet kwalijk," zegt Roxy harder en ze staart me recht aan tot ik niet kan doen alsof ze tegen iemand anders schreeuwt.

"Oh." Ik trek mijn wenkbrauwen op. "Had je het tegen mij?"

"De Psycho heeft chlamydia," zegt ze tot de vreugde van haar vriendinnen. "Ik heb gelezen dat je zelfs als je lesbische seks hebt chlamydia kunt krijgen."

Alle kinderen, behalve Maya, lachen, hoewel sommigen misschien doen alsof ze het leuk vinden zoals mensen in het bedrijfsleven om de stomme grappen van hun baas grinniken.

"Wauw, dat is erg handig om te weten," zeg ik, terwijl mijn stem van het sarcasme druipt die ik op onruststokers heb geoefend die het op een gegeven moment hadden gewaagd om mijn magische optredens te verstoren. "Hoewel je een expert lijkt te zijn, zal ik wat meer nuttige tips met je delen." Ik kijk naar haar meest rechtse vriendin. "Je kunt op dezelfde manier met gemak bacteriële vaginose krijgen." Ik kijk naar de meest linkse volgeling. "Ook het humaan papillomavirus. Om nog maar over trichomonas te zwijgen." Ik kijk naar de derde volgeling voordat ik Roxy's ziedende blik ontmoet. "Ook van belang, zelfs als je geen blaren hebt, is je genitale herpes nog steeds besmettelijk voor — "

Ik stop met praten, omdat ik dr. Hekima in de open deuropening zie staan, met een grijze wenkbrauw die tot het midden van zijn voorhoofd is opgetrokken.

Roxy kijkt Grinch-vrolijk, wat me zegt dat dr. Hekima minstens één ding over soa's moet hebben gehoord.

"Dat *is* nuttige informatie," zegt dr. Hekima tegen de klas met een uitgestreken gezicht. "Menselijke kwalen kunnen de meeste Cognizanten treffen, dus je moet altijd voor jezelf zorgen."

Roxy stikt in haar teleurstelling en fluistert iets onhoorbaars tegen haar kliek.

"Roxy," zegt dr. Hekima met een zachte ondertoon van dreiging. "Bewaar de vragen voor het einde van de les."

Tot mijn schrik plakt Roxy een gehoorzaam masker op haar gezicht en knikt instemmend met haar hoofd. Dr. Hekima's Cognizant superkracht moet zijn om angst te zaaien in alles wat in de grote boezems van entiteiten als Roxy voor een hart door moet gaan.

In doodse stilte loopt hij naar de rij stoelen, pakt een stoel voor zichzelf en klapt die voor de klas open.

Met een kleine frons kijkt hij in mijn richting.

De bijenkorf volgt gretig zijn blik.

"Maya?" zegt dr. Hekima.

Mijn buurvrouw schokt in alertheid.

Ze was in beslag genomen door haar tekening en ze had de komst van onze leraar niet opgemerkt.

"Leg dat notitieboekje alsjeblieft voor mijn voeten," zegt hij tegen haar. "Je kunt het na de les ophalen."

Maya houdt het notitieboekje tegen haar borst, springt overeind en nadert dr. Hekima. Ze buigt zich voorover en legt het op de grond alsof het van glas is.

"Allereerst," zegt dr. Hekima als Maya weer op haar stoel zit. "Wil ik jullie allemaal vragen om een nieuwe student te verwelkomen, Sasha Urban."

Iedereen kijkt me in verschillende mate van onverschilligheid aan en ik glimlach en zwaai als een deelnemer aan een schoonheidswedstrijd.

"Goed." Dr. Hekima slaat zijn armen voor zijn borst. "We gaan het vandaag over erfelijkheid hebben. Om te beginnen, als ik je naam noem, vermeld dan alsjeblieft het type Cognizant dat je bent of zoals jullie het graag noemen, 'jouw krachten'."

Iedereen behalve Maya kijkt opgewonden bij het vooruitzicht.

"Roxy," zegt dr. Hekima. "Kun jij beginnen?"

Roxy staat gracieus op en heft trots haar kin op. "Ik ben een weerwolf." Ze kijkt naar rechts en volgeling één gaat rechtop zitten terwijl ze zegt, "Maddie is dat ook." Dan kijkt ze naar links. "Ashley ook."

Volgeling twee, ook bekend als Ashley, trekt haar schouders recht.

"En Tiffany is natuurlijk ook een weerwolf," besluit Roxy terwijl volgeling drie straalt alsof ze net een medaille heeft gewonnen.

Dus Roxy is geen *bijenkoningin*. Ze is een *koningin*

maar dan van teven — de juiste term voor vrouwelijke honden.

"Sasha," zegt dr. Hekima, die me uit mijn spontane onomastiek haalt. "Zou jij nu kunnen gaan?"

Ik sta voorzichtig op. "Ik ben een ziener."

Iedereen behalve dr. Hekima ziet eruit alsof ik net heb beweerd de Kerstman te zijn.

"Maya," zegt dr. Hekima. "Kun jij nu gaan?"

De bijenkorf begint om de een of andere reden te grinniken.

"Psychometrie," zegt Maya zo zacht dat ik betwijfel of iemand anders dan ik het heeft gehoord.

"Psycho-wat?" zegt Roxy, onschuld veinzend. "Ik kon je niet horen."

"Ze zei, 'Psychometrie.'" Dr. Hekima kijkt Roxy met een afgemeten blik aan. "Het vermogen om feiten over een gebeurtenis of persoon te ontdekken door levenloze objecten aan te raken die ermee verband houden."

"Dat is echt indrukwekkend," fluister ik tegen Maya als ze weer gaat zitten. "Ik heb die kracht nagedaan tijdens sommige van mijn optredens in het restaurant." Als Maya me verward aankijkt, voeg ik eraan toe, "Ik ben, of was, een illusionist."

Ik kijk op en zie dr. Hekima me een waarschuwende blik toewerpen. Ik realiseer me dat ik tijdens de les aan het praten ben — en ik wat nuttige en interessante informatie over mijn klasgenoten mis — dus ik zwijg en luister.

Er zijn een paar pre-vampiers in de kamer, een paar

soorten heksen en tovenaars, een telepatisch meisje, een jongen die mensen kan laten doen wat hij wil, een broer en zus die beweren elven te zijn, maar die er niet als degenen uitzien die ik in de club heb gezien, een lange jongen met telekinetische krachten en een paar tieners die geluk kunnen manipuleren, net als Chester.

Terwijl ik luister, maak ik me, in plaats van omvergeblazen te worden door nog meer onmogelijke wezens en vermogens, me zorgen over iets meer alledaags. Mijn eerdere idee om in de Earth Club op te treden, lijkt steeds meer op een flop. Ik zou ze misschien wonderen laten zien, maar de Cognizanten zouden gewoon hun schouders ophalen en zeggen, "Dus je leest zijn gedachten en/of buigt die vork met de kracht van je geest. Nou en? Er is ergens een kind die dat kan."

"Besef eens dat jullie allemaal maar één enkele kracht hebben genoemd." Dr. Hekima kruist zijn benen. "Gewoon om te controleren, steek je hand op als je meer dan één kracht hebt."

Niemand doet het.

"Steek nu je hand op als je ouders verschillende soorten Cognizanten zijn," zegt hij.

Een paar handen — waaronder die van Roxy — gaan omhoog.

Ik vraag me af wat haar niet-weerwolfouder is. Misschien een harpij of de ontketende kraken?

"Dit is geen toeval." Dr. Hekima spitst zijn vingers. "Meerdere krachten hebben is buitengewoon zeldzaam, hoewel ze wel voorkomen."

Ik kijk de kamer rond. De meeste tieners lijken net zo gefascineerd te zijn door dit onderwerp als ik.

"Kent iemand voorbeelden uit de geschiedenis?" vraagt dr. Hekima, terwijl zijn blik van student naar student glijdt.

Een lid van de bijenkorf steekt haar hand op.

"Ja, Maddie." Dr. Hekima knikt naar de volgeling in kwestie.

Maddie staat op en schraapt haar raspende keel, alsof ze zich klaarmaakt om een pakje sigaretten uit te spugen. "Loki kon hekserij, zoals een heksenmeester, en hij was ook een oplichter."

Dr. Hekima trekt zijn wenkbrauwen op.

"Ik bedoel, een kansmanipulator," corrigeert ze snel, terwijl ze een blik op een van de Chester-wannabe's werpt.

"Heel goed," zegt dr. Hekima. "Iemand anders?"

"Lilith," zegt Roxy zonder haar hand op te steken. "Ze was een oplichtster zoals Loki, maar ook een vampier."

Oké, het is officieel.

Ik ben weer omvergeblazen.

Loki? Lilith? Als in, uit de mythologie? Waren dat Cognizanten?

"Roxy, steek alsjeblieft je hand op en gebruik precieze bewoordingen," zegt dr. Hekima, zijn kaken zijn lichtjes gespannen. Hij draait zich van haar af en kijkt naar de klas. "Ik ben blij dat Roxy Lilith ter sprake heeft gebracht, een andere kansmanipulator. Ze is een zeer speciaal geval. Als het vermogen van een ouder om kansberekeningen te manipuleren sterk is en hij of zij verlangt naar nakomelingen met dubbele krachten, dan neemt de kans daarop toe — want dat is de aard van kansmanipulatie zelf."

Roxy ziet eruit alsof ze een citroen heeft gegeten. Het is duidelijk dat ze weer iets wil zeggen zonder haar hand op te steken.

Dr. Hekima werpt haar een preventieve blik toe en ze houdt haar mond dicht.

"Het vermogen om erfelijkheid te beïnvloeden is ook de reden waarom kansmanipulatie de meest voorkomende kracht is," vervolgt hij. "Dat gezegd hebbende, er zijn een paar voorbeelden van dubbele krachten waar geen kansmanipulatie bij betrokken is. Thoth was bijvoorbeeld een ziener, een zeldzaamheid op zich" — hij kijkt me aan — "maar hij was ook een gedaantewisselaar."

De kinderen mompelen vol ontzag terwijl ik mezelf erop betrap dat ik met mijn mond open zit, bijna kwijlend over al deze nieuwe kennis van Cognizanten.

"Dus, met het oog op wat hierna komt, zal ik het eenvoudigere geval van een enkele kracht bespreken," zegt dr. Hekima. "Weet gewoon dat het kan worden geëxtrapoleerd om veelvouden op te nemen. Ik zou ook moeten ingaan op het feit dat, hoewel nakomelingen van verbintenissen tussen ons en mensen zeldzaam zijn, ze gebeuren — en soms zelfs een Cognizant als resultaat opleveren."

Roxy en de rest van de bijenkorf kijken nadrukkelijk naar Maya, terwijl ik me Lucretia's droefheid herinner toen ze aan haar gebrek aan kinderen werd herinnerd.

De verbintenis tussen haar en haar menselijke minnaar was duidelijk niet een van de gelukkigen.

"Daarom," vervolgt dr. Hekima, "ben ik ervan overtuigd dat slechts een paar genen ons van mensen scheiden. Die genen moeten de essentie zijn van wat ons een Cognizant maakt. Onze capaciteiten zijn letterlijk in ons DNA gecodeerd."

Hij stopt even voor drama, maar alleen ik lijk door zijn uitspraak weggeblazen te worden.

Als hij gelijk heeft, dan kan iemand de genetische combinaties bedenken die bepaalde krachten geven en dan gen-splitsingstechnologieën zoals CRISPR gebruiken om goden te creëren.

"Natuurlijk is onderzoek naar dit aspect van DNA wereldwijd door alle raden verboden," zegt dr. Hekima alsof hij mijn gedachten kan lezen — en ja, misschien heeft hij dat ook gedaan. "De Raad van New York heeft me echter toestemming gegeven om jullie allemaal te leren hoe erfelijkheid werkt, dus de rest van de lezing van vandaag zal een spoedcursus genetica zijn en hoe dit op genen achter de krachten van toepassing is."

Als enige afgestudeerde in de groep ben ik ernstig teleurgesteld als dr. Hekima over Mendeliaanse genetica begint te praten, om uiteindelijk alleen maar te concluderen dat het niet kan worden gebruikt om kenmerken van Cognizanten te voorspellen. Hij gaat vervolgens verder met DNA-structuur en replicatie, eiwitcodering en vouwing en tegen de tijd dat hij bij het punt komt hoe genen van Cognizanten zich zouden kunnen vermeerderen, verveel ik me gek. Zijn verklaring is niet zo heel anders dan de manier waarop andere, minder wonderbaarlijke eigenschappen worden doorgegeven — iets waar ik pas geleden aan de Columbia University aan ben afgestudeerd.

"Zijn er nog vragen?" zegt dr. Hekima tegen het einde van de les, terwijl hij op zijn horloge kijkt.

Iedereen kijkt naar beneden, maar ik steek mijn hand op.

Hij knikt met tegenzin naar me. Ik krijg het gevoel dat hij niet gewend is dat iemand daadwerkelijk op het vragenaanbod ingaat.

"Hoe sluit het menselijk geloof bij deze DNA-theorie van krachten aan?" vraag ik, in een poging niet al te gretig te klinken en waarschijnlijk faal. "Er is mij verteld dat de Cognizanten van het verleden sterker werden als ze gelovigen hadden."

Hij wrijft over zijn voorhoofd. "Niemand weet zeker hoe dergelijke energie wordt overgedragen — of zelfs maar of er energie *wordt* overgedragen. In de context van DNA wordt de nieuwe kracht informatie waarschijnlijk via epigenetica gecontroleerd. Weten jullie wat dat is?" vraagt hij en een kleine glimlach vormt zich in zijn ooghoeken bij het zien van de verbijsterde tieners die van hem naar mij en terug kijken.

"Het is wanneer iets in de omgeving onze genen beïnvloedt," antwoord ik. "Een manier waarop het werkt, is via DNA-methylatie. Het voorbeeld dat ze ons op Columbia gaven, was dat van de agouti-muizen. Identieke tweelingmuizen met dit gen kunnen oranje en zwaarlijvig zijn of bruin en slank op basis van de hoeveelheid foliumzuur die de moedermuis at toen ze zwanger was."

"Helemaal juist." Hij glimlacht voluit naar me en kijkt niet op zijn horloge, hoewel iets me zegt dat hij dat op dat moment wel wilde doen.

Ik steek mijn hand weer op en hij knikt.

"Hoe zit het met wezens zoals orks, of meer vergankelijke wezens zoals de domovoj, die het grootste deel van hun tijd als geest of als huisdier doorbrengen?" ratel ik. "Kan dat soort complexiteit in het DNA worden gecodeerd?"

"Ik denk dat het gemakkelijk genoeg is om zoiets als 'ork' in het DNA te coderen, maar waar je naar vraagt, is meer de *hoe*-vraag. In het bijzonder, hoe manifesteert onze kracht zich?" Hij kijkt me aan en ik knik zo krachtig dat mijn nek pijn doet.

"Manifestatie van een kracht is een veel minder begrepen aspect van onze natuur. Alle Cognizanten zien er in het begin net zo menselijk uit als iedereen in deze kamer, maar op een bepaald moment in hun ontwikkeling worden orks orks en sommige andere subtypes van Cognizanten verliezen hun lichamelijkheid helemaal of ondergaan nog meer wonderbaarlijke transformaties. Mijn theorie is dat orks het meest gemeen hebben met de wolvenvorm van weerwolven — dat wil zeggen, zonder de mogelijkheid om terug te veranderen — maar het is op dit moment slechts een theorie. Dit vraagt om nader onderzoek —"

"Wat als menselijke wetenschappers de genen tegenkomen die de Cognizanten maken tot wat we zijn?" onderbreek ik hem, enthousiast om zoveel mogelijk vragen te stellen terwijl hij antwoorden geeft.

Deze keer kijkt hij wel op zijn horloge. "De Ordebewakers hebben hun tentakels in alle grote laboratoria," zegt hij haastig. "Niet alleen om de uiterst onwaarschijnlijke mogelijkheid die je beschrijft te voorkomen, maar ook om menselijke wetenschappers te stoppen om een supervirus te creëren dat ons kan uitroeien."

"Maar genetisch onderzoek wordt met de dag goedkoper," zeg ik, dit keer zonder mijn hand op te steken. "Is het niet een kwestie van tijd voordat een kind in een of ander thuislab onze genen zal ontdekken?"

"Ik zou me nog meer zorgen maken als dat hypothetische kind een plaag zou veroorzaken die zowel ons als de mensheid uitroeit," zegt dr. Hekima, terwijl hij nogmaals op zijn horloge kijkt en fronst. "Ik ben bang dat we vandaag geen tijd meer hebben voor vragen, maar je moet er wel rekening mee houden dat dit slechts een introductiecursus is. Als je een passie voor kennis hebt, dan kom je misschien in aanmerking om naar de Academie te gaan — iets wat ik jullie allemaal aanraad om met je mentor te bespreken."

Geweldig.

Ik weet zeker dat Nero dolblij zou zijn met het idee

dat zijn melkkoe naar wat als de universiteit van Zweinstein klinkt zou gaan.

Dr. Hekima staat op, schuift zijn stoel weg en loopt naar de deur.

Maya springt overeind en rent naar haar notitieboekje.

Met een waas van snelheid die ik niet voor mogelijk had gehouden, is Roxy Maya voor bij haar bestemming en ze grijpt het notitieboekje met haar perfect verzorgde klauwen.

Dan opent ze het boek en fronst haar wenkbrauwen.

Maya verstijft waar ze staat en staart naar de snel donker wordende uitdrukking van mevrouw de Koningin.

Ze waardeert de karikaturen duidelijk niet voor de kunstvorm die ze zijn.

"Je bent zo dood," zegt Roxy tussen haar tanden door, terwijl haar ogen de gele gloed krijgen die ik met roofdieren in een donker bos associeer.

Maddie, Ashley en Tiffany beginnen Maya als een roedel wolven te flankeren — wat ze naar ik aanneem ook zijn.

Ik spring overeind, doe mijn tas over mijn schouder en plaats mezelf tussen Ashley en Maya in.

Maya gebruikt de opening die ik heb gemaakt om naar de deur te rennen.

De bijenkorf schiet achter Maya aan.

Ik sprint ze achterna.

Maya neemt de trap naar beneden in plaats van de

lift en de bijenkorf — of de wolvenroedel of wat ze ook mogen zijn — volgt haar.

Met een voorgevoel roep ik de lift op, in de veronderstelling dat ik ze de trap af kan volgen als de lift niet meteen arriveert.

De lift moet al op deze verdieping zijn geweest, want de deuren gaan meteen open.

Ik neem hem helemaal tot beneden.

Terwijl de lift opengaat, zie ik de hele groep het gebouw verlaten, met Maya nog steeds aan de leiding, maar de bijenkorf haalt haar in.

Ik haast me naar de deur en vang een glimp op van Maddie die van de metrotrap verdwijnt.

Ik volg.

Als ik halverwege de trap ben, zie ik beneden vier bliksemflitsen — alsof iemand met een helse camera foto's heeft gemaakt.

Er klinkt een hoge kreet, gevolgd door dierlijk gegrom.

Shit.

Toen Roxy Maya vertelde dat ze dood was, dacht ik dat ze naar een soort meidengevecht verwees — of naar een wolvengevecht of wat dan ook. Die geluiden doen me echter afvragen of mevrouw de Koningin het letterlijk bedoelde.

Kippenvel maakt de huid van mijn armen ruwer terwijl er meer gegrom van beneden komt.

Moet niet aan mijn recente ontmoeting met een grote hond denken.

Moet niet aan honden — of wolven — in het algemeen denken.

Met trillende handen reik ik in mijn schoudertas en haal de enorme Magnum-revolver tevoorschijn.

Door de angst kom ik in de verleiding om al schietend naar beneden te gaan, maar het is waarschijnlijk niet zo verstandig om een Cognizanten-tiener te doden.

"Kom op, dagvisioenen," mompel ik tegen mezelf. "Dit zou een goed moment zijn om jezelf te laten zien."

Dagvisioenen voldoen niet aan mijn verzoek.

In de hoop dat ik hier in het hiernamaals geen spijt van krijg, haal ik de kogels uit mijn pistool en stop ze op één na allemaal in mijn zak, en terwijl ik de trap af loop komt er een waanzinnig plan in me op.

Halverwege struikel ik over de merkkleding van de bijenkorf. Het ligt als de natte droom van een of ander seksueel roofdier overal op de trap.

Ademen, zeg ik tegen mezelf terwijl ik over een stapel schoenen spring. Als honden angst kunnen ruiken, dan kunnen weerwolven in wolvenvorm dat ook.

Helaas komt mijn recentelijk versterkte angst voor grote hoektanden bij elke nieuwe grom in de derde versnelling.

Mijn handpalmen zweten onder de handgreep van het pistool, dus ik grijp het steviger vast — mijn plan hangt af van het hebben van een wapen.

Als ik de onderste tree bereik, zie ik ze eindelijk.

Het station is leeg, behalve de versteende Maya en

de vier enorme, ruige beesten die er als een kruising tussen een wolf en een ezel uitzien.

De ezel-wolven omringen Maya in een steeds nauwer wordende cirkel.

Het grootste exemplaar van de roedel wiebelt met haar oren en draait zich dan naar mij toe.

Onze ogen ontmoeten elkaar en haar snuit lijkt in een boze grijns te veranderen.

Zonder enige waarschuwingsgrom, stormen de beesten van de bijenkorf op me af.

HOOFDSTUK ZEVENTIEN

Ik hef mijn pistool en straal een bravoure uit die ik niet voel. "Dat zou ik niet doen als ik jou was."

Ze stoppen zo plotseling dat hun klauwen sporen achterlaten in het beton.

De grotere huilt en laat me haar tanden zien.

"Dit is een .44 Magnum," zeg ik in mijn beste Clint Eastwood-imitatie. "Het zal je hoofd er zo afblazen. Ze zullen een begrafenis met gesloten kist moeten hebben." Ik heb geen idee of wat ik zeg echt waar is, maar het klinkt koelbloedig en dat is het doel.

Het kleinste wezen jammert.

Mijn plan werkt.

"Nu." Ik laat ze de ene kogel in mijn hand zien. "Gaan we een spelletje spelen."

Voordat ze kunnen reageren, ga ik verder met het meest riskante deel van het plan.

Ik schuif de cilinder eruit en laat zien dat hij leeg is.

Als ze van de Special Forces waren geweest, dan

zouden ze me meteen hebben aangevallen, maar ze lijken verbijsterd te zijn door mijn irrationele gedrag en blijven stil staan.

Met een zwaai plaats ik de kogel in de cilinder, duw de cilinder er weer in en geef hem een bevredigend klinkende draai.

"Dit spel heet Russisch Roulette," zeg ik tegen mijn geboeide publiek.

De grote wolven doen een stap naar achteren, en behalve van de grootste, bewegen de staarten van de anderen onzeker heen en weer.

Dit volgende deel van mijn plan is een ander moment waar ze van kunnen profiteren, dus ik doe het zo snel als ik kan.

Ik richt het pistool op mijn eigen slaap en voordat iemand kan grommen, haal ik demonstratief de trekker over.

Mijn hoofd ontploft niet.

In plaats daarvan maakt het pistool de klik van een lege kamer.

"Jouw beurt," zeg ik.

Zonder ze de kans te geven te reageren, richt ik het pistool op de grootste wolvin en haal ik nogmaals de trekker over.

Haar hoofd ontploft ook niet, maar de paniekerige kreet van het beest klinkt heel menselijk. Het wezen stopt haar staart tussen haar benen en maakt enkele geluiden die klinken als een wolf die Engels probeert te spreken.

Ik laat de cilinder nadrukkelijk ronddraaien. "Wat?

Wil je nog een keer?"

Voordat de wolf kan antwoorden, in de veronderstelling dat ze *kan* antwoorden, haal ik de trekker over en het pistool klikt weer.

Een flits van energie gaat uit van de grootste wolf en verblindt me.

Als ze me nu aanvallen, ben ik de pineut.

Wanneer mijn zicht echter terugkeert, zie ik alleen maar een naakte Roxy die daar op handen en voeten staat die een ongecensureerd uitzicht biedt en dan heb je Maya — die met grote ogen achter haar staat.

"Je bent helemaal gek!" Roxy komt met een schok overeind en delen van haar anatomie stuiteren in het rond.

Ze is zich indrukwekkend onbewust van haar lichaam. Aan de andere kant moet ze gewend zijn om in deze staat te veranderen — en dan heb ik het nog niet een over het gespierde uiterlijk van een fitnessmodel.

Ik laat de cilinder weer draaien, richt het pistool op haar menselijke voorhoofd en haal de trekker over.

Het pistool klikt nog een keer.

"Stop, alsjeblieft." Is dat een traan in Roxy's oog? "Je moet ons laten gaan."

"Goed dan. Je verliest het spel. Ga." Ik laat de cilinder weer draaien en stap opzij terwijl ik het pistool op hen richt, alsof ik nog een ronde speel.

Naakte Roxy en haar nog steeds harige vriendinnen rennen wanhopig naar de trap, terwijl ze met handen, poten en tanden hun kleren oprapen.

Ze — vooral de wolven — gaan zo snel dat ik me erover verbaas dat mijn idiote plan heeft gewerkt.

"Gaat het met je?" vraag ik Maya na de paar momenten die de weerwolven nodig hebben om zich uit de voeten te maken.

"I-ik denk het wel." Maya bukt zich en ik zie dat haar bril kapot op de grond ligt. Ze trilt zo erg dat ik me afvraag of ze net zo bang voor mij is als voor haar aanvallers.

Ik stop het pistool terug in mijn tas en zeg geruststellend, "Goed. Waar woon je?"

"Downtown Manhattan," zegt ze wat kalmer, en ze ratelt een adres af.

"We zijn bijna buren," zeg ik met een geruststellende glimlach. "Laten we samen naar huis gaan om ervoor te zorgen dat je geen vervelende avonturen meer zal beleven."

Ze knikt met haar hoofd en stopt de overblijfselen van de bril in haar zak terwijl we naar de draaihekken gaan.

Ik pak mijn Metrokaart en betaal voor ons allebei.

"Dank je," zegt ze als we bij het perron zijn. "Ik dacht dat ze me deze keer zeker zouden verscheuren."

"Zouden ze niet in de problemen komen? En als je doodgaat, zouden ze dan niet verantwoording aan de Raad moeten afleggen?"

Maya haalt haar schouders op. "Roxy is gek."

"Dat is ze."

"Maar jij bent nog erger." Ze kijkt me aan, haar

ogen wijd opengesperd. "Je had jezelf neer kunnen schieten."

"Dacht je dat echt?" Ik kan mijn opgewonden grijns niet onderdrukken. "Zou je zweren dat je de kogel in het pistool zag gaan?"

"Ja," zegt ze, terwijl ze me verward aankijkt. "De kogel ging in het pistool. Ik ben zonder mijn bril, niet blind weet je."

Ik kijk rond in het lege treinstation en fluister samenzweerderig, "Ik zal je een geheim vertellen, maar je moet zweren dat je het aan niemand vertelt."

Ze knikt met haar hoofd en de angst kruipt weer in haar ogen. Ze moet denken dat ik gestoord ben.

"Ik deed alleen alsof ik de kogel in het wapen deed." Ik laat haar de kogel zien die ik nog steeds in mijn hand heb.

Ze kijkt er niet-begrijpend naar.

Ik voer enkele van de verdwijningen met de kogel uit en laat haar een paar keer mijn onverwacht lege hand zien.

"Hoe?" Ze wrijft in haar ogen.

"Zoals ik je in de klas begon te vertellen, ben ik een illusionist," zeg ik. "Tot voor kort was ik dat tenminste."

"Ik dacht dat je een ziener was," zegt ze. "Heb je dubbele krachten? Zoals Loki en Lilith?"

"Ik ben een vaardige artiest," zeg ik. "Wil je me vertellen dat er een echt Cognizant-type is dat 'illusionist' wordt genoemd?"

"Tuurlijk," zegt ze. "Ze kunnen je alles laten ervaren wat ze willen. Heel trippy spul."

Ik wrijf over mijn voorhoofd en vraag me af hoe ik mezelf zou moeten noemen als ik ooit een carrière als artiest voor de Cognizanten zou scoren.

Aan de andere kant, gezien het bestaan van deze *echte* illusionisten, zou ik sowieso op niemand indruk maken.

In de verte zie ik een trein aankomen, dus we zwijgen tot hij aankomt en de deuren opent.

Binnen is de coupe leeg en hebben we onze keuze aan stoelen. Je moet gewoon van de zondagmiddagen in de buitenwijken houden.

"Wat als iemand het station was binnengekomen toen ze in wolfvorm waren?" vraag ik Maya als we gaan zitten. "Zouden ze het mandaat niet breken door in die vorm te zijn?"

"Zoals ik al eerder zei, Roxy is gek." Maya klinkt nu een stuk zelfverzekerder. "Maar ik denk dat ze hadden kunnen doen alsof ze Siberische husky's waren of zoiets."

Ik rol met mijn ogen. "Tuurlijk, dat is geloofwaardig. Niemand zou de stapel kleren in twijfel trekken, of dat ze meer op Tsjernobyl-mutanten dan op Siberische husky's leken."

Maya grinnikt. "Ze zullen zeker twee keer nadenken voordat ze weer met jou gaan rotzooien."

"Hé. Ik ben liever gevreesd dan geliefd," zeg ik op mijn meest machiavellistische toon.

Maya's lach is net zo schattig als de rest van haar, maar ik zeg het niet. Ik heb het gevoel dat ze misschien een hekel heeft aan complimenten die haar kleine gestalte benadrukken.

"Dus wat is jouw verhaal?" zegt ze, nog steeds glimlachend. "Hoe komt het dat je op... eh... jouw leeftijd bij Oriëntatie zit?"

"Ben je ook van plan om me *mevrouw* te noemen?" zeg ik in schijnverschrikking.

"Ik bedoelde niet —"

"Ik zit gewoon met je te dollen," zeg ik en glimlach. "Ik weet pas sinds kort dat ik een Cognizant ben."

"Echt waar?" Maya ziet er oprecht geïntrigeerd uit. "Hoe kon je het niet weten?"

Ik ga verder met haar een korte versie van mijn verhaal te vertellen — hoe ik op jonge leeftijd werd geadopteerd en hoe op televisie gaan mijn krachten had vergroot en me bijna ter dood had gebracht door de Raad.

"Dus je hebt geen idee wie je biologische ouders zijn?" Maya's ogen staan ontroerend vol empathie.

"Nee. Maar ik probeer erachter te komen," zeg ik en vertel haar dan hoe Fluffster mijn ouders misschien heeft gekend, maar door zijn geheugenverlies kan hij zich niet herinneren wie ze waren.

"Misschien kan ik helpen?" Maya kijkt me verlegen aan. "Met je huisdier, bedoel ik."

"Dat zou geweldig zijn." Ik bekijk met ongegeneerde nieuwsgierigheid haar kleine postuur van top tot teen. "Hoe?"

"Nou," zegt ze, terwijl haar zelfvertrouwen snel verdampt. "Ik heb nog nooit een domovoj ontmoet, maar meestal kan ik mijn kracht gebruiken om erachter te komen van wie iets of iemand is."

"Dat is een interessant idee." Ik krab op mijn achterhoofd. "Het is grappig, hoewel ik tijdens mijn optredens heb gedaan alsof ik je kracht heb, ben ik er nog niet aan gewend om het als echt te beschouwen."

"Hoe kun je doen alsof je doet wat ik doe?" vraagt ze, haar ogen worden weer groot.

"Het is een klassiek effect in het mentalisme en wordt meestal pseudopsychometrie genoemd. Ik kan je een demonstratie geven, maar dan heb ik eerst een groep mensen nodig," zeg ik. "Moet je meteen naar huis of kun je met mij mee naar huis en je ding doen met mijn chinchilla? Ik kan je eten geven en als mijn huisgenoten thuis zijn, kan ik mijn versie van psychometrie laten zien."

"Mijn ouders verwachten dat ik op zondagavond met ze mee-eet," zegt Maya, die haar teleurstelling nauwelijks verbergt. "Wat zeg je ervan als ik gewoon mee ga om te helpen met je domovoj en ik een andere keer langskom om iets gezelligs te doen?"

"Afgesproken," zeg ik. "Laat me nu mijn huisgenoot appen om te zien of hij *mij* wil voeden."

Maya glimlacht en we pakken allebei onze telefoons.

Als ik de mijne weer aanzet, ben ik geschokt om de tientallen berichten van mijn werk te zien.

De nieuwste van Nero is kort en krachtig.

Bel me terug. Onmiddellijk.

"Het spijt me," zeg ik tegen Maya. "Ik moet mijn werk bellen."

"Natuurlijk," zegt Maya snel knikkend. "Het moet zo gaaf zijn om een volwassen baan te hebben."

"Betwistbaar," zeg ik en bel Nero's nummer in videoconferentiemodus.

Nero is in zijn kantoor in het centrum als hij opneemt — dus hij laat mensen tenminste niet in het weekend werken zonder zelf te lijden. Hij heeft een kriebelig ogende stoppelbaard op zijn gezicht en zijn blauwgrijze ogen zien er vermoeid uit. Hij moet twintig uur lang naar schermen hebben gestaard.

"Ah. Eindelijk. Het is de bezige bij," zegt hij met een stem die aan een tyrannosaurus doet denken die een grizzly eet. "Ik ben zo blij dat je eindelijk hebt besloten om ons met je aandacht te vereren."

Ik word rood, maar niet van zijn geplaag. Een herinnering aan gisteravond sluipt mijn brein binnen en ik herinner me dat ik aan die brede schouders dacht terwijl ik een trillende Copperfield tussen mijn benen hield.

Maya gluurt naar mijn telefoon, steekt haar hand buiten het camerabeeld en steekt twee enorme duimen op.

Ik dek de microfoon af en sis, "Dat is mijn baas, Nero." Ik haal mijn hand weg en zie Nero's blik en zeg, "Ik was bij Oriëntatie." In mijn ooghoek zie ik dat Maya's ogen bijna uit hun kassen dreigen te springen. "Jij bent degene die me het kaartje heeft gegeven om de Oriëntatie te regelen," zeg ik tegen Nero. "Sterker nog, naast me zit een van de studenten die ik vandaag heb ontmoet, dus zeg alsjeblieft niets waarvan je niet wilt dat ze het hoort."

"Je bent nodig op kantoor," zegt hij op vlakke toon. "De reden voor de noodsituatie is niet algemeen bekend, dus ik waardeer de waarschuwing over ons gebrek aan privacy."

Een stel antwoorden flitst door mijn hoofd. Ze variëren van eenvoudige, zoals "het is zondag" tot complexe, zoals "Ik laat liever mijn tanden boren door dronken olifanten dan dat ik meer aandelen onderzoek."

Helaas zou alles wat in me opkomt ervoor zorgen dat ik ontslagen word dus ik blijf proberen om een briljant, maar onschuldig excuus te bedenken. Bij voorkeur een die ook waar zou zijn, aangezien Nero een freaking wandelende leugendetector is.

"Dus dat is dan geregeld," zegt hij kortaf. "Zie je zo."

Hij hangt op.

Ik staar naar mijn telefoon.

Hij heeft me niet eens de *kans* gegeven om een hatelijke opmerking te maken.

Het lef van die man.

"Was dat Nero Gorin?" vraagt Maya fluisterend.

"Ja," zeg ik, nog steeds boos op hem. "In levenden lijve. Of telefoon of wat dan ook."

"Is Nero je baas?" verduidelijkt ze op een toon die ik zou gebruiken om iets te zeggen als, "Is Elvis je goede fee?"

Ik knik. "Wat is er eigenlijk zo speciaal aan hem? Misschien kun *jij* me dat vertellen?"

Ze bedekt heel dramatisch haar mond. "Mijn moeder zegt dat hij de gevaarlijkste Cognizant van New York is. Misschien zelfs in de wereld."

"Dat is heel specifiek," zeg ik en pauzeer bij het geluid van de trein die stopt en het gegier van deuren die opengaan. "Heeft je moeder nog iets anders gezegd?"

"Hij is absoluut de rijkste Cognizant op de planeet," zegt ze. "En ze zeggen dat hij de upirs heeft laten uitsterven." Bij mijn vragende blik legt ze uit, "Een upir is een boosaardig type Cognizant dat op een vampier lijkt, alleen zonder een zweem van geweten te hebben en met een honger die onverzadigbaar was, zelfs als ze te eten kregen. Ze veroorzaakten veel problemen in Oost-Europa en volgens wat ik heb gehoord, heeft Nero ze allemaal laten verdwijnen."

"Blijf uit de buurt van de sluitende deuren," zegt de conducteur met een geautomatiseerde stem.

Een gevoel van angst overvalt me plotseling.

Ik had niet verwacht dat geruchten over Nero zo'n effect op me zouden hebben.

Dan zie ik buiten een vage beweging en realiseer me al snel dat de angstgevoelens niets met Nero te maken hebben, maar alles met een enorme ork die in de laatste seconde voordat de deuren sluiten de trein instapt.

Hij is zelfs groter dan de orks die ik eerder heb ontmoet — zo enorm lang dat hij voorover moet buigen om zijn hoofd niet tegen het plafond van de treinwagon te stoten. Zijn rechterhand heeft hij achter zijn rug en hij is met make-up bedekt die de groene tint van zijn huid nauwelijks verhult.

"Doe alsof je me niet kent," fluister ik dringend tegen de verbijsterde stille Maya. "Kijk naar je telefoon en kijk niet op."

De ork doet een dreigende stap in mijn richting.

Maya's handen trillen, maar ze houdt haar telefoon voor haar gezicht en doet wat ik zeg.

Ik vervloek mezelf omdat ik de kogels niet terug in mijn wapen heb gestopt.

Kan ik laden en schieten voordat de ork weet wat hem heeft geraakt?

Lijkt niet waarschijnlijk, maar het is het proberen waard.

Mijn linkerhand gaat in mijn zak om de kogel te pakken terwijl mijn rechterhand in de tas gaat.

"Haal die handen daar weg of ik ruk ze eraf," zegt de ork en hij haalt zijn hand van achter zijn rug vandaan.

Zijn gigantische wapen lijkt overbodig met al die spieren, maar dat weerhoudt hem er niet van om het ding op mijn hoofd te richten.

Mijn maag draait zich om, maar ik trek mijn handen eruit zoals bevolen.

Het is niet alsof ik het zou hebben gehaald.

"Nu." Het lelijke gezicht van de ork verandert in de meest angstaanjagende glimlach die ik ooit heb gezien. "Geef je me al je geld of je sterft."

HOOFDSTUK ACHTTIEN

Is dit een overval?

Ik ben zo in de war dat ik even vergeet om bang te zijn.

Waarom zou deze ork besluiten om me te overvallen? Gebruiken ze überhaupt wel dollars op de wereld waar hij stiekem vandaan komt? Betaalt Chester — of wie dan ook — hem niet om me te vermoorden? Misschien krijgt hij niet zo goed betaald?

Of zegt hij dit vanwege Maya's aanwezigheid? Misschien had hij me anders gewoon vermoord, maar vanwege een getuige probeert hij mijn moord op een misgelopen overval te laten lijken. Misschien heeft degene die deze orks heeft ingehuurd om me te vermoorden gezegd dat ze mijn dood op een ongeluk moesten laten lijken — vandaar dat hele gedoe in de haven toen ik erin werd geduwd (hoewel de redding dan niet klopt), een baksteen die naar mijn hoofd werd gegooid en een auto die probeerde om me te rammen…

Als deze theorie waar is, dan moet ik ervoor zorgen dat deze beroving zo soepel verloopt als berovingen kunnen gaan en —

"Ik zei, 'Geef me je geld'," gromt hij en gebaart hij met zijn kanonachtige pistool.

"Ik moet mijn hand weer in de tas doen om mijn portemonnee te pakken," zeg ik tegen hem, terwijl ik mijn best doe om niet uitdagend te klinken.

Zijn wenkbrauwen fronsen even. "Doe het langzaam."

Ik ga in de tas en vervloek mezelf weer dat ik die kogels eruit heb gehaald. Als het pistool geladen was, dan had ik het risico kunnen nemen om hem door de zak heen neer te schieten. Voor nu pak ik mijn portemonnee en haal hem er langzaam uit.

Op een bepaald moment in mijn leven had ik erover gefantaseerd om beroofd te worden, hoewel niet precies op deze manier.

Tommy Wonder, een van de grootste goochelaars, heeft een routine genaamd de Ring, het horloge en de portemonnee. Bij dat effect vertelt hij een verhaal over hoe hij werd beroofd en terwijl hij spreekt, haalt hij het horloge van zijn pols, de ring van zijn vinger en het geld uit zijn portemonnee — en stopt het allemaal in een envelop. Dan laat hij zien dat de envelop leeg is en alles weer terug naar zijn oorspronkelijke plaats is gegaan.

Ik fantaseerde erover om zoiets te doen als ik zelf

ooit beroofd zou worden, maar zo'n effect vereist voorbereiding. Ik had er ook niet op gerekend hoe eng een echte overval zou zijn — hoewel ik denk dat deze overval niet echt is, want zoals ik eerder heb vastgesteld, slaat het nergens op dat een ork me berooft.

"Niet zo langzaam," zegt de ork nadat hij de ijzige beweging van mijn portemonnee-grijpende hand zat is.

Ik haast me om de portemonnee eruit te halen en open te maken.

Shit.

Waarom heb ik vandaag zoveel contant geld bij me?

Ik pak de hele vierhonderdvijfenzestig dollar en geef ze aan de 'overvaller'.

Hij stopt het geld in zijn zak en kijkt Maya aan, alsof hij haar voor het eerst opmerkt. Zijn voorhoofd fronst het ork-equivalent van een bedachtzame uitdrukking. De mentale gymnastiek die hij doet, moet inspannend zijn, want hij zweet bijna van de inspanning.

"Jij daar." Hij richt zijn wapen op de bevende Maya. "Geef me ook jouw geld."

"Oh, kom op," flap ik er uit. "Chester heeft je niet betaald om met *haar* te rotzooien."

Het pistool wijst naar mijn hoofd en de uitdrukking van volledig onbegrip op het gezicht van de ork doet me afvragen of Chester hier toch niet achter zit. Het is dat, of deze ork is een verrassend goede acteur.

"Wat zei je net?" Hij staart me dreigend aan terwijl Maya terugdeinst tegen een van de stoelen.

Ik houd mijn mond dicht en hij draait zich weer naar haar om en port met zijn pistool in haar schouder.

"Je geld, zei ik," snauwt hij terwijl ze jammert.

"Hé, laat haar met rust!" Ik kan hier geen seconde langer naar kijken. "Je bent ingehuurd om mij lastig te vallen, niet haar."

Deze keer lijken mijn woorden een grote, groene gloeilamp boven zijn hoofd te doen oplichten. "Wat?" hij gromt en komt naar me toe. "Zeg dat nog eens."

Zelfbehoud treedt in werking en instinctief trek ik me terug.

De ork springt voor me met een snelheid die voor zijn grootte schokkend is.

In een fractie van een seconde grijpt hij mijn bovenarm, zijn enorme poot verplettert bijna mijn schouderkom.

Verdomme, hij is sterk. Mijn schouder voelt alsof iemand me in een hydraulische pers heeft gestoken.

"Laat haar gaan!" schreeuwt Maya hysterisch. "Hier is al mijn geld."

Ik doe mijn ogen open. Wanneer heb ik ze dicht gedaan?

Maya heeft een kleine roze portemonnee en een paar verkreukelde dollarbiljetten in haar hand.

De ork laat mijn arm los en grijpt het geld, zijn worstachtige vingers lijken naast Maya's kleine handpalm een CGI-effect.

"Sluit je ogen en tel hardop tot duizend," beveelt hij, zijn pistool eerst op mij gericht, dan op Maya en dan weer terug.

"Vermoord ons alsjeblieft niet," fluistert Maya, haar ogen zo stijf dichtgeknepen dat haar hele gezicht zich vervormt van de inspanning.

"Hou je mond," blaft hij.

Ik sluit mijn ogen, mijn hele lichaam is verdoofd.

Hier komt het Cognizant-hiernamaals.

In een laatste spurt van verzet weet ik te zeggen, "Als je ons doodt, dan zal Nero een Shrek-kebab van je maken."

Technisch gezien is Shrek een oger, geen ork en ik heb geen idee of Nero van streek zou zijn door mijn overlijden, maar het is een aangename fantasie.

"Tel of ik schiet", gromt de ork.

"Eén," zeg ik met trillende stem.

HOOFDSTUK NEGENTIEN

"Twee," vervolg ik, terwijl ik me afvraag waarom ik nog leef. "Drie."

Terwijl ik tel, kook ik vanbinnen. Waarom heeft een visioen me hier niet van tevoren voor gewaarschuwd? Wat heb ik aan mijn kracht als die niet werkt wanneer ik het nodig heb?

Ik wou dat ik op de een of andere manier met Darian in contact was gekomen en hem had gedwongen om me te leren hoe ik mijn kracht op de juiste manier kon beheersen. Op die manier was ik niet door een ork beslopen.

"Vijftig," zeg ik en sta mezelf toe te hopen dat ik dit echt zal overleven.

Als ik de honderd heb bereikt, word ik er steeds zekerder van dat hij me niet neer zal schieten — want waarom zo lang wachten om dat te doen?

Maar nogmaals, waarom zou je überhaupt doen alsof je een overvaller bent?

Als ik op 457 zit, stopt de trein en gaan de deuren open.

Ik zou er mijn leven niet op verwedden, maar ik meen in de verte de echo van zware voetstappen te horen.

Voor de goede orde ga ik door met tellen en houd mijn ogen dicht, niet bereid om de ork een excuus te geven om me neer te schieten als hij daar nog steeds staat en op mijn hoofd richt.

De deuren gaan dicht als ik op 498 ben, dus ik blijf tellen.

"Duizend," verkondig ik triomfantelijk als ik klaar ben met tellen en voorzichtig tussen mijn wimpers door gluur.

Behalve Maya zit er niemand meer in de treinwagon.

Ik open mijn ogen volledig en laat ze aan de helderheid van de coupe wennen.

"Hij is weg," fluistert Maya, terwijl ze ook haar ogen opent. "Ik dacht dat we dood zouden gaan."

Ze ziet er bleker uit dan de vampiers in de Earth Club. Ik wil me naar haar uitstrekken en haar een knuffel geven, maar de schouder die de ork vast heeft gegrepen bonst van de pijn.

"Ik denk dat dat het idee was." Ik raak de betreffende schouder aan en krimp ineen. "Ik denk dat hij ons net zo bang wilde maken als dat hij ons geld wilde hebben."

Ze slikt moeizaam. "Hij was zo enorm."

Ik overweeg om haar te vertellen dat hij zo groot is,

omdat hij een ork is, maar besluit om het niet te doen. Wat deze orks ook willen, het lijkt zo bizar onlogisch dat ik me zorgen maak dat als ik haar erover vertel ik haar misschien in de vreemdheid trek die ze van plan zijn om te veroorzaken.

"Heb je pijnstillers?" vraag ik zo rustig mogelijk.

"Ik heb een Celebrex." Er komt weer wat kleur op haar wangen terwijl ze eraan toevoegt, "Mijn menstruatiepijn is zo erg dat mijn kinderarts me het voor heeft moeten schrijven."

"Ik ben jaloers dat je jong genoeg bent om nog steeds naar een kinderarts te gaan," zeg ik, vastbesloten om haar op haar gemak te stellen. "Ik was dol op de mijne."

"Over een paar maanden word ik achttien," zegt ze, haar lippen bijna opstandig tuitend. "Tot jij erbij kwam, was ik waarschijnlijk de oudste bij Oriëntatie."

"Hoe kan dat?" vraag ik en besluit dat het geen compliment zou zijn als ik haar zou vertellen dat ze er geen dag ouder uitziet dan veertien.

"Alleen mijn moeder is een Cognizant." Ze kijkt naar de kauwgom die op de vloer zit. "Ik heb haar pas een paar maanden geleden over mijn krachten verteld, daarvoor dacht ik dat ik misschien gek was. En mam kon het me vanwege het mandaat niet zelf vertellen."

"Oh, wauw." Dat is erger dan wat ik heb meegemaakt toen ik mijn krachten ontdekte. Ik dacht tenminste maar even dat ik gek was.

"Ja." Maya schenkt me een grimmige glimlach. "Het hebben van krachten is in mijn situatie zo zeldzaam dat niemand de moeite heeft genomen om te controleren of ik een van de gelukkige uitzonderingen was. Maar sinds ik onder het mandaat zit, heeft mama me allerlei coole dingen verteld. Daardoor zijn we veel hechter geworden."

Ze stopt en kijkt me schuldig aan. "Het spijt me. Het moet moeilijk voor je zijn om dit te horen als je niet weet wie je biologische moeder is."

"Het is helemaal goed," stel ik haar gerust. "Laat me even wat over je pillen uitzoeken, want mijn schouder klopt steeds erger."

Ik pak mijn telefoon met mijn ongedeerde hand en zegen de goden van de zendmasten die het nodig achten om me een signaal te geven. Met spraakopdrachten zoek ik op internet naar haar medicatie.

"Ik neem wel een van je pillen," zeg ik nadat ik een paar artikelen heb doorgenomen. "Het is een NSAID, zoals aspirine."

Maya geeft me een pil en ik slik het droog door voordat ik haar vertel, "Misschien moet je dit recept binnenkort nog eens bij een gynaecoloog laten controleren." Volgens een van de artikelen geeft dit medicijn bij sommige mensen hartproblemen.

Ze wordt weer rood en om van onderwerp te veranderen, gebruik ik mijn niet-verwonde arm om een pak kaarten tevoorschijn te halen.

"Wil je iets cools zien?" vraag ik en ze knikt hevig.

De rest van de rit voer ik elk kaarteffect uit dat ik kan bedenken dat met één arm kan worden gedaan.

Het blijkt dat ik er heel veel kan doen, grotendeels dankzij een dvd van wijlen René Lavand — een geweldige goochelaar die zijn arm verloor toen hij negen was en nog steeds een wereldberoemde artiest werd.

Maya vermaakt zich met alles wat ik haar laat zien en lijkt ons recente avontuur te zijn vergeten — wat mijn doel was.

"Dit is onze halte," zeg ik, terwijl ik met tegenzin de kaarten wegleg terwijl de deuren opengaan.

We rennen de trein uit en ik besef dat mijn schouder beter aanvoelt.

De pil werkt wel. Dat of mijn blessure was toch niet zo erg als ik dacht.

"Je hoeft niet mee te gaan," zeg ik als we bij de straat zijn. "Je hebt genoeg avonturen gehad voor vandaag."

"Nee, ik wil het," zegt Maya. "Ik heb nog nooit een chinchilla gezien en ik ben je het verschuldigd aangezien je mijn leven hebt gered. Twee keer."

Ik denk dat de waarheid is dat ze die tweede keer in gevaar was vanwege mij, maar ik ga niet in discussie.

Terwijl we lopen en praten, haal ik stiekem kogels uit mijn zak en herlaad het pistool in mijn tas.

Als een ork weer een hond uitlaat — of iets anders bij mij in de buurt doet — dan sla ik een deuk in zijn of haar groene reet.

Natuurlijk, nu ik gewapend ben, zorgt Murphy's/Chesters wet ervoor dat we ongehinderd bij mijn appartement komen.

Ik open de deur en leid haar naar binnen. "Hier wonen we."

Maya kijkt met ongegeneerde jaloezie om zich heen.

"Schat, ik ben thuis," roep ik.

Ariël, Fluffster en Felix komen tegelijk naar buiten om ons te begroeten.

"Maya," zeg ik. "Maak kennis met iedereen."

"Hoi, Maya," zegt Fluffster mentaal — ik neem aan in haar hoofd en ook in het onze.

"Hallo." Maya zakt op haar hurken en beloont de chinchilla met een meisjesachtige glimlach. "Is het goed als ik zeg dat je schattig bent?"

"Waarom niet?" Fluffsters mentale stem is volkomen serieus. "Sasha heeft meer dan tweehonderd dollar uitgegeven om het lichaam van dit dier te kopen. Het zal vast aantrekkelijk zijn."

"Hallo," zegt Ariël en ze gebruikt Maya's tijdelijke afleiding om me een 'wat is dit in vredesnaam?'-,blik te geven.

"De kracht van Maya is psychometrie," leg ik uit. "Ze heeft aangeboden om het op Fluffster te gebruiken, om te proberen om zijn afkomst te achterhalen."

"Oh wauw," zegt Felix terwijl hij op Maya neerkijkt. "Dat is een zeer indrukwekkende kracht die je hebt."

Maya maakt haar ogen los van Fluffster en staart naar Felix, haar blik dwaalt van zijn pluizige pantoffels naar zijn joggingbroek naar het haveloze 'er is geen lepel'-T-shirt bedekt met de kenmerkende *Matrix*-code. Tot mijn ontsteltenis blijven haar ogen lang genoeg op het gezicht van mijn huisgenoot hangen dat ik mentaal 'minderjarig' kan spellen.

Het siert hem dat Felix zich totaal niet bewust is van haar gelonk. "Kun je het nu doen?" vraagt hij gretig. "Fluffster vindt het vast niet erg."

"Ik wil heel graag mijn afkomst weten," zegt Fluffster in ieders hoofd. "Jongedame." Hij kijkt naar Maya. "Ik wil dat je me aanraakt."

Ariël, Felix en ik barsten in lachen uit terwijl Maya en de chinchilla ons aankijken alsof we helemaal gek zijn.

"We moeten hem uit de buurt van speeltuinen houden," zegt Ariël tussen het gelach door en dit laat onze vrolijkheid voor nog een paar seconden oplaaien.

Maya rolt met haar ogen naar ons, reikt naar Fluffster en wiegt zachtjes zijn lichaam in haar handen.

Een gloeiende, paars getinte energie sijpelt van haar huid in Fluffsters vacht en Maya's uitdrukking wordt afwezig, alsof ze in trance is.

"Ik zie hem zich wassen, maar dan in stof in plaats van water," zegt ze binnensmonds. "Hij bewaakt je woning. Hij eet hooi. En pinda's en rozijnen." Haar ogen rollen even achter in haar hoofd, dan ademt ze uit en haar ogen worden weer normaal als ze Fluffster weer op de grond zet.

Ze kijkt me met onverholen teleurstelling aan en zegt, "Het enige wat ik krijg is dat hij van jou is. Als er kan worden gezegd dat hij aan iemand toebehoort."

"Dat is nog steeds iets," zegt Felix geruststellend.

"We weten in ieder geval zeker dat hij niet op de een of andere manier van mijn familie was."

"Hij heeft gelijk," zegt Ariël. "We kunnen er nu zeker van zijn dat je een Russische achtergrond hebt."

"Dat is waar," zeg ik, met een enthousiasme dat ik niet voel. Ik had gehoopt dat Maya me voor een bezoek aan de mysterieuze Baba Jaga zou kunnen behoeden, maar dat geluk heb ik niet.

"Dus," zegt Felix, altijd gretig om een ongemakkelijke stilte te verbreken. "Wat hebben jullie vandaag bij Oriëntatie geleerd?"

Maya ziet eruit alsof hij haar met het woord 'kind' geslagen heeft.

Ik staar Felix met samengeknepen ogen aan. "We hebben besproken hoe het zijn van een Cognizant in ons DNA is opgeslagen."

"Ah." Hij grijnst. "Hekima's theorieën doen me aan die tekenfilm van Sidney Harris denken met de twee wetenschappers die bij het bord staan, met een heleboel wiskundige formules aan beide kanten en de woorden 'dan gebeurt er een wonder' in het midden."

Hij kijkt iedereen aan, maar het lijkt alsof ik de enige ben die de verwijzing snapt. Ik besluit met hem te rotzooien en probeer er net zo blanco uit te zien als de anderen.

"In ieder geval," zegt hij met een stuk minder enthousiasme. "De clou is, 'Ik denk dat je hier in stap twee expliciter moet zijn.'"

Maya laat het meest nepgegrinnik horen dat ik ooit

heb gehoord, en Ariël verbergt haar gezicht lang genoeg om met haar ogen naar me te rollen.

Ik kijk naar Fluffster en de aura's van alle anderen. "Hij probeert dit in ieder geval allemaal uit te leggen. Ik zie jou niet theoretiseren hoe de krachten van Cognizanten en de Andere Werelden werken en zo."

Ariël maakt een keel doorsnijdend gebaar met haar handpalm — mimetaal voor 'stop meteen met daarover te praten'.

Felix kijkt op. "Ik heb eigenlijk wel een theorie die alles verklaart. Ik kan niet geloven dat ik je er nog niets over heb verteld."

"Ik moet naar het toilet," zegt Ariël en ze kijkt me aan alsof ze zegt, 'Ik heb geprobeerd om je te waarschuwen. Nu is het jouw probleem.'

Felix negeert haar vertrek, loopt naar de bank in de woonkamer en gaat zitten. "Heb je ooit van de simulatietheorie gehoord?" vraagt hij.

Ik gebaar dat Maya op de bank moet gaan zitten en ze ploft naast Felix neer, dus ik ga rechts van haar zitten. "Ik hoor elke keer over deze theorie als je dronken of high wordt."

Ik kijk naar Fluffster voor steun, maar de chinchilla springt gewoon op mijn schoot en gebaart met zijn hoofd dat ik hem moet aaien — dus dat doe ik. "Je gaat maar door over hoe de werkelijkheid op een krachtige computer buiten ons universum wordt gesimuleerd," zeg ik tegen Felix. "Hoe zelfs de hersenen van iedereen worden gesimuleerd."

"Ik denk dat ik inderdaad daarover met je heb

gesproken," zegt hij teleurgesteld. Dan kijkt hij naar Maya, zich niet bewust van het feit dat hun knieën elkaar raken. "Om je op de hoogte te stellen, Maya, laat me even uitleggen waar Sasha zojuist op gezinspeeld heeft. Maar eerst, speel je videogames?"

"Ik heb de Switch," zegt Maya die rood wordt, alsof ze zojuist heeft toegegeven een viezerik of telemarketeer te zijn.

"Ik heb er ook een," zegt Felix, terwijl de opwinding in zijn stem een octaaf hoger gaat.

"Jij hebt alle spelsystemen die ooit zijn uitgevonden," zeg ik, nieuwsgierig hoe deze onthulling de dromerige blik op Maya's gezicht zal beïnvloeden. Tot mijn verbazing staart ze Felix met nog meer bewondering aan.

Hij negeert me en zegt tegen haar, "Denk eens aan het verschil tussen zoiets als Pac Man — een ouder spel waarbij een gele cirkel rondrent die vormeloze pellets eet — en het nieuwste Zelda-spel, dat een volledig uitgewerkte microwereld is waar je in kunt verdwalen."

Maya knikt wijs, haar ogen blijven op het gezicht van Felix gericht.

"En denk nu ook eens aan virtual reality." Hij raakt Maya's hand aan en ze ziet eruit alsof ze ofwel een orgasme of een aneurysma heeft. "Heb je ooit virtual reality geprobeerd op je telefoon of op een van die VR-gizmo's?" vraagt hij haar.

Ze schudt haar hoofd, likt dan haar lippen en zegt hees, "Nee. Dat heb ik niet. Maar ik zou het wel willen."

"Ik wel," val ik in, bang dat Maya misschien vergeet dat ik hier ben en Felix bespringt, waardoor ik medeplichtig ben aan een misdaad. "Afgezien van bewegingsziekte-achtige misselijkheid, was het echt cool. Het voelde alsof ik naar een andere wereld werd getransporteerd."

"Precies," roept Felix uit. "Gezien de evolutie van de game-industrie, lijkt het je dan niet logisch dat games uiteindelijk niet meer van de realiteit te onderscheiden zijn?"

"Misschien," zeg ik. "Op een gegeven moment."

"Zoals in *The Matrix*?" vraagt Maya, haar hand gevaarlijk dicht bij de knie van Felix.

"Heb je *The Matrix* gezien?" Voor het eerst kijkt Felix naar het meisje met iets wat erop lijkt dat hij haar als een echt persoon ziet en niet alleen als een paar oren die naar hem luisteren. "Waar ik het over heb lijkt inderdaad op *The Matrix*," vervolgt hij zonder haar antwoord af te wachten, "maar op een multiversumschaal en met mensen die volledig zijn gesimuleerd, zoals de agenten in *The Matrix*. Niets inpluggen. Geen lichamen."

Ik wil iets zeggen over Maya die is geboren nadat *The Matrix* uitkwam, maar als ik de bewondering in de ogen van het arme meisje zie, onderdruk ik de drang. Maya's kalverliefde geeft me niet het ongemakkelijke gevoel dat ik voelde toen ik over de date van Felix hoorde.

Over het mysterieuze meisje gesproken, ik vraag me af wanneer hun date plaatsvindt. Want als ze binnen een paar minuten verschijnt, zal Maya verpletterd worden.

"Wauw." Maya's enthousiasme lijkt oprecht. "Denk je dat onze wereld zo is?"

"Het is alleen maar logisch." Felix draait zich helemaal naar haar toe en haalt me uit het gesprek. "Als alle kinderen in een universum buiten het onze videospelsystemen hebben die hele realiteiten kunnen simuleren, en als er miljoenen of quadriljoenen van deze gesimuleerde werelden zijn, maar slechts een paar echte, dan is de kans statistisch gezien groter dat we ons in een van de gesimuleerde bevinden."

"Dit is allemaal geweldig," zeg ik, terwijl ik Fluffster onder zijn kin wrijf. "Maar welk bewijs is er voor deze theorie?"

"Het universum lijkt verdacht wiskundig," zegt Felix, terwijl hij zich weer naar me toedraait. "Bijna alsof een computerwetenschapper het heeft ontworpen, misschien?" Zijn doorlopende wenkbrauw gaat omhoog. "En om terug te komen op waar deze discussie in de eerste plaats mee begon: de simulatietheorie is de enige rationele manier om ons te verklaren — de Cognizanten."

"Is dat zo?" vraag ik, ondanks mezelf geïntrigeerd.

"Denk erover na." Hij draait zich om naar Maya, dan weer naar mij en dan weer naar Maya. "Hoe verklaar je anders jullie krachten? De toekomst voorspellen in de echte wereld zou waarschijnlijk onmogelijk zijn, maar als de wereld een videogame is, dan kun je computerbronnen buiten de game gebruiken om te voorspellen wat er daarna in de game kan gebeuren. Psychometrie is ook gemakkelijk uit te leggen. In een computerwereld heeft alles metadata — informatie die beschrijft van wie iets is en dat soort dingen."

Maya ziet eruit alsof ze helemaal verbluft is, maar ik ben veel sceptischer.

"Hoe zou dit alle regels verklaren, zoals die over 'Als je naar Gomorrah verhuist, dan verlies je na verloop van tijd je krachten?'" vraag ik, terwijl ik Fluffster tussen zijn oren streel. "Of dat een domovoj het lichaam van een dier nodig heeft om stoffelijk te worden?"

"Het is interessant dat je Gomorrah ter sprake brengt," zegt hij terwijl hij naar me kijkt. "Op die wereld hebben ze VR-technologie waardoor die van ons kinderspel lijkt. Maar om op mijn punt terug te komen, bij videogames draait alles om regels." Hij kijkt naar Maya. "Waarom gebruikt Mario — die verondersteld wordt loodgieter te zijn — een sprong als zijn modus operandi? Waarom worden gumba's niet met een moersleutel neergeknuppeld? Iets als de regel over de domovoj is logischer dan dat Mario-spel, omdat het in de wereld waar de console is gemaakt misschien op een mythe is gebaseerd.

Ik krab op mijn hoofd. "Ik weet het niet —"

"De Cognizanten zijn misschien speelbare personages," zegt hij hartstochtelijk. "Een manier om plezier te hebben met superkrachten, of om een vampier te zijn, of een ork, of noem maar op. De aarde en soortgelijke plaatsen kunnen PVP-zones zijn, terwijl Gomorrah een niet-PVP-zone is."

"Wat is PVP?" vraag ik, terwijl ik een lege blik op Maya's gezicht zie.

"Player versus player," zegt hij. "Zones waar gevechten mogelijk zijn."

Ik schud mijn hoofd. "Hoe zit het met het hele gedoe over menselijk geloof dat ons meer krachten geeft? Hoe past dat ertussen?"

Ariël loopt de kamer weer in. Haar haar ziet er netter uit en haar make-up is opnieuw aangebracht.

"Dat is waarschijnlijk een implementatiedetail," zegt Felix. "Het in-game-universum kan een soort consensusrealiteit zijn — een goede manier om middelen te besparen —"

"Heb je het er nog steeds over?" zegt Ariël met schijnverschrikking. "Zouden we onze gast niet wat koffie aanbieden?"

"Het spijt me." Felix geeft Maya een schaapachtige blik. "Wil je wat thee?"

"Ja, eigenlijk wel," zegt Maya, met de intonatie die meisjes gebruiken om met een huwelijksaanzoek in te stemmen. "Maar helaas moet ik naar huis."

"Oh." Het is onduidelijk of Felix boos is dat Maya moet gaan of (waarschijnlijker) dat hij moet stoppen met praten over zijn theorieën.

"Je zou nog eens langs moeten komen om mijn psychometrieroutine te zien," zeg ik tegen Maya, terwijl ik mijn eigen teleurstelling onderdruk dat ik die vandaag niet heb laten zien. "Kom op een dag dat je kunt blijven eten. Felix is een geweldige kok."

Maya slikt hoorbaar en zegt heel snel, "Ja. Dat zou ik leuk vinden. Bedankt."

"Geen probleem," zeg ik, terwijl ik een golf van ondeugendheid voel opkomen. Ik draai me om naar Felix. "Kun je Maya alsjeblieft naar huis brengen? Ik zou het normaal zelf doen, maar ik moet naar het werk."

Felix trekt zijn doorlopende wenkbrauw hoger op dan normaal en kijkt Maya aan alsof hij net ziet dat ze er is.

"Het hoeft niet," zegt Maya, zo halfslachtig dat ik een lach moet onderdrukken. "Ik woon maar een paar straten verderop."

"Nee," zegt Felix en het is duidelijk dat hij het beschaafde chauvinisme kanaliseert dat hij van zijn vader heeft opgepikt — precies zoals ik vermoedde dat hij zou doen. "Laat me met je meelopen. Ik sta erop."

"Oké." Maya knippert ingetogen met haar wimpers. "Bedankt."

"Geen probleem." Felix springt overeind en steekt een hand uit om Maya te helpen om van de bank op te staan.

Ze bloost, maar pakt zijn hand en staat overdreven langzaam op.

Ik zet Fluffster op de bank en sta op om met ze naar de deur te lopen.

"Ik ben zo terug," zegt Felix terwijl hij zijn sneakers aantrekt.

"Ik zal er toch niet zijn." Ik knipoog naar Maya als Felix niet kijkt. "Ik moet werken."

Maya glimlacht verlegen naar me en verlaat samen met Felix het appartement.

"Ben je gek geworden?" roept Ariël uit zodra de deur achter hen sluit. "Wil je dat hij naar de gevangenis gaat?"

"Ze wordt over een paar maanden achttien." Ik maak mijn stem zo hoog als die van Maya.

"Dat zegt zij." Ariël doet de deur op slot. "Felix kan maar beter haar ID controleren."

"Er gaat tussen hen toch niets gebeuren," zeg ik en loop naar de keuken. Als Ariël zich bij me voegt, voeg ik eraan toe, "Hij is trouw aan dat denkbeeldige meisje dat hij eerder noemde. Je weet wel — zijn potentiële Netflix-en-chill-date."

"Voor je het weet is Felix populair. Misschien verliest hij eindelijk zijn maagdelijkheid." Ze grinnikt. "Is de date al gebeurd?"

De mogelijke maagdelijkheid van Felix is een van Ariëls favoriete grappen. Helaas eindigen die grappen vaak met een oplossing die ook *mijn* lange onthouding verhelpt, dus ik ben geen grote fan.

"Ik heb geen idee," zeg ik, terwijl ik de vriezer open en doe alsof ik het m-woord niet hoor. "Ik had gehoopt dat jij het wist."

"Nee." Ze kijkt beschaamd. "Ik ben ongeveer een uur geleden thuisgekomen."

"Als jij en Gaius feesten, dan feesten jullie *echt*." Ik

bestudeer de inhoud van de vriezer aandachtig en ga voor de bevroren erwten.

"Waar is dat voor?" Ariël knijpt haar ogen tot spleetjes bij mijn geïmproviseerde koude kompres. "Is er iets gebeurd?"

Ik trek mijn shirt opzij en laat haar mijn gekneusde schouder zien.

"Wie heeft dat gedaan?" eist ze en ik heb een heimelijk vermoeden dat ze een deel van de anatomie van de grote ork zou afrukken als hij hier was om de eer voor zijn handwerk op te eisen.

"Ik zal het je op weg naar kantoor moeten vertellen," zeg ik, terwijl ik behoedzaam in de blauwe plek por.

De schouder is gevoelig, maar niet zo erg als de reactie van Ariël zou doen vermoeden.

Tjonge, is dat medicijn even sterk.

"Laat me eens kijken," zegt ze en ze bekijkt mijn schouder aandachtig. "Het lijkt gewoon een blauwe plek te zijn," geeft ze met tegenzin toe als ze klaar is. "Koude therapie is een geweldig idee."

Ik leg de erwten op tafel en kleed mezelf weer aan. Ik leg het bevroren pack op mijn kleren, loop naar de deur en zeg, "Klaar?"

Ariël kijkt naar haar casual outfit, knikt en trekt haar oude Uggs aan om het geheel af te maken.

Op weg naar beneden vertel ik haar over mijn ontmoeting met de weerwolfpestkoppen en de beroving door de ork.

"Het spijt me zo," zegt ze terwijl de taxi bij de stoeprand stopt. "Het spijt me heel erg."

"Het was jouw schuld niet," zeg ik terwijl we in de auto stappen. "Je hebt me het pistool gegeven. Het is mijn eigen schuld dat het leeg was tegen de tijd dat ik beroofd werd."

"Als ik op een redelijke tijd thuis was gekomen, dan zou ik je naar Oriëntatie hebben begeleid." Ze slaat het portier zo hard dicht dat de verf van de auto afbladdert en de chauffeur kijkt haar in de achteruitkijkspiegel boos aan. "Hoe kon ik zo egoïstisch zijn?"

"Je kunt niet vierentwintig uur per dag mijn chaperonne zijn." Ik breng de erwten weer op mijn schouder aan. "Vertel op. Wat waren jij en Gaius al die tijd aan het doen?"

"Niets." Ze ontwikkelt een plotselinge interesse in de vloer van de taxi. "We zijn gewoon vrienden —"

Mijn telefoon gaat.

Het is een videoconferentie van Nero.

"Mis je me al?" zeg ik terwijl ik de oproep aanneem.

"Ik had verwacht dat je nu al op kantoor zou zijn," zegt Nero, terwijl zijn blik mijn omgeving in zich opneemt. "Zeg me dat dat een taxi is op die weg is naar kantoor."

"Het is een taxi," bevestig ik. "Ik ben er bijna."

"Wat is dat?" Hij kijkt naar de erwten in mijn hand.

"Lang verhaal. Het volstaat te zeggen dat ik ga werken, ook al ben ik geblesseerd. Onthoud dat dat in bonustijd valt."

"Wat is er gebeurd?" hij gromt bijna.

Ik kijk naar de chauffeur voor ons en besluit de pijn van het mandaat niet te riskeren die zou ontstaan als ik in het bijzijn van een mens over geheime dingen als orks zou praten.

"Ik ben beroofd," zeg ik. "Maar het is allemaal goed gekomen. Het heeft me alleen een paar honderd dollar gekost."

"*Dat* zal ik onthouden." Zijn toch al stormachtige blik verandert in een orkaan van categorie vijf. "Als het om beloningen gaat, zorg ik er altijd voor dat er recht wordt gedaan."

Met die cryptische opmerking hangt hij op.

Ik kijk Ariël verward aan, maar ze lacht alleen maar wulps. Op een overdreven sexy toon zegt ze, "Je krijgt je beloningen."

"Dat is niet wat hij zei." Ik overweeg om de erwten naar haar hoofd te gooien, maar mijn telefoon redt haar door luid te pingen.

Het is een melding van mijn bank-app. Ik maak hem open en staar naar de transactie in kwestie.

"Nero heeft me net honderdduizend dollar gegeven," zeg ik verdoofd. "Zonder reden."

Ariël staart naar me en leunt dan naar voren. "Zou het een onfatsoenlijk voorstel kunnen zijn?" fluistert ze samenzweerderig. "Beseft hij niet dat hij de goederen gratis kan krijgen?"

Ik twijfel er weer over om de erwten naar haar te gooien, maar mijn telefoon pingt weer.

Deze keer is het een e-mail van Nero waarin hij uiteenzet wat hij me vandaag wil laten doen. Tot mijn schrik wordt het voorafgegaan door, "Als je je niet goed voelt, dan lukt het me zonder jou ook wel."

Gezien de onverwachte bonus die hij me net heeft gegeven en vooral dat voorwoord — het aardigste wat Nero ooit tegen me heeft geschreven of gezegd — besluit ik om een goede bedrijfsburger te worden en het uit te zitten.

Als ik echter de werkdruk bekijk, neemt mijn enthousiasme merkbaar af. Nero wil dat ik een presentatie voorbereid voor potentiële investeerders over zes van de aandelen die ik eerder heb aanbevolen, compleet met voor ieder een volledig financieel projectiemodel. Dit is een volledige drie dagen aan werk als ik het in een rustig tempo doe, maar hij moet het tegen maandagavond klaar hebben.

Ik kan op geen enkele manier vals spelen door hier instinctief te werk te gaan. Ik moet de uren echt gaan maken.

"We zijn er," zegt Ariël, die me uit mijn door het werk geïnspireerde somberheid haalt.

We zijn al naast mijn gebouw, dus ik reik naar de deur.

"Bel me als je klaar bent," zegt Ariël. "Dan kom ik je ophalen."

"Ik ga de hele nacht doorwerken." Ik stap uit de auto. "Ik heb geluk als ik maandagavond thuis ben."

Ariël fronst haar wenkbrauwen, maar ik sluit de taxideur voordat ze iets kan zeggen.

Spreadsheets en EBITDA-ratio's dwarrelen door mijn hoofd en ik loop naar mijn bureau.

De erwten zijn niet meer koud als ik daar aankom, dus ik gooi ze aan de kant en gebruik het spiegeltje dat aan een van mijn monitoren is bevestigd om naar mijn blauwe plek te kijken.

Honderd tinten rood, paars, zwart en blauw, het ding ziet er zo naar uit dat ik geluk heb dat ik alleen maar een doffe pijn voel.

Ik bedek mezelf en kijk heimelijk om me heen. Het kantoor om me heen is leeg, maar er zijn hardnekkige geruchten over verborgen camera's in alle hoeken en gaten van dit gebouw — videobeelden die Nero naar verluidt persoonlijk bekijkt. Ik heb altijd gedacht dat deze verhalen enorme overdrijvingen of regelrechte leugens waren, deels omdat sommige ronduit belachelijk zijn, zoals die over een ondergrondse bunker vol goud waar Nero echt in zwemt, zoals Dagobert Duck. Maar aan de andere kant, het fonds is zwaar belegd in goud, dus wie weet?

Zonder verder oponthoud zet ik mijn computer aan en ga aan het werk.

Als ik honger krijg, bestel ik twee burrito's, één voor nu en één voor midden in de nacht wanneer de zaak niet bezorgt.

Nadat ik heb gegeten, doorloop ik een volledig financieel model, wisselingen, aannames en alles, voordat ik mezelf de luxe van een glas water gun.

Om drie uur 's nachts boek ik genoeg vooruitgang op het tweede model om mezelf met het tweede diner en een paar kopjes espresso te belonen.

Bij zonsopgang ben ik zo moe dat ik alle Excelsnelkoppelingen begin te vergeten en honderdduizend dollar zou betalen om een dutje in mijn bed te doen.

Als mensen binnendruppelen voor hun gebruikelijke begin van de maandag, neem ik een pauze en haal ik wat havermout in de kantine.

Ik eet het op terwijl ik terugloop en realiseer me hoeveel geluk ik heb dat ik naar de club ben gegaan en de dag ervoor zo lang heb geslapen. Zonder mijn uitje zou ik me waarschijnlijk veel slechter voelen dan ik al doe — en ik voel me als een uitgeperste citroen die daarna door de blender is gedaan.

Om elf uur hoor ik een melding van een bericht op mijn telefoon.

Het is van pap.

Ik kijk uit naar de lunch.

Oh nee, dat is vandaag.

Ik twijfel er sterk aan om hem af te zeggen en als ik hem al die tijd niet had vermeden, dan zou ik dat waarschijnlijk hebben gedaan. Voor nu besluit ik om naar de lunch te gaan, maar zo snel als sociaal acceptabel is weer weg te gaan.

Aangezien de sushi-zaak op loopafstand is, stel ik mijn telefoon in om me eraan te herinneren om om 12:15 uur te vertrekken en e-mail mezelf enkele kwartaalrapporten die ik onderweg kan lezen.

En ga dan weer aan de slag.

Het alarm gaat en rukt me uit mijn door Excel veroorzaakte verdoving. Terwijl ik in mijn wazige ogen wrijf, realiseer ik me dat ik het afgelopen uur en vijftien minuten echt veel heb bereikt.

Gezien mijn vooruitgang, zou ik mezelf misschien een iets langere lunch toestaan.

De hele weg naar het restaurant zit ik met mijn neus in mijn telefoon terwijl ik de informatie zoek die ik nodig heb voor het volgende model. Verrassend genoeg kom ik niet te veel mensen tegen.

Pap staat buiten het restaurant te wachten.

Hij heeft geen aura.

Ik weet niet of ik teleurgesteld of opgelucht moet zijn.

Mijn vader, lang en gekleed in een maatpak, ziet er geweldig uit voor een zevenenzeventigjarige en kan waarschijnlijk doorgaan voor iemand die tien jaar jonger is. Aan de andere kant is zijn 'jeugdige' uiterlijk niet de reden dat hij uiteindelijk met Vrouw 2.0 getrouwd is, die in de veertig is. Pap heeft een zeer succesvol technologiebedrijf dat 3D-printers maakt en mama's vervanger is waarschijnlijk een geldwolf — hoewel eerlijk gezegd zijn geld misschien ook de reden was waarom mama met hem is getrouwd.

"Hé, meisje," zegt hij met zijn kenmerkende Boston-accent. "Wat fijn dat je er bent."

"Hoi, pap," zeg ik met een schuldgevoel. "Het is goed om je te zien."

Hij straalt naar me en opent de deur van het restaurant met een butlerachtig gebaar.

Ik steek mijn telefoon in mijn zak en loop naar binnen.

Misschien had ik het eerder goed met hem moeten maken. Ik voel me lichter op mijn voeten en mijn eerdere vermoeidheid lijkt te zijn verdwenen. En hoewel dit misschien een pure placebo is, stoort zelfs mijn gekneusde schouder me niet zo erg.

"Hallo, lieverd," zegt papa flirterig tegen de mooie gastvrouw. "Mijn dochter en ik hebben een reservering onder Braxton Urban."

En zo ben ik terug op aarde, alle lichtheid is verdwenen. Heeft pap net aan de gastvrouw duidelijk gemaakt dat hij samen met zijn dochter is, zodat ze weet dat hij geen date heeft? Dan merk ik dat hij ook geen trouwring draagt, hoewel voor zover ik weet, hij en vrouw 2.0 inmiddels uit elkaar kunnen zijn.

Hoe dan ook, dat is papa, altijd flirtend met alles wat beweegt.

"Meisje?" zegt hij en ik kijk hem nors aan en voel me weer een tiener.

"Laten we gaan zitten," zeg ik en volg hem en de gastvrouw.

De gastvrouw zwaait haar heupen als een pendel heen en weer terwijl ze loopt en natuurlijk staart papa gehypnotiseerd naar het uitzicht.

Ze overhandigt ons de menu's en ik steek mijn neus in de mijne, vastbesloten om een paar keer diep adem te halen, zodat ik niets zeg waar ik later spijt van zal krijgen.

"De koningszalm-sashimi is fantastisch," zegt de fleurig geklede ober die als een ninja uit het niets verschijnt.

Ik kijk hem aan en knik. "Dat zal ik proberen."

Wat ik er niet aan toevoeg, is dat ik hem een extra

fooi ga geven omdat hij een man is en me zo bespaart dat ik papa met weer een andere vrouw moet zien flirten.

"Dat wil ik ook graag bestellen," zegt papa. "Ik neem ook de levende coquilles en een mango-avocadorol."

"Voeg die ook maar aan mijn bestelling toe," zeg ik en glimlach naar papa.

Hij was degene die me al vroeg kennis met de Japanse keuken liet maken en aangezien mijn moeder er niet eens over na wilde denken, was sushi iets dat we altijd als vader-dochteractiviteit hebben gedaan. In de loop van de tijd hebben we zelfs een voorliefde voor soortgelijke voorgerechten ontwikkeld.

"Ik heb een rare vraag," zeg ik als de ober weggaat. "Heb je Russisch bloed in je familie zitten?"

Pap pakt een servet en legt het zorgvuldig op zijn schoot. "Niet dat ik weet. Hoezo?"

"Zomaar," lieg ik. "Gewoon om een praatje te maken."

Hij haalt zijn schouders op. "Ik ben een Amerikaanse bastaard — deels Duits, waar onze achternaam vandaan komt, maar ook deels Frans en Iers, met een vleugje Italiaans."

"Ik denk dat ik Russisch ben," flap ik eruit. "Biologisch gezien, bedoel ik."

De ober komt terug en zet twee groene thee en twee miso-soepen op tafel.

"Het is mogelijk," zegt papa nadenkend. "Maar toen we je vonden, hebben we contact opgenomen met de

Russische ambassade en ze hadden geen gegevens van je."

In tegenstelling tot mama voelt papa zich niet bedreigd als ik het over mijn biologische ouders heb — iets waar ik altijd dankbaar voor ben geweest.

"Heb ik huisdieren gehad toen ik opgroeide?" vraag ik, terwijl ik verder ga met mijn ondervraging. "Ik herinner me er geen, maar —"

"We hadden geen dieren." Pap pakt zijn soep en houdt hem in zijn handpalmen, alsof hij ze verwarmt. "Je moeder..."

"En jij?" Ik neem een slokje van mijn groene thee — het is voortreffelijk. "Had jouw familie huisdieren toen je opgroeide?"

"Nee. Je opa had ernstige allergieën." Hij nipt de soep rechtstreeks uit de kom, op traditionele Japanse wijze. "Ik heb wel eens een aquarium gehad."

Kan Fluffster het lichaam van een vis hebben gehad? Het lijkt niet waarschijnlijk en het feit dat papa geen Rus is, is een extra bewijs dat ik Fluffster niet van zijn kant van de familie heb gekregen — iets dat ik al vermoedde, maar dat ik graag wil verifiëren voordat ik naar Baba Jaga ga.

Ik ga rechtop zitten en sla mezelf bijna op mijn voorhoofd.

Deze lunch is niet de enige verplichting die ik deze maandag heb die ik bijna was vergeten. Ik heb vanavond om elf uur ook een afspraak met Baba Jaga.

Hoe kan ik daarvoor wakker blijven na de hele nacht op te zijn geweest? Wat als —

"Gaat het met je?" vraagt papa fronsend. "Je ziet er opgebrand uit."

"Ik moest de hele nacht werken." Aangezien ik niet zo hardcore ben als papa, pak ik een lepel voor mijn soep. "Een grote brandoefening op het werk."

"Ze kunnen je daar maar beter waarderen." Hij zet zijn kom neer. "Je weet dat je altijd voor mij kunt komen werken, toch?"

"Nu wel," zeg ik met een dankbaar glimlachje.

Hij knikt en drinkt de rest van zijn soep op.

Ik wist absoluut niet dat ik voor hem kon komen werken en het aanbod vervult me met meer warmte dan mijn soep en thee samen. Ik zou hem er natuurlijk nooit aan houden, maar ik ben hem nog steeds dankbaar. Ik wil het gevoel hebben dat ik mijn geld verdien, plus dat zijn bedrijf naar San Fran is verhuisd en dat ik te graag in New York woon.

Onze sushi arriveert en we vallen het met verve aan en bespreken zijn bedrijf — dat booming is.

"Ik heb je tv-optreden gezien." Hij gebaart opgewonden met zijn eetstokjes. "Ik was zo trots."

"Ik weet niet zeker of dat ooit nog zal gebeuren," zeg ik, terwijl mijn eetlust wegvalt.

"Heb je het over die onzin op YouTube?" Hij stopt een stuk rauwe zalm in zijn mond.

Ik knik. Ik kan hem de waarheid niet vertellen — dat een geheim genootschap van bovennatuurlijke wezens me heeft verboden om op tv te gaan of om überhaupt mijn magie voor mensen zoals hij te beoefenen.

"Laat ze je er niet onder krijgen," zegt hij. "Haters zullen haten."

De combinatie van die woorden met zijn accent doet me gnuiven, maar mijn lichtzinnigheid wordt afgebroken als ik een andere klant van het restaurant opmerk.

Het is Beverly, een van mama's meest erge roddelvriendinnen.

Ik kijk meteen weg.

Heeft ze me gezien? Ik hoop het niet. Het is niet alsof ik me schaam dat ik weer contact met papa heb. Het is gewoon dat mama gelukkiger zou zijn als ze er niets van wist.

"Moet je terug naar kantoor?" vraagt pap, mijn bezorgde uitdrukking verkeerd interpreterend.

"Ja," zeg ik en het is geen leugen. Ik heb nog een hoop te doen.

"Ga." Hij veegt zijn mond af met zijn servet. "Ik zorg wel voor de rekening."

Normaal gesproken zou ik hem hierover bevechten, maar dit zijn speciale omstandigheden, dus ik zeg, "Heel erg bedankt, pap. De volgende is voor mij."

Hij grijnst naar me, duidelijk blij om te horen dat er een volgende keer komt.

"Het was geweldig om bij te praten." Hij haalt zijn portemonnee tevoorschijn en gebaart naar de ober om te komen.

"Dat was het." Ik spring overeind, waardoor mijn stoel kraakt. "Bel me als je de volgende keer hier bent. Dan spreken we iets af."

Ik begin aan mijn ontsnapping als een hand mijn gewonde schouder aanraakt.

"Pas op," zeg ik huiverend.

De hand is natuurlijk van Beverly. Ik was de roddelaarster even uit het oog verloren en nu staat ze naast me en zegt, "Wat is er aan de hand, Sasha?" Met een diepe frons en een rimpel in haar maïsvormige neus voegt ze eraan toe, "Gegroet, Baxter."

"Ik ging net weg," zeg ik en haal de hand van mijn schouder. Ik heb misschien te veel kracht gebruikt, omdat Beverly daarna over haar pols wrijft.

"Kletsen jullie maar gezellig bij," zeg ik en ik laat zowel pap als Beverly geschokt achter bij zo'n afschuwelijke suggestie, sprint het restaurant uit en bel mam.

Ik wil haar afkomst verifiëren, voor het geval dat en ik wil het nu doen. Als Beverly de bom over deze lunch laat vallen, dan is mam misschien moeilijker te ondervragen.

Ze neemt op bij de derde keer overgaan.

"Hallo, liefje," zegt ze boven wat lawaai op de achtergrond uit. "Ik heb niet veel tijd om te praten."

"Heb je een Russische afkomst?" flap ik eruit. "Felix, mijn huisgenoot, komt uit de voormalige Sovjet —"

"Nee, schat," zegt mama gehaast. "Mijn familie stamt van Britse royalty af. Dat moet ik je verteld hebben."

Nu ik erover nadenk, heeft ze me dat verteld, maar ik heb de neiging om niet veel van de dingen die ze zegt te registreren. Anders zouden mijn hersenen een vuilnisbelt van details van mam zijn.

"Heb ik huisdieren gehad toen ik opgroeide?"

"Oma had een parkiet," zegt ze. "Waar gaat dit over? Gebruik je drugs?"

"Ik gebruik geen drugs," zeg ik, terwijl ik probeer om niet geërgerd te klinken. Dan komt er een ondeugend idee in mijn hoofd en ik voeg eraan toe, "Er is eigenlijk iets belangrijks dat ik je wilde vertellen."

"Wat dan?" vraagt ze gretig. Ze heeft een neus voor roddels.

"Ik heb geluncht —" In plaats van verder te praten, sis ik in de telefoon, druk dan even op de mute-knop, zet de mute-knop dan weer aan, zeg 'sushi', sis en demp de telefoon dan weer. Ik zet het dempen nog een keer uit en zeg, "Mam, ik denk dat je wegvalt."

Als mam me nu vraagt waarom ik met papa heb geluncht en het haar niet heb verteld, dan kan ik beweren dat ik het haar *wel* heb verteld — en dat ze me misschien niet heeft gehoord, omdat ze een nieuwe telefoon nodig heeft.

"Ik kan toch maar beter ophangen," zegt ze. "Ik ben op een tour in Parijs. Zullen we later bijkletsen?"

"Oké klinkt goed. Ik ben blij dat je zo cool bent met dit nieuws," zeg ik en hang op voordat ze me verder kan ondervragen.

Ik loop een paar seconde in stilte en denk na. Ik kan er nu bijna zeker van zijn dat Fluffster mijn connectie met mijn biologische ouders is. De andere optie is dat hij of een vis of een parkiet was in een van de twee niet-Russische families die niet eens Cognizanten zijn — of, met andere woorden, onwaarschijnlijk.

Nu moet ik al mijn werk gedaan krijgen, zodat ik mijn afspraak van vanavond met Baba Jaga kan halen — mijn enige overgebleven bron.

Ik haal diep adem, pak de kwartaalrapporten die ik eerder heb opgesteld en lees ze gedurende de rest van de weg naar mijn bureau op mijn telefoon door.

Tegen drie uur 's middags heb ik een enorme vooruitgang in mijn werklast geboekt, maar de gebruikelijke inzinking die op dit moment van de dag optreedt, is een verpletterend gewicht dat dreigt om me in slaap te laten vallen terwijl ik rechtop zit.

Terwijl ik aan het laatste model werk, vecht ik om mijn ogen open te houden terwijl ik koffie drink.

Het is 20:23 als ik eindelijk alles af heb.

Geen wonder dat slaaptekort als marteling wordt gebruikt. Ik voel me klaar om al mijn beste magische geheimen te verklappen om een dutje te kunnen doen.

Ik knipper met mijn ogen, typ alles uit en laat het voorafgaan met, "Ik ben kapot. Als ik binnen vijf minuten niets van je hoor, dan ga ik naar huis om te slapen."

Ik stuur de e-mail naar Nero en leg mijn hoofd op mijn bureau. Als ik ga wachten, kan ik net zo goed mijn arme ogen sluiten.

Het oppervlak van het bureau voelt als een kussen onder mijn wang en zonder het te willen, dommel ik in.

Ik ben een lichaamloos bewustzijn dat in een steegje zweeft.

Het duurt even voordat ik dit specifieke smerige uithoekje van de stad herken. Dit is waar de gigantische afvalcontainers voor mijn werkgebouw staan, maar mensen komen hier samen om stiekem een sigaret te roken zonder te worden beoordeeld, vooral als ze wiet roken. Ik denk dat als je rookt, de stank van afval je niet zo veel hindert.

Er staan vier figuren op een rij. De straat is breed genoeg voor een vuilniswagen om achteruit in te rijden, maar deze vier zijn zo groot dat ze bijna de hele breedte van de straat in beslag nemen.

Ik ken deze groep.

Het zijn de orks die hebben geprobeerd om me te vermoorden.

De meest rechtse is degene die de bouwhelm droeg toen ik bijna door vallende voorwerpen werd gedood. Naast hem staat de vrouwelijke ork die me na het bouwongeval met haar auto bijna in een pannenkoek veranderde. De hondenuitlater-ork staat naast de vrouwelijke ork en na haar komt de grootste ork die eerder vandaag deed alsof hij een overvaller was en die de blauwe plek op mijn schouder achterliet.

"Het is 8.45 uur," zegt de overvaller-ork met een stem die me de rillingen zou bezorgen als ik een lichaam had. "Waar is hij?"

"Ja," zegt de vrouw, haar stem is bijna net zo zwaar. "En waar is Bogof?"

"Bogof is altijd te laat," zegt de hondenuitlater-ork en ik realiseer me dat enge stemmen iets zijn dat alle orks delen. "We kunnen onze zaken zonder hem doen."

Wie is deze 'hij' die de overvaller noemde en trouwens, wie is Bogof? Kan ik aannemen dat Bogof de naam is van een andere ork en niet de afkorting voor de Engelse 'koop er een, krijg er een gratis'-verkooptactiek?

Wat nog belangrijker is, waar staan deze vier op te wachten? Staan ze op het punt om voor de verandering eens iemand anders te overvallen dan ik?

De orks kijken naar de ingang van het steegje.

In plaats van een andere ork — ervan uitgaande dat Bogof een ork is — is de nieuwkomer heel bekend voor me.

Het is Nero en hij loopt regelrecht de groep orks in, alsof hij ze niet ziet.

Wat erger is, een andere ork (waarschijnlijk de eerder genoemde Bogof) volgt Nero van een afstand — en mijn baas lijkt zich daar ook niet van bewust te zijn.

"Nee," wil ik tegen Nero schreeuwen, maar ik heb geen mond. "Ga daar niet heen. Het is een valstrik."

Nero blijft lopen.

De orks vormen een halve cirkel en komen dreigend op hem af.

HOOFDSTUK TWINTIG

Ik doe mijn ogen open.

Mijn hoofd ligt nog steeds op mijn bureau, maar de adrenaline die door mijn lichaam giert, dwingt me om op te staan.

Volgens mijn telefoon is het 20:38 uur.

Ik bel als een bezetene Nero, maar mijn oproep gaat rechtstreeks naar voicemail.

Shit.

Was het scenario in dat steegje een nieuw droomvisioen?

Het voelde in ieder geval als degene die ik een paar dagen geleden had gehad.

Als ik aanneem dat het een visioen was, ging het dan over iets dat vandaag gaat gebeuren? Want als het een profetie voor vandaag is, dan zit Nero vrijwel op dit moment in de problemen.

Zonder verder na te denken pak ik mijn wapentas en ren naar de lift, onderweg op zoek naar bondgenoten.

De meeste van mijn collega's zijn al voor vandaag vertrokken en de weinige analisten die nog aan het werk zijn, zien eruit als watjes.

Kon ik maar een van de beveiligingsmensen van het gebouw vinden.

Dan besef ik dat ik geen tijd heb om mensen te overtuigen om met me mee te gaan. Sterker nog, ik heb al geluk als ik op tijd de steeg kan bereiken als ik helemaal daarheen ren.

De lift arriveert gelukzalig snel en ik druk op de 'P'-knop — de snelste manier om op mijn bestemming te komen.

Mijn hart bonst in mijn borst als ik de bijna lege parkeergarage bereik.

Terwijl ik er doorheen ren, reik ik in mijn tas en haal het pistool er met zweterige vingers uit.

Er zitten zes kogels in dit pistool. Er zijn vijf orks. Mijn kansen zijn niet goed. Al mijn kogels zouden een ork moeten raken, in het ideale geval in het hoofd — gezien mijn schietvaardigheid op de schietbaan is dat een enorm ambitieus doel.

Een laffe gedachte blijft door mijn hoofd dwarrelen. Waarom ben ik bereid om voor Nero mijn leven in gevaar te brengen?

Als ik gewoon een barmhartige Samaritaan had willen zijn, dan had ik het alarmnummer kunnen bellen, hen een verhaal zonder visioenen en orks kunnen vertellen en dan mijn vingers gekruist hebben kunnen houden. Ik heb Nero al geprobeerd te bellen, dus mijn geweten zou schoon zijn geweest.

Maar aan de andere kant, ging de oproep naar voicemail en ik weet dat de politie het niet op tijd zou hebben gehaald. Dus een andere manier om deze laffe vraag te stellen is: ben ik bereid om Nero te laten sterven?

Om de een of andere reden roept alles in mij een volmondig "Nee".

Ik begrijp dat niet van mezelf. Doe ik dit omdat hij gisteravond even aardig tegen me was? Of heeft dit iets met dat hele debacle te maken toen ik schunnige gedachten over hem had terwijl ik een vibrator tegen mijn vrouwelijke delen hield?

Als ik dit overleef (wat helaas onwaarschijnlijk lijkt), dan moet ik erachter komen of ik bepaalde gevoelens voor Nero heb — naast de normale ergernis.

Nee, dat is belachelijk. Ik ga hem alleen redden, omdat dat het juiste is om te doen. Het moedige om te doen. Is dit niet waar het om gaat bij dapper zijn: iets doen waarvan je weet dat het waanzin is?

Ik kom uit de parkeergarage en sla de hoek om.

Ik ben nu een paar meter van het steegje verwijderd en als ik terug zou willen krabbelen, dan zou dit het juiste moment zijn.

Ik adem diep in, verstevig mijn greep op het pistool en haast me naar de hoek.

Als ik er omheen loop, heb ik maar een korte blik nodig om te verifiëren dat mijn droom inderdaad een visioen was.

Nero is er al. Al omringd door de orks — net als in mijn droom.

De andere ork — Bogof — is er ook, recht voor me. Ik denk dat zijn plan is om Nero van achteren te bespringen.

"Nu of nooit," denk ik bij mezelf en richt mijn pistool in de lucht.

HOOFDSTUK EENENTWINTIG

Het pistool ligt zwaar in mijn hand, waardoor ik me pijnlijk bewust ben van mijn gekneusde schouder. Ik bijt op mijn kiezen, negeer de pijn en stap in de richting van Bogofs enorme rug.

Terwijl ik de loop tegen de berg vlees druk, sis ik, "Als je nog een centimeter beweegt of een geluid maakt, dan sterf je."

Bogof blijft staan waar hij is.

Ik trek de loop over zijn rug om hem tegen zijn hoofd te drukken, hoewel ik gedwongen ben om op mijn tenen te gaan staan om er echt bij te kunnen. Terwijl ik Clint Eastwood kanaliseer, fluister ik, "Dat is een .44 Magnum, etter."

De ork heft zijn uitpuilende armen boven zijn hoofd. "Ik had je gewoon moeten laten verdrinken," snauwt hij binnensmonds.

Zei hij net wat ik denk dat hij zei? Al die adrenaline

maakt het moeilijk om me te concentreren, maar ik denk dat Bogof zojuist heeft toegegeven dat hij me de onverklaarbare reanimatie heeft gegeven — en me waarschijnlijk ook in het water heeft geduwd.

Die enorme rug komt me wel heel bekend voor.

Voor ons bevinden de andere vier orks zich binnen een armlengte van Nero.

Nero's gezicht is vanuit mijn gezichtspunt niet zichtbaar, maar hij lijkt niet gespannen genoeg te zijn voor de situatie. Hij nadert gewoon de overvaller-ork — de grootste van de vijf exemplaren voor me — en een moment staan ze daar, elkaar aanstarend met hun borst vooruitstekend, als hanen vlak voor een vechtpartij.

Ik realiseer me een grote fout in mijn hele reddingsplan. Als ik met mijn doel op een van de vier orks naast Nero schiet, dan is de kans net zo groot dat ik hem zal raken in plaats van hen.

Nou, ik heb Bogof tenminste onder controle. Bovendien kan ik in de lucht schieten en proberen om ze af te schrikken. Ze weten niet hoe slecht ik kan schieten.

"Het was niet de bedoeling dat je haar kwaad zou doen," gromt Nero tegen de overvaller-ork en hij laat me zo erg schrikken dat ik het pistool bijna laat vallen. Zijn gemene toon laat kippenvel in mijn nek ontstaan en het duurt even voordat ik doorheb wat hij eigenlijk zei.

Het pistool voelt alsof het met elke seconde

zwaarder wordt. Naar wie verwijst deze 'haar' waar Nero het over heeft? Het kan onmogelijk —

De schouders van de overvaller gaan hangen. "Ik —"

"Je hebt haar een *blauwe plek* bezorgd, stomme imbeciel." Als ramen die in de buurt zijn zouden barsten bij Nero's stemgeluid, dan zou het me niet verbazen.

Met trillende handen probeer ik te begrijpen wat er gebeurt.

Mijn baas had het net over een blauwe plek.

Ik heb een blauwe plek.

Voordat ik de betekenis van wat Nero net brulde verder kan ontleden, doet hij iets.

Iets onnatuurlijk snel.

Het ene moment gromt de overvaller-ork een of ander antwoord, het andere moment ontploft zijn hoofd in kleine stukjes — bloed en hersenmaterie spuiten als een kapotte brandkraan over de rest van de groep.

Nero beweegt weer.

Zelfs met het waas van zijn snelheid, ziet zijn arm er verkeerd uit. Het is groter dan normaal en ik zie een glimp van zoiets als klauwen.

Wat Nero ook doet, het resultaat is dat de rest van het lichaam van de overvaller op de grond regent alsof iemand een bom in hem tot ontploffing heeft gebracht.

De gigantische handen van de hondenuitlater-ork ballen zich tot vuisten zo groot als mijn hoofd. "Hij heeft gewoon gedaan wat jij —"

Nero stormt in een waas naar hem toe en het lichaam van de hondenuitlater explodeert in kleine stukjes orkvlees en gebroken botten.

Ik ben zo geschokt door de ernst van dit geweld dat ik bijna mijn pistool in Bogof leegschiet, hoewel ik het pistool eigenlijk wil laten vallen en weg wil rennen.

De computer die mijn brein is crasht. Een klein stemmetje van rationaliteit herinnert me aan een feitje dat ik hier in mijn haast helemaal vergeten ben.

Iedereen loopt altijd op zijn tenen in de buurt van Nero — en ik begrijp nu waarom.

De vrouwelijke ork schreeuwt iets, maar haar schreeuw verandert in een bloederig gegorgel als haar hoofd in de ene richting vliegt en haar verscheurde lichaam in de andere.

De bouwwerf-ork lijkt de slimste en probeert op mij en Bogof af te rennen.

Hij komt niet verder dan een meter voordat Nero hem te pakken krijgt. De bewegingen van mijn baas zijn nog steeds wazig, maar het resultaat is maar al te duidelijk — nog een ork die in een ork-kebab verandert, het bloed spuit alle kanten op.

Bogof beeft.

Mijn eigen hart zit in mijn keel.

Nog steeds met bloed en vlees van orks bedekt, draait Nero zich naar ons toe — de woeste uitdrukking in zijn blauwgrijze ogen, is zelfs in de verste verte niet menselijk.

Bogof moet beseffen dat dood door mijn kogel

misschien de voorkeur heeft boven wat Nero in gedachten heeft, dus draait hij zich om.

Verstijfd, heb ik alleen tijd om te beseffen dat zijn groene huid niet bedekt is met make-up voordat hij zijn mond opent voor mijn pistool.

Er zitten beduidend meer dan tweeëndertig tanden in zijn muil, plus slagtanden — iets wat zijn onopvallendere verwanten moeten hebben weggevijld.

Even lijkt het alsof hij wil dat ik hem achter in zijn keel schiet, zelfmoordstijl. In plaats daarvan hapt hij naar het pistool.

Het geknars van verwrongen metaal op bot doet de legendarische nagels op het bord in vergelijking hemels klinken.

Zonder te knipperen verwerk ik het onmogelijke eindresultaat.

De helft van mijn wapen zit in Bogofs mond en de andere helft zit in mijn bezwete hand terwijl de enorme armen van de ork zich om me heen beginnen te sluiten.

Ik ben zo geschokt door het feit dat de kaken en tanden van de ork sterk genoeg zijn om door staal te bijten dat ik eindelijk de trekker overhaal.

Er gebeurt niets.

Bogof spuugt het uitgekauwde metaal uit en leunt naar voren, terwijl hij met zijn bedorven adem over me heen ademt.

Ik gooi de restanten van mijn pistool tegen zijn vooruitstekende voorhoofd.

Bogof knippert niet eens. In plaats daarvan maken

zijn gigantische armen de eerdere omhelzingsbeweging compleet en drukken ze me tegen zijn enorme lichaam.

Zonder me de kans te geven om afscheid van het leven te nemen, heropent hij zijn muil boven mijn hoofd.

HOOFDSTUK TWEEËNTWINTIG

Dit is het.

Als hij een pistool doormidden kan bijten, dan zullen die tanden als door een suikerspin door mijn schedel scheuren.

Alleen krijgt de ork geen kans om zijn mond te sluiten.

Zijn handen zien er weer normaal uit, Nero grijpt Bogofs kaken in een manoeuvre die in tekenfilms op krokodillen wordt toegepast en — met nauwelijks enige inspanning — scheurt hij de mond van de ork doormidden.

Bloed en hersenweefsel spatten over me heen.

Nero gaat nog steeds te snel voor me om alles volledig te registreren, hij doet iets anders met zijn handen.

Bogofs enorme armen vallen met een harde klap om me heen op de grond.

De ork spuwt liters bloed uit de lege kassen waar

zijn armen en hoofd zaten en valt dan op de grond —
waar Nero's trap door zijn enorme borstholte breekt
en het gigantische hart verplettert dat daar nog steeds
na alle mishandeling klopte.

Mijn verlamming breekt en ik deins achteruit,
negeer het bloed dat mijn gezicht bedekt en in mijn
ogen druppelt.

"Gaat het met je?" vraagt Nero, zijn stem zo
onnatuurlijk laag dat hij mijn interne organen laat
trillen.

Ik veeg met mijn mouw over mijn gezicht, hoewel
ik net zo goed kan proberen om een schotwond met
een wattenstaafje schoon te maken. Het enige wat me
lukt, is om het bloed over mijn gezicht te smeren.

Ik blijf achteruitlopen en staar naar het bloedbad
om ons heen, alsof het antwoord op Nero's vraag door
de ingewanden van de ork te inspecteren zou kunnen
worden geraden.

"Waarom ben je hier?" Met een vloeiende beweging
die er bijna geoefend uitziet, veegt Nero een dikke laag
bloed en smurrie van zijn gezicht.

Verscheurt hij regelmatig orks?

Ik vind eindelijk mijn stem terug. "Waarom *ik* hier
ben? Hoe zit het met jou? Waarom ben jij hier?"

Nero houdt zijn hoofd schuin en doet een stap naar
voren.

Ik doe nog een stap achteruit, maar glijd uit over
een bloederig overblijfsel van een ork. In paniek zwaai
ik met mijn armen en probeer mijn evenwicht te
bewaren.

Nero komt weer in beweging en vangt me op voordat ik in de bloederige smurrie die om me heen ligt kan vallen.

Zijn armen zijn ongelooflijk sterk, zijn lichaam warm terwijl hij me tegen zijn borst houdt. Mijn ingewanden knijpen zich vreemd samen, mijn hartslag gaat nog een tandje hoger terwijl hij me voorzichtig op mijn voeten laat zakken.

"Gaat het met je?" mompelt hij terwijl hij op me neerkijkt.

Mijn benen zijn onvast, maar het lukt me om van hem weg te duwen en op een stuk stoep te stappen waar wonderbaarlijk genoeg geen resten van een ork op liggen.

Tot mijn opluchting volgt Nero me niet.

"Ik zal je geen pijn doen," zegt hij, zijn stem weer op zijn normale diepte.

"Uh-huh." Ik kijk om me heen op zoek naar een andere oase, maar ik sta op het enige stuk grond zonder ork.

Smurrie of Nero? Ik weet niet wat erger is.

"Ik kom niet bij je in de buurt," zegt hij, terwijl hij mijn dilemma correct voorspelt. Met een met bloed doordrenkte hand reikt hij in zijn binnenzak.

Ik weet niet zeker wat ik van hem had verwacht, maar een telefoon stond erg laag op die lijst.

"Eén seconde," zegt hij tegen me.

Mijn ogen puilen uit mijn hoofd en ik kijk toe terwijl Nero nonchalant een nummer intoetst.

"Ja. Met Nero. Ik heb je nu nodig," zegt hij

heerszuchtig. "Bij de afvalcontainers bij mijn gebouw. Vijf supergrote bestellingen. Platinum-tarief is prima."

Ik adem de naar metaal ruikende lucht in en probeer mijn gedachten te ordenen.

Ik kan het niet helpen, maar ik voel dat er iets enorms is waar ik aan zou moeten denken — iets dat op het puntje van mijn tong ligt.

Iets dat duidelijk zou zijn als ik geen adrenaline had die als zuur door mijn aderen stroomde.

Dan weet ik het.

"Hij stond op het punt om te zeggen, 'Hij deed gewoon wat je ons had opgedragen', nietwaar?" zeg ik, mijn stem nauwelijks luider dan een fluistering. "De hondenuitlater-ork." Ik wijs naar de berg van vermengde lichaamsdelen. "Ik was het die ze geen kwaad mochten doen, toch? Ik ben degene met de blauwe plek die je in die... razernij heeft gebracht, nietwaar?"

Nero fronst zijn wenkbrauwen. "Sasha —"

"Hou op met je Sasha." Mijn stem hapert voordat ik me herinner dat ik tegen de man schreeuw die zojuist met zijn blote handen een scène uit *Texas Chainsaw Massacre* heeft nagebootst. Ik haal diep adem en ga weer terug naar een halfkalme toon. "Zeg me dat je deze orks niet hebt ingehuurd om achter me aan te komen."

Nero blijft stil.

Ik bal mijn handen tot vuisten. "Waarom?"

Ik kan de radartjes in zijn manipulatieve geest bijna zien draaien.

"Heb je *The Karate Kid* gezien?" Hij schopt zachtjes een groot stuk Bogof opzij, alsof hij een schoner pad wil creëren voor het geval hij naar me toe wil springen. "Of was dat van voor jouw tijd?"

"Wat?" Ik ben zo verbijsterd dat ik vergeet om boos te zijn. Dan besef ik dat dat misschien zijn doel is, dus ik knijp mijn ogen tot spleetjes en sla mijn armen over elkaar. "Dit kan maar beter naar deze orks leiden."

"In die film," zegt Nero alsof hij me niet heeft gehoord, "wilde een jongen karate leren en zijn meester liet hem verschillende karweitjes uitvoeren die niets met vechten te maken hadden, maar die in werkelijkheid de aanvals- en verdedigingsbewegingen —"

"Wax on en wax off," zeg ik, terwijl mijn gevoel van het betreden van *The Twilight Zone* intenser begint te worden. "Mijn huisgenoot heeft me gedwongen om ernaar te kijken. Maar ik snap nog steeds niet wat —"

"Ik wist dat je een ziener was zodra ik je zag," zegt Nero en terwijl ik van die informatieve schop in mijn maag schrik, gaat hij verder. "Ik wist ook dat je je kracht zou willen beheersen, maar dat er een probleem zou zijn: je diepgewortelde scepsis."

Ik staar hem aan, mijn hoofd dreigt zoals dat van de ongelukkige orks te ontploffen.

"Dus heb ik je begeleid." Nero schopt nog een brok van een ork uit de weg. "Ik heb je aandelen gegeven om te onderzoeken, maar steeds minder tijd om ze goed te onderzoeken." Hij slaat zijn armen voor zijn borst en weerspiegelt mijn houding. "Mijn doel was om je op je zienerskracht te laten vertrouwen om aan mijn toenemende eisen te voldoen — en dat heb je prachtig gedaan."

"Wax on en wax off," mompel ik en begin het te begrijpen.

"Precies," zegt Nero. "Behalve dat het grotere plaatje er nooit is gekomen. Je hebt nooit in jezelf geloofd. Nooit geaccepteerd dat je een ziener bent. In plaats daarvan schreef je je financiële successen toe aan geluk, je slimheid en alles behalve wat je moest geloven. Dat is de reden waarom je krachten zich alleen kunnen manifesteren als je slaapt — wanneer je altijd waakzame bewuste geest in rust is."

Mijn mond staat zo wijd open dat er een straaltje orkbloed in komt en me laat kokhalzen. Ik breng een paar seconden door met venijnig spugen terwijl Nero geduldig wacht.

Tegen de tijd dat ik bijna klaar ben met kotsen, begrijp ik zijn woorden volledig.

Net als een verdomde Peter Pan, moet ik in mijn magie geloven om het te kunnen doen. Dat soort zelfbedrog kwam niet van nature in me op, dus probeerde hij me in de goede richting te duwen door me puur instinctieve aandelenselectie te laten uitvoeren — waarvan ik het succes nog steeds aan geluk toeschreef, zelfs nadat ik ontdekte dat ik zienerskracht heb.

"Je was gefrustreerd dat je geen dagvisioenen had," zegt hij als ik eindelijk stop met proberen om de smaak van orkbloed uit mijn mond te krijgen. "En je hebt me duidelijk gemaakt dat stressvolle situaties je helpen om je visioenen aan te boren — op dat moment waren dat dromen."

Nee.

Hij kan niet menen wat ik denk dat hij zegt.

De orks maakten deel uit van een krankzinnige training om me dagvisioenen te laten krijgen?

Hij staart me aan, zijn blik is onleesbaar.

"Noem je die bijna-doodervaringen serieus 'stressvolle situaties?'" Het ongeloof in mijn stem doet geen recht aan de tornado van verwarring in mijn hoofd. "Ken je de definitie van het woord 'understatement?'"

"Je bent nooit in gevaar geweest." Hij zet een stap naar me toe.

Ik ga zo ver mogelijk achteruit zonder de schone plek te verlaten. "Ik ben bijna verdronken —"

"Bogof was een uitstekende zwemmer." Nero werpt een blik op wat er nog van de ork over is. "Hij zou je hebben gered — tenminste, als het nodig was."

"Een baksteen heeft bijna mijn hoofd ingeslagen." Ik besef dat ik aan het schreeuwen ben.

"Zorgvuldig gericht om tien centimeter bij je vandaan te landen," kaatst Nero terug.

"Die auto —"

"Ik heb twintig mille betaald om die auto aan te passen." Nero zet nog een kleine stap in mijn richting. "Het zou zijn uitgeweken als je niet aan de kant was gegaan — iets wat je jezelf eens af zou moeten vragen. Hoe *wist* je dat je weg moest springen?"

Ik negeer zijn vraag, ook al is het een verdomd goede. "Hoe zit het met de hond? Ga je daar staan en me vertellen dat het een robothond was? Of zat er een bom in die je in staat zou hebben gesteld om hem op te blazen als ik in gevaar was?"

"Max is een goed getrainde hond van vlees en bloed en hij zou je geen pijn hebben gedaan, zelfs niet als jij hem eerst pijn had gedaan." Als ik niet beter wist, dan zou ik denken dat Nero er beledigd uitziet — het lef van die vent. "Ik zou zo'n hond niet doden. Wat voor monster denk je —"

Mijn lach is bijna borderline hysterisch. Hij *is* een monster, al heb ik geen idee wat voor soort. "De laatste gast hield een pistool tegen mijn hoofd —"

"Die was leeg." Nero haalt nog een stuk bloederig orkafval tussen ons vandaan. "Maar omdat je niet alleen was, week de imbeciel van zijn script af. Ik hoop dat we het erover eens zijn dat hij en zijn verwanten er duur voor hebben betaald." Hij gebaart nonchalant naar het bloedbad.

Ik kijk niet om me heen, anders begin ik weer te kokhalzen. "Ik had nog steeds dood kunnen zijn. Ik had onder de steen kunnen springen in plaats van er vandaan, ik had in dezelfde richting kunnen springen als de auto als hij uitgeweken zou hebben, ik —"

"Je was veilig," zegt Nero met een onwrikbare toon. "Darian was me een gunst verschuldigd en ik heb hem de uitkomst van deze oefening laten voorspellen." Zijn gezichtsuitdrukking wordt donker. "Hij verzekerde me dat het goed zou komen."

Ik vecht tegen de drang om een sappig stuk orkvlees op te rapen en het naar Nero's hoofd te gooien. "Zelfs als dit verhaaltje over Darian waar zou zijn, dan zijn zijn visioenen geen garantie voor mijn veiligheid." Dan laat een of ander duiveltje me eraan toevoegen, "Wist je bijvoorbeeld dat je goede vriend Darian zichzelf in de toekomst als mijn minnaar zag?"

Nero's ogen glinsteren van bereidheid om iets of iemand in stukjes te hakken.

Is hij jaloers?

En zo ja, kan het me dan iets schelen?

"Zoals je kunt raden," zeg ik terwijl ik mezelf om het bloedbad heen laat kijken, "als Darian hier iets mee te maken had, dan zou de rooskleurige toekomst die hij zag niet gebeuren."

"Daar kunnen we het over eens zijn." Nero's gezicht ziet er bijna net zo angstaanjagend uit als tijdens de slachting. "Jij en Darian zullen nooit gebeuren."

De bezitterige toon in zijn stem stuurt mijn sudderende woede naar kokend gebied.

"Ik heb mijn eigen visioenen gehad," vertel ik hem met gebalde vuisten. "Zodra je het verdomde ding hebt, kan het veranderen. Alleen al het feit dat hij je vertelde dat het goed zou komen, had tot mijn dood kunnen leiden."

Nero's gezicht wordt rustiger en keert terug naar zijn koele gebrek aan uitdrukking. "Met al zijn fouten is Darian veel beter in voorspellen dan jij. Hij overweegt de impact van zijn eigen visioen en zelfs het effect van visioenen van andere zieners. Zijn leven stond op het spel toen ik de gunst vroeg, dus hij zou dit niet verkeerd hebben gehad." Nero klinkt alsof hij ons allebei probeert te overtuigen.

"Ziet dit er voor jou goed uit?" Ik trek de kraag van mijn shirt opzij en laat hem mijn blauwe plek zien.

Zijn ogen glinsteren gevaarlijk als hij het ziet. Staat hij op het punt om die klauwen weer te laten ontkiemen?

Dan weet ik het. Hij wist al van mijn blauwe plek — dat tot dit bloedbad geleid lijkt te hebben. Ik heb hem tijdens die videoconferentie verteld dat ik gewond was geraakt, maar niet de details, dus de enige manier waarop hij specifiek over de blauwe plek zou hebben geweten, is als die geruchten over camera's op kantoor (waar ik mijn schouder onderzocht) waar waren.

Ik kan echter niet veel bozer worden dan ik al ben. Een schending van de privacy is niets vergeleken met wat hij me al heeft aangedaan.

"Zelfs als ik niet in gevaar was — hoewel ik dat wel was — had je niet het recht om me dit aan te doen," zeg ik terwijl ik hem woedend aankijk.

"Als je werkgever had ik het volste recht om je werk te doen te geven," zegt Nero, terwijl hij een stap naar me toe doet. "En wat betreft het testen van je vaardigheden, dat is goed binnen mijn recht als je mentor."

"Is dat zo?" Ik ben zo kwaad nu ik echt naar hem toe loop — en meteen in een bloederige plas stap. De smerigheid van lichaamsdelen die onder mijn schoenen geplet worden, zorgt ervoor dat de gal naar mijn keel stijgt en voordat ik er beter over na kan denken, zeg ik tegen Nero, "In dat geval stop ik. Ik stop met deze baan" — ik wijs met mijn duim naar het gebouw van het beleggingsfonds achter me — "en ik stop zeker met *jou*."

Hij overbrugt de afstand tussen ons, zijn grote lichaam doemt boven me uit. "Dat meen je niet," mompelt hij en de intieme toon in zijn stem versnelt mijn hartslag nog meer.

Vechtend om mijn ademhaling rustig te houden, stap ik terug op de oase zonder bloed. "Oh, ik meen het. Ik heb in mijn leven nooit iets meer gemeend dan dit. Zoek een andere ziener die je kunt mishandelen."

"Ik wil geen andere." Hij stapt naar de rand van mijn uitweg.

"Wat jij wilt is niet mijn probleem." Ik ben nog nooit zo trots geweest om iets op een rustige manier te zeggen.

Is Nero net groter geworden of heeft hij altijd zoveel driedimensionale ruimte ingenomen? Het is alsof een veel groter wezen in het lichaam van een man gevangen zit en die zich nu een weg naar buiten dreigt te banen. "Je neemt nu overhaaste, emotionele beslissingen," zegt hij en hoewel zijn toon ijzig is, is zijn muntachtige adem warm op mijn gezicht. "Je *zult* van gedachten veranderen."

Een gebrul van motoren onderbreekt mijn messcherpe reactie — waarschijnlijk is dat beter.

Hoe verleidelijk het ook is, het is niet verstandig om

deze bovennatuurlijke Jack the Ripper of wat Nero ook is, tegen je in het harnas te werken.

Een van de auto's die arriveert is een lijkwagen, terwijl de andere er als een kruising tussen een foodtruck en een van die gepantserde auto's uitziet waar banken geld in vervoeren.

De auto's parkeren aan de rand van de smurrie en hun deuren gaan allemaal tegelijk open.

Het verbaast me niet om Pada te zien — de man die een soortgelijke puinhoop van zombielichaamsdelen voor Vlad heeft opgeruimd, evenals een zeer geanimeerde zombie voor mij.

Zijn jongens zien eruit als jongere versies van hem, tot aan hun zwarte leren jacks en de chagrijnige uitdrukkingen op hun gezichten aan toe.

"Jik, pak de bottenzaag," roept Pada tegen een Aziatische jongen die de jongste van het stel lijkt te zijn. "Wen, jij werkt vandaag met de pomp," schreeuwt hij tegen een andere man, die er vaag Indiaans uitziet.

De bemanning valt de puinhoop met griezelige efficiëntie aan.

"Hoe zit het met haar?" vraagt Pada aan Nero, terwijl hij naar me wijst alsof ik een bloederig karkas ben dat onder zijn bevoegdheid valt.

"Ze moet naar huis worden gebracht," zegt Nero. "Kun jij haar brengen terwijl je collega's het hier afmaken?"

Pada gromt, reikt naar de achterkant van de lijkwagen en haalt een grote rode regenjas tevoorschijn.

"Doe dat aan," zegt hij tegen me, zijn stem iets vriendelijker dan normaal.

Nog steeds met een mond vol tanden, maar opgelucht bij het vooruitzicht om naar huis te gaan, trek ik het afschuwelijke ding over mijn hoofd en smeer overal bloed aan.

Pada reikt in de grotere auto en komt terug met een grote witte handdoek. Voordat ik kan protesteren, dept hij mijn gezicht ermee. Mijn ogen prikken en de geur van iets chemisch zorgt ervoor dat ik wil niezen en kokhalzen tegelijk — een gevaarlijke combinatie.

Probeert hij me te chloroformen?

Nee.

Ik ben nog steeds pijnlijk bij bewustzijn.

Wanneer Pada eindelijk de handdoek afpakt, lijkt het op een tampon uit een slasher-film.

Hij opent de deur van de lijkwagen en kijkt me aan. "Ga alsjeblieft naar binnen."

Ik doe wat me is opgedragen, me bewust van Nero's ogen die me van waar ik sta tot naar de auto helemaal volgen.

"Ik meen het." Ik draai me om en kijk naar Nero terwijl ik de deurklink vastgrijp. "We zijn klaar."

Nero begint te antwoorden en ik doe met veel plezier de deur dicht voordat hij een woord kan uitbrengen — niet dat iets wat hij zou zeggen me van gedachten zou doen veranderen.

"Geweldig idee," zegt Pada als hij binnenkomt en zijn eigen deur sluit. "Waarom zou je de duivel niet tegenwerken als je toch bezig bent?"

"Weet je zeker dat Nero niet echt de duivel is?" vraag ik, slechts half een grapje makend.

"Als ik wist wat hij was, dan denk ik niet dat ik bij de levenden zou zijn," fluistert Pada, alsof Nero ons in de auto kan horen — en voor zover ik weet, zou hij dat kunnen.

Ik zeg niets meer, dus Pada start de auto en zet hem in zijn achteruit.

De lijkwagen rijdt achteruit de steeg uit en na wat aanvankelijk gedoe manoeuvreert Pada hem de straat op.

"Ik heb nooit de kans gekregen om het je te vragen," zeg ik als we door Broadway rijden. "Wat voor een Cognizant ben *jij*?"

"Een eerlijk werkende," zegt hij, zijn ogen nog steeds op de weg gericht.

"Serieus?" Ik draai me naar hem toe, mijn regenjas maakt rubberachtige ritselende geluiden.

"Ik weet niet zeker wat je wilt dat ik zeg." Pada geeft richting aan om een afslag te nemen. "De mythen over mijn soort zijn nogal onflatteus."

"Dat interesseert me niet." Ik doe de capuchon van de regenjas af, krijg een boze blik van Pada en doe hem weer op.

"Als je erop staat, dan zal ik je wat voorbeelden geven," zegt hij met een geërgerde zucht. "Bijvoorbeeld, de voorouder van Jik heette in Japan Jikininki." Hij kijkt me aan voor een reactie, krijgt een lege blik en voegt eraan toe, "De betovergrootvader van Wen werd een Wendigo genoemd — misschien heb je daar wel eens van gehoord?"

Een wendigo doet in de verte een belletje rinkelen, maar ik moet mijn telefoon pakken en beide namen googelen — een actie waar ik spijt van heb zodra ik beschrijvingen zie zoals 'geesten die menselijke lijken eten' met een verwijzing naar Jikininki en 'mythisch kannibalistisch monster' in verwijzing naar de Wendigo.

"Onflatteus?" Ik bestudeer enkele van de door mensen getekende afbeeldingen van de twee wezens. "Dat zou je niet zeggen."

"We dienen een cruciaal doel." Pada snijdt venijnig een gele taxi af en rijdt in één enkele manoeuvre bijna een voetganger omver. "We geven zeker geen moer om iemands delicate gevoeligheden."

"*Ik* waardeer je," zeg ik geruststellend, voor het geval hij het over mijn gevoeligheden heeft — die verre van delicaat lijken. "Sorry als ik een beetje kribbig doe. Getuige zijn van Nero die voor versnipperaar speelt, heeft de neiging om dat in me naar boven te halen."

"Dat was een aardige puinhoop," zegt Pada terwijl hij nog een afslag neemt.

"Ja." Ik wrijf in mijn ogen, alsof dat op de een of andere manier de snuff-film van mijn netvlies zal wissen. "Vind je het erg als ik even bel?"

"Ga je gang." Pada reikt in de diepte van zijn leren jack, haalt een koptelefoon tevoorschijn en doet die over zijn oren. Luider voegt hij eraan toe, "Ik moet me waarschijnlijk toch op de weg concentreren."

Ik antwoord met een duim omhoog en pak mijn telefoon. Ik heb nog steeds die afspraak om elf uur vanavond met Baba Jaga en ik denk dat ik die maar beter naar een avond kan verplaatsen waarop ik niet een nacht heb doorgehaald en een bloedbad van orks heb overleefd.

Ik pak het telefoonnummer van Baba Jaga's restaurant en bel.

De prettige vrouwenstem neemt weer in vloeiend Russisch op en als ik naar de eigenaar vraag, verbindt ze me, zoals eerder, met de manager door.

"Sasha," zegt Koschei met zijn kenmerkende grafbewaarder-stem. "Ik had verwacht om pas later op de dag iets van je te horen."

"Dat is eigenlijk waarom ik bel." De auto gaat over een kuil, dus ik pak de telefoon steviger vast. "Ik wil mijn afspraak verzetten naar een andere dag. Als dat goed is."

Het is doodstil aan de andere kant van de telefoon.

"Hallo?" zeg ik. "Is de verbinding verbroken?"

"Nee," zegt Koschei, zijn stem een paar tandjes griezeliger.

"Nee, de verbinding is niet verbroken?"

"Nee, het is niet 'oké' om je afspraak af te zeggen."

"Prima," zeg ik zo beleefd mogelijk onder de gegeven omstandigheden. "Dan zie ik je om elf uur, volgens onze eerdere afspraak."

"Zorg dat je er op tijd bent," zegt Koschei vlak en hangt op.

"Wat een charmeur," mompel ik binnensmonds.

Pada lijkt me niet op te merken. In plaats daarvan neuriet hij op het deuntje dat uit zijn koptelefoon ontsnapt - *No one loves me and neither do I* van Them Crooked Vultures.

In plaats van Pada's rust te verstoren, sluit ik mijn ogen in de hoop om in te dommelen en misschien een droomvisioen met nuttige informatie over de ontmoeting met Baba Jaga te krijgen.

Helaas, ondanks hoe graag mijn hersenen ernaar verlangen, val ik niet in slaap.

"We zijn er," zegt Pada en ik open mijn ogen om te zien dat we inderdaad naast mijn gebouw staan. "Laat me met je meelopen."

Hij opent de deur en leidt me naar de lift.

"Je kunt koud water gebruiken om de bloedvlekken los te weken," zegt hij gemoedelijk nadat hij op de knop voor mijn verdieping heeft gedrukt. "Daarna kun je wat waterstofperoxide aanbrengen, even in laten trekken en dan met warm water afspoelen."

"Ik bewaar geen met bloed doordrenkte kleren," zeg ik huiverend. "Ik hoop alleen dat ik het van mijn huid kan krijgen."

"Met wat warm water en zeep zou je zo goed als nieuw moeten zijn," zegt hij. "Als je deze kleren niet wilt houden, dan kan ik ze het beste meenemen."

De lift kondigt zijn aankomst aan.

"Klinkt goed," zeg ik en we stappen uit.

Ik loop als ik een overdreven vrouwelijke zucht hoor.

Achteromkijkend zie ik Rose haar vuilniszak laten

vallen. Haar blik is op de bloedvlekken gericht die ik net achter me heb achtergelaten.

"Alles is goed," zeg ik snel tegen Rose. "Dat is niet mijn bloed."

"Ik zal de rotzooi opruimen," zegt Pada. "Hallo, Rose."

"Hallo, Pada," zegt ze, terwijl ze hem minachtend aankijkt voordat ze zich weer op mij concentreert. "Sasha, lieverd, je kunt je maar beter gaan wassen en dan verwacht ik dat je bij me langskomt en uitlegt wat er aan de hand is."

"Hoe laat is het?" vraag ik.

"Half tien," zegt Pada nadat hij op zijn horloge heeft gekeken.

"In dat geval zal ik wel tijd hebben om even langs te komen voor een kop koffie," zeg ik tegen Rose. "Ik heb om elf uur een afspraak in Brighton Beach."

"Ga," zegt Rose. "Je druppelt overal bloed."

Ik loop snel naar mijn appartement en doe de deur van het slot.

"Hallo?" roep ik als Pada en ik naar binnen gaan. "Is er iemand thuis?"

Fluffster en Ariël komen naar buiten om ons te begroeten. Ariëls gezicht wordt spierwit en dat van Fluffster doet waarschijnlijk het chinchilla-equivalent — ik ben niet zo goed in het lezen van knaagdiergezichten.

"Alles is goed," ratel ik. "Het bloed is niet van mij."

Ze overstelpen me met een spervuur van vragen,

maar ik ontwijk ze allemaal en ga rechtstreeks naar de badkamer.

"Ariël," roep ik als ik mijn bestemming bereik. "Kun je me alsjeblieft een paar vuilniszakken brengen?"

Als ze dat doet, stap ik in het bad, sluit het gordijn, kleed me uit en gooi al mijn bebloede kleren in de zakken.

Het arme bad ziet eruit alsof iemand zijn polsen erin heeft doorgesneden.

"Kun je dit aan Pada geven met mijn dank?" Ik zet de zakken buiten het bad, niet op een antwoord wachtend, en ik draai de doucheknop naar de maximale waterstroom.

Terwijl ik de body wash grijp, smeer ik mezelf met een dikke laag in en laat de hete waterstromen rode beekjes de afvoer in voeren.

De badkamerdeur gaat dicht, maar gaat al snel weer open.

"Begin met praten," zegt Ariël boven het geluid van stromend water uit.

"Serieus," voegt Fluffster er mentaal aan toe. "Je kunt niet zo binnenkomen en dan niets zeggen."

"Goed dan," zeg ik terwijl ik mezelf met een nieuwe laag zeep insmeer. "Het waren de orks."

Ik vertel ze wat er is gebeurd, waarbij ik me concentreer op hoe en waarom het Nero's schuld was.

"Dat verklaart de rare reanimatie," zegt Ariël als ik klaar ben. "En ook hoe die orks op de aarde terecht zijn gekomen. Nero heeft zeker genoeg invloed om ze hierheen te halen en ermee weg te komen."

"Vooral nu." Hoewel mijn huid op dit moment rubberachtig piept, breng ik nog een dikke laag zeep op mezelf aan. "Ze zijn effectief verdwenen."

"Weet je," zegt Ariël, "je hebt wel gezegd dat je voor de aanslagen iets voelde. Misschien had Nero —"

"Kun je me naar mijn afspraak met Baba Jaga begeleiden?" vraag ik om van onderwerp te veranderen. Het laatste wat ik wil horen is dat ze voor die manipulatieve klootzak excuses maakt.

"Natuurlijk," zegt Ariël. "Ik ga mijn auto klaarmaken."

"Kun je Fluffsters transportbak klaarzetten voordat je vertrekt?" Ik giet nog een grote handvol zeep in mijn rechterhand. "Maatje, ik neem aan dat je het goedvindt om met me mee te gaan. Ik denk dat de heks je daar misschien nodig heeft voor de kuur tegen geheugenverlies — ervan uitgaande dat ze er een heeft."

"Ik kan niet wachten om eindelijk mijn geheugen wakker te schudden." Zijn mentale antwoord loopt over van gretigheid. "Ik wacht in de kooi."

Ze gaan weg en ik spoel en herhaal de zeepbehandeling nog een paar keer voordat mijn huid begint te branden.

Met tegenzin stap ik uit de warmte van de douche, droog me af en poets mijn tanden met dezelfde grondigheid als mijn huid.

Gekleed in een handdoek sluip ik mijn kamer binnen. Na heel kort wikken en wegen besluit ik om me comfortabel aan te kleden en geen make-up op te doen.

Op weg naar de deur van het appartement, vind ik Fluffster al in de speciale kooi die ik voor hem heb gehaald toen ik met hem naar de dierenarts moest.

"Ik moet heel even bij Rose langs," zeg ik tegen hem. "Wil je mee?"

"Ik wacht hier wel," zegt Fluffster, die zich ongetwijfeld Lucifur herinnert, de kat van Rose.

Ik loop naar de deur van Rose.

Als ze hem opent, is haar make-up net zo onberispelijk als altijd. Ze draagt ook nieuwe oorbellen en een stijlvolle zomerjurk die veel huid laat zien — een huid die er gezond genoeg uitziet om aan een vrouw toe te behoren die half zo oud is als Rose. Of de leeftijd waarvan ik aannam dat ze die was toen ik dacht dat ze menselijk was.

De kat slentert rustig naar buiten om te zien wie er voor de deur staat. Met een grote teleurstelling op haar platte, harige gezicht verwaardigt ze zich om mijn bestaan op te merken en rent dan naar de woonkamer.

"Kom binnen," zegt Rose en leidt me naar binnen. "Laat me wat koffie voor je halen."

In de woonkamer ligt de kat in het midden op het tapijt, dus ik loop om haar heen en ga op de bank zitten.

Rose gaat weg en tot mijn totale schrik staat Lucifur op, springt naast me op de bank en gaat tegen mijn been liggen, gewoon spinnend.

"Staat de hel op het punt om te bevriezen?" vraag ik aan de kat. "Of is dit omdat ik je leven heb gered?"

Ze werpt me een koude blik toe die lijkt te zeggen,

"Je bent warm, en Onze Majesteit moest *ergens* tegenaan kruipen. Laat het niet ineens naar je hoofd stijgen."

Rose komt terug en geeft me een warme mok koffie, waarvan ik nip terwijl ik mijn verhaal herhaal — deze keer met ork-ongelukken beginnend en met de ork-moes eindigend.

"Volgens mij moet je nog verder terug beginnen," zegt Rose terwijl ze achteroverleunt in haar luie stoel. "Je hebt me nooit verteld hoe je bij de Cognizanten bent gekomen en als leerling bij Nero bent beland."

"Dat moet ik je een andere keer vertellen." Ik wrijf verstrooid Lucifur onder haar kin — en ze bijt mijn vinger er niet af, wat betekent dat ze het lekker vindt. "Ik moet er zo vandoor."

Rose trekt haar perfect getrimde wenkbrauw op en ik vraag me af hoe moeilijk dat gebaar moet zijn om met al die Botox uit te voeren.

Ze blijft me aankijken, dus ik leg snel uit hoe mijn zoektocht naar mijn biologische ouders me naar de aanstaande ontmoeting met Baba Jaga hebben geleid.

Rose luistert aandachtig naar mijn verhaal. Misschien vindt ze als heks het project om Fluffsters geheugen te herstellen fascinerend?

"Je moet voorzichtig zijn als het om Jaga gaat," zegt ze als ik klaar ben. "Zoals ik je al heb verteld, kunnen heksen gevaarlijk zijn en dit geldt dubbel zo erg voor haar."

"Nou," zeg ik, terwijl een plotselinge uitbarsting van hoop een idee in mijn hoofd doet oplichten. "Denk je dat *jij* het geheugen van mijn domovoj kunt herstellen?" Ik neem een slok van mijn koffie. "Als jij dat zou kunnen, dan zou ik niet naar haar hoeven te gaan."

"Helaas niet," zegt Rose, met neergeslagen blauwe ogen die zwaar onder de mascara zitten. "Mijn specialiteit is krachtmanipulatie. Als je zou willen dat ik je domovoj een tijdje sterker maakte, of beter beschermd, dan zou ik dat kunnen, maar wat je zoekt, is het werkterrein van Baba Jaga." Ze kijkt even nadenkend en zegt dan, "Ik denk dat ik wel iets voor je kan doen." Ze haalt een ring van haar pink en geeft die aan me. "Doe dit om."

Ik doe de ring om. Het is een eenvoudige zilveren ring met een klein juweel erop.

Een juweel dat me bekend voorkomt, realiseer ik me.

Het is een minuscuul neefje van de steen die Nero in een leugendetector veranderde toen de Raad me ondervroeg — de steen die ook aan de ketting zat die ik tijdens mijn jubileum droeg en die ik nog steeds in mijn kamer heb liggen.

"Haal diep adem," zegt Rose en wijst met haar wijsvinger naar de ring.

Ik adem nadrukkelijk in en dat is wanneer een blush-roze stroom energie van de vinger van Rose in de kleine ring straalt.

De ingehouden adem sijpelt met geweld uit mijn longen terwijl tintelende energie zich door mijn lichaam verspreidt, waardoor ik verrassend nieuwe energie krijg — hoewel dat deel te wijten kan zijn aan de koffie die begint te werken.

"Wat is dit?" Ik onderzoek de ring.

"Bescherming," zegt Rose, terwijl ze opstaat uit haar stoel. "Nu kun je beter gaan. Je wilt iemand als Baba Jaga niet laten wachten."

Ik onderdruk een tiental vragen, schuif Lucifur voorzichtig opzij en sta op.

"Wat er ook gebeurt, teken geen contracten," zegt Rose. "Contracten zijn in onze wereld nogal bindend."

Ik knik net als de deurbel gaat.

De lippen van Rose krullen zich in een veelbetekenende glimlach. "Kom mee. Ik zal je naar buiten leiden en hem binnenlaten."

We lopen naar de deur en als ze die opent, verbaast het me niet dat Vlad daar staat.

Zijn blik glijdt bijna onopgemerkt over me heen en richt zich dan waarderend op Rose.

De perfectie van zijn gebruikelijke donkere en sombere blik wordt door een zweem van een glimlach ontsiert die net zo ongrijpbaar is als die van de Mona Lisa.

Hij slentert naar binnen en — voordat ik hallo en tot ziens kan zeggen — grijpen zijn bleke handen Rose in een stevige omhelzing.

Ik loop naar de uitgang alsof het appartement in brand staat, maar ik zie hem haar nog kussen.

Met passie. Op de mond.

Ik kan niet anders dan stomverbaasd staren.

Ja, intellectueel gezien weet ik dat Rose en Vlad een

item zijn, maar het is nog steeds schokkend om van dit openbare vertoon van genegenheid getuige te zijn — het soort schokkend als in dat je ouders seks hebben.

"Ik kan maar beter gaan," mompel ik en dan zie ik serieuze tongbewegingen en ga ik op weg naar mijn appartement om Fluffster zo snel mogelijk te halen.

Met de kooi in mijn hand loop ik naar buiten, stap in Ariëls auto en vertel mijn huisgenoot alles wat ik net heb gezien.

HOOFDSTUK DRIEËNTWINTIG

DE BEDIENDE BIJ IZBUSHKA ZEGT IETS TEGEN ONS IN HET RUSSISCH. Ariël glimlacht niet-begrijpend naar hem en overhandigt de sleutels.

Ik pak Fluffsters kooi van de achterbank en zeg, "Als ik deze week nog een keer naar Brighton Beach kom, dan mogen ze me wel een gratis fles wodka geven."

We lopen de trap op en Ariël mompelt iets onverstaanbaars terwijl ze naar de kippenpoten bij de ingang staart.

Een uitsmijter met het formaat van een ork (maar die duidelijk menselijk is) opent de zware deuren voor ons en zegt ook nog iets in het Russisch. We zeggen bedankt in het Engels en sluipen het restaurant binnen.

De hut is vanbinnen allesbehalve rustiek. Er is overal marmer en kristal te zien en het doet me aan de Metropolitan Opera denken — vooral als iemand het ergens in Vegas had nagebouwd en zwaar op de bling was gegaan.

Op een podium in het midden van de zaal is een cabaretvoorstelling bezig. De Russisch klinkende muziek is vrolijk, maar hetzelfde kan niet over de klantenkring worden gezegd.

Hoewel ik een hekel heb aan stereotypering, dwarrelen er maar twee woorden door mijn hoofd terwijl ik het assortiment duistere getatoeëerde kerels en hun met siliconen versterkte escorts in me opneem.

Russische maffia.

"Jij moet Sasha zijn," zegt een bekende stem.

Ik draai me om. Hoewel hij persoonlijk nog skeletachtiger klinkt, ziet Koschei er niet uit zoals ik me had voorgesteld — als een uitgemergelde oude man. Hoewel hij inderdaad slank is, is hij jong en gevaarlijk knap. Zijn schouderlange haar is gitzwart en zijn marmergroene ogen fonkelen ondeugend terwijl hij ons van onder zijn blauwzwarte wenkbrauwen aan staart.

"En jij bent?" vraagt hij aan Ariël, terwijl er een halve grijns op zijn gezicht verschijnt.

"Hier om ervoor te zorgen dat niemand met mijn vriendin klooit," antwoordt ze met een glimlach die de dreiging in haar stem nauwelijks verbergt.

"Alleen de ziener mag naar binnen. Je zult hier moeten wachten." Hij gebaart naar een kleine tafel.

Ariël kijkt me onzeker aan. Ik knik en ze neemt de aangeboden plaats in.

Koschei gebaart naar een ober, wendt zich dan tot mij en zegt, "Volg."

Hij loopt zonder achterom te kijken dieper het restaurant in.

Telkens wanneer een gangstertype Koschei in de weg staat, kijkt de magere man de overtreder alleen maar aan en de een na de andere grote, getatoeëerde jongen gaat aan de kant alsof ze met iemand te maken hebben die driemaal zo groot is.

Koschei heeft duidelijk een reputatie.

"Daar naar binnen," zegt hij als we een deur achterin naderen.

Ik reik naar het handvat en merk dat deze ingang precies op een deur lijkt die naar een eenvoudige houten hut gaat — volledig in strijd met de verder chique omgeving.

De deur gaat met het krakende geluid van een oude houten achtbaan open.

"Hallo, schat", zegt iemand van binnenuit met een zwaar Russisch accent. De androgyne stem klinkt alsof hij van iemand uit de oudheid is.

Ik stap voorzichtig naar binnen, maar voordat ik over de drempel ben, geeft Koschei me een licht duwtje in mijn rug. Ik strompel naar binnen en hij gooit de deur achter me dicht.

Terwijl ik mijn evenwicht hervind, onderzoek ik de kamer en de bewoner.

De ruimte ziet eruit als een replica van een boshut met zijn houten muren, vloer en plafond. Jaga moet een fetisj voor hout hebben, want zelfs de kom en lepels zijn van hout — in de felgekleurde stijl van Matroesjka-poppen versierd.

Ik zie tenminste geen contracten die ik moet vermijden om te ondertekenen.

Mijn gastvrouw — in de veronderstelling dat dit Baba Jaga zelf is — ziet er zelfs ouder uit dan haar stem deed vermoeden. Sommige rimpels op haar voorhoofd hebben hun eigen rimpels. Ze ziet er zelfs zo oud uit dat ik haar voor een oude man aan had kunnen zien. Alleen haar opgepofte paardenbloemachtige kapsel is op de een of andere manier vrouwelijk. Haar outfit ziet er nog ouder uit dan zij is, het bestaat als het ware uit een soort ruwe doek met gaten erin. Een aardappelzak misschien?

Ondanks dit alles zijn haar ogen niet waterig. Ze schitteren met scherpe intelligentie en kracht.

"Sasha?" Ze spreekt mijn naam op dezelfde manier uit als de ouders van Felix.

"Hoi," zeg ik. "Baba Jaga, toch?"

"Ben je een ziener?" vraagt ze, haar accent wordt zwaarder.

Ik knik.

"Zieners zijn nuttige dingen." Jaga springt kwiek van haar houten stoel, steekt haar hand uit en mompelt iets binnensmonds.

"Rennen," zegt Fluffster in gedachten. "Ze is je aan het betoveren."

Voordat ik de woorden van mijn huisdier volledig kan registreren, laat staan ernaar handelen, schiet er zwarte bliksem uit de vingers van de heks en raakt ze me recht op mijn voorhoofd.

Een ondraaglijke pijn raast door mijn hersenen en vertroebelt mijn gedachten.

"Ze probeert je eigen wil te stelen," zegt Fluffster, zijn mentale stem klinkt alsof hij van een afstandje komt. "We zijn niet in mijn domein, dus ik kan haar niet tegenhouden. Het spijt me."

HOOFDSTUK VIERENTWINTIG

De pijn in mijn hersenen verschuift subtiel — alsof een magneet de verachtelijke energie van mijn hoofd in mijn lichaam trekt.

De pijn reist door mijn schouder en in mijn hand.

Het is zo intens dat ik de transportbak van Fluffster bijna laat vallen.

Dan zie ik de zwarte elektriciteit in de buurt van de ring van Rose roze worden en zo plotseling als de pijn verscheen, verdwijnt deze onschadelijk, net op het moment dat de ring doormidden scheurt.

"De spreuk is mislukt," laat Fluffster me opgewonden weten. "We moeten weggaan voordat ze er nog een uitspreekt."

Aangezien ik niet weet hoe ik Fluffster mentaal moet aanspreken, vertel ik hem niet dat het niet gemakkelijk is om uit een afgesloten kamer te komen die door Koschei wordt bewaakt die aan de andere kant staat.

Dan weet ik het.

De ring van Rose heeft me beschermd.

Hij is nu alleen kapot, dus de bescherming is weg.

Puur instinctief doe ik alsof ik Fluffsters kooi van de ene hand naar de andere beweeg. Gebruikmakend van het magische principe van een grotere beweging die een kleinere verbergt, draai ik de ring zodat de steen naar mijn handpalm wijst.

Zoals ik had gehoopt, lijkt Baba Jaga niet te hebben gemerkt dat ik met de ring rommelde.

In plaats daarvan kijkt ze vol ontzag dat ik me überhaupt kan bewegen.

Ik kijk haar dreigend aan.

Als ze mijn blik opvangt, gebruik ik haar afleiding om mijn hand te krullen alsof ik een kaart erin heb gepalmd. Op deze manier zal ze de staat van de ring niet zien, hoewel ik hoop dat ze er niet eens naar zoekt.

"Heb je net geprobeerd om mijn gedachten over te nemen?" vraag ik haar op een gemoedelijke manier, alsof meer mensen hebben geprobeerd om hetzelfde te doen, maar die het ook niet is gelukt.

Ze staart me aan. "Je lijkt machtige vrienden te hebben." Haar accent is ineens veel minder uitgesproken. "Het lijkt erop dat ik vandaag geen snelkoppelingen kan gebruiken. Het is eigenlijk maar beter. Ik kan wel wat oefening gebruiken om op de ouderwetse manier te onderhandelen." Ze kijkt me aan alsof ze me voor het eerst ziet. "Wat was het dat je wilde, schat?"

Ik ben enorm geneigd om te zeggen dat ik helemaal

niets wil, maar intuïtie waarschuwt me voor zo'n handelwijze. "Mijn domovoj," zeg ik gelijkmatig en til de kooi hoger op. "Ik wil zijn geheugen herstellen."

Ik wou dat Nero hier was, zodat ik hem kon vertellen dat ik gewoon mijn intuïtie heb gevolgd zonder erbij na te denken. Ik ben duidelijk naar hem aan het luisteren en begin in mijn krachten te geloven. En als Nero hier was, dan wed ik dat deze heks niet met me zou hebben geknoeid.

"Een domovoj?" Baba Jaga bekijkt de kooi met belangstelling. "Hoe heb je er een gekregen?"

"Dat hoop ik te weten te komen." Ik vecht tegen mijn zenuwen terwijl ik een stap in de richting van de oude vrouw zet en Fluffster dichter bij haar gerimpelde neus breng. "Hij herinnert zich niets van wat er is gebeurd voordat hij deze dierlijke vorm aannnam."

Ze sluit één oog en bekijkt Fluffsters snorharen als een juwelier. "Dat doen ze nooit. Zet hem daar." Ze wijst met een kromme vinger naar het houten bureau.

Ik zet de kooi voorzichtig op tafel en maak hem open.

Baba Jaga nadert Fluffster en reikt naar hem.

Zonder enige aarzeling bijt Fluffster in haar vinger.

"Een pittige." Jaga rukt het kootje weg van de chinchilla. Ze kijkt hem streng aan en zegt met gedempte stem, "Je vergeet dat we niet in jouw domein zijn. Hier, in de mijne, ben je precies hoe je eruitziet — een rat met een vacht."

"Fluffster," zeg ik, opnieuw op instinct handelend dat me vertelt dat mijn vriend in echt gevaar is. "Wees aardig tegen de dame. Ze probeert te helpen."

Met haar vinger in haar mond loopt Baba Jaga naar de hoek van de kamer waar een gigantische vijzel naast een grote bezem staat. "Ik zou kunnen proberen om zijn herinneringen te herstellen. Ik heb dat met anderen van zijn soort gedaan, zij het minder koppige. Misschien herinnert hij zich slechts een glimp van zijn allerlaatste belichaming, of misschien herinnert hij het zich allemaal in detail — er zijn in deze business geen garanties.

"Maar je zou het kunnen," bevestig ik.

"Ik zou het kunnen," zegt ze en als ze grijnst, zie ik maar een paar gekartelde tanden in haar verder lege mond.

"Dus." Ik vecht om kalm te blijven. "Wil je het doen? Alsjeblieft?"

"Je smeekt zo lief." Baba Jaga glimlacht nog breder, er verschijnt een groot, gerimpeld kuiltje in haar wang. "Ik zal het doen. Maar op een dag en die dag zal misschien nooit komen, zal ik je oproepen om een dienst voor mij te bewijzen. Maar tot die tijd — "

"Citeer je uit *The Godfather*?" vraag ik, het ongeloof ervan maakt me hysterisch aan het giechelen.

"Wat als ik zou zeggen 'oog om oog?'" Baba Jaga's glimlach wordt roofzuchtig. "Of misschien, 'jij helpt mij en ik help jou?'"

"Ik vertrouw haar niet," zegt Fluffster dringend in

gedachten. "Ze zal ongetwijfeld binnen vijf minuten om die gunst vragen en je zult het niet leuk vinden."

Nogmaals zou ik willen dat ik mentaal op Fluffster kon reageren. Ik zou hem dan zeggen dat ik zonder enige bescherming van Rose in een behoorlijk kwetsbare positie verkeer. Als Baba Jaga iets graag genoeg van me wil, dan kan ze haar eerdere spreuk opnieuw proberen en deze keer zou het zonder problemen werken.

Wat zou ze überhaupt van me kunnen willen? Ze maakte er een groot iets van dat ik een ziener was, dus het meest waarschijnlijke scenario is dat ze een profetie wil — of dat is tenminste de beste gok die mijn vermoeide, met adrenaline doordrenkte brein kan bedenken.

Misschien als ik mijn schoonheidsslaapje had gehad, dat ik dan ik in een betere positie zou zijn geweest om dit uit te zoeken.

"Ik zal niets onwettigs voor je doen," zeg ik na een pauze. "Daarmee bedoel ik dat ik geen menselijke wetten zal overtreden, of geschreven of ongeschreven regels onder de Cognizanten."

"Anders nog?" vraagt ze iets te vrolijk. Houdt ze echt van onderhandelen of is ze gewoon met haar eten aan het spelen?

"De gunst moet binnen mijn mogelijkheden liggen op het moment van het verzoek," zeg ik, in de veronderstelling dat als ze me binnen een kwartier om een profetie vraagt, ik in alle eerlijkheid kan zeggen dat ik mijn krachten niet onder controle heb en er niet aan kan voldoen. "Je kunt van je gunst niet een verzoek maken om nog veel meer gunsten," voeg ik eraan toe, denkend aan alle verhalen over de djinn.

"Akkoord." Baba Jaga spuugt op haar hand en strekt die naar mij uit.

Ik speur de kamer af op zoek naar een houten pot ontsmettingsmiddel, vind er geen en steek met tegenzin mijn hand uit om de hare te schudden.

Dit is tenminste een mondelinge overeenkomst — ik was bang dat ze me zou vragen om iets te ondertekenen.

"Is de spreuk of wat het ook is gevaarlijk voor hem?" Ik kijk Fluffster bezorgd aan nadat ik mijn hand heb weggetrokken en met de heimelijke vaardigheid van een goochelaar aan mijn broek heb afgeveegd.

"Nee," zegt Baba Jaga. "Hij is direct na de behandeling misschien zwak, maar zodra je hem terugbrengt naar zijn domein, zal hij zo goed als nieuw zijn."

"Laatste kans om je terug te trekken," zeg ik tegen hem.

"Ik maak me zorgen om jou, niet om mij," zegt Fluffster in gedachten. "Ik wil niet dat je dit schepsel vanwege mij iets verschuldigd bent."

"Ik doe dit voor mezelf," herinner ik hem hardop — het maakt me niet uit of Baba Jaga dit hoort, want het is geen groot geheim dat ze kan gebruiken.

"Goed dan," zegt Fluffster. "In dat geval ben ik er klaar voor."

"Doe het." Ik kijk naar Baba Jaga met een vertrouwen dat ik niet voel. "Je hebt een deal."

Met een gezicht vertrokken van concentratie, strekt Baba Jaga haar knoestige handen uit in Fluffsters richting en dunne zwarte energie stroomt van haar vingers in Fluffsters vacht.

HOOFDSTUK VIJFENTWINTIG

Fluffster schreeuwt.

Geen getjilp of kreetjes zoals bij normale chinchilla-vocalisaties, maar hij schreeuwt op een manier waarvan ik niet wist dat zijn kleine keel dat kon produceren.

Hij begint dan te beven alsof hij een epileptische aanval heeft — of, misschien meer toepasselijk, alsof hij door een elektrische stoel ter dood wordt gebracht.

"Stop! Je gaat hem vermoorden!" Ik scan de kamer op zoek naar iets zwaars om Baba Jaga mee op het hoofd te slaan.

"Het komt wel goed met hem," gromt de heks. "Hij is in zijn soort gewoon een oud en sterk exemplaar, dat is alles."

De energie blijft uit haar vingers spuiten en Fluffsters vacht staat alle kanten op, alsof hij in een stekelvarken is veranderd.

Het volgende moment stopt zijn gespartel en valt hij op zijn zij.

Baba Jaga's energie doorboort zijn levenloos ogende lichaam even en houdt dan op.

De heks ziet bleek als ze de tafel met trillende hand vastpakt.

"Je kunt het maar beter waard zijn, meisje," zegt ze met een nauwelijks hoorbare fluistering. "Ik heb in vijftig jaar niet zoveel sap verbruikt."

Ik negeer de heks, buig me over Fluffster heen en leg een hand op zijn borst.

Zijn hartslag is traag en zijn ademhaling oppervlakkig, maar hij leeft duidelijk nog — wat betekent dat Baba Jaga ook zal leven, hoewel het een interessante puzzel is hoe ik haar uit wraak had kunnen vermoorden.

"Maatje," zeg ik tegen de domovoj. "Gaat het met je?"

Hij reageert niet.

"Je kunt hem beter naar zijn domein brengen." De heks ploft vermoeid in een stoel, haar bewegingen passen nu beter bij haar leeftijd. "Zijn domein is jouw thuis, voor het geval je zijn aard niet kent."

"Bedankt." Ik heb al mijn acteerkracht nodig om haar niet in het gerimpelde gezicht te slaan. "Dat zal ik nu gaan doen."

Ik hou Fluffsters kleine lijfje tegen mijn borst, loop naar de deur en laat de transportbak achter voor Baba Jaga als souvenir.

Koschei opent op dat moment de houten deur, alsof hij de helderziende is in plaats van ik.

Ik passeer hem zonder hem een tweede blik te geven en sprint naar Ariëls tafel.

"Wat is er aan de hand?" zegt Ariël zodra ze me ziet. Dan valt haar blik op mijn handen. "Is alles goed met Fluffster?"

"Dat kan hij maar beter zijn. Hij moet naar huis, hoe eerder hoe beter."

"Natuurlijk." Ze springt overeind. "Laten we gaan."

Met haar bovennatuurlijke kracht baant Ariël voor ons een weg door de menigte. Tot mijn opluchting gedragen de gangsters die ze bijna aanvalt alsof we onzichtbaar zijn geworden.

"De auto. Nu," roep ik naar de parkeerbediende zodra we buiten zijn. Om mijn woorden kracht bij te zetten, haalt Ariël een twintigje tevoorschijn en duwt het in de hand van de man.

De parkeerbediende haast zich de hoek om en na een paar lange seconden rijdt hij onze straat weer in met Ariëls Hummer.

"Gas erop," zeg ik tegen Ariël als we erin zitten.

Dat doet ze en de banden gieren als we als een torpedo naar voren schieten.

Ariël moet in het leger hebben geleerd om agressief te rijden. De Hummer snijdt als een tank door het verkeer. Iedereen, zelfs de gele taxi's, geven zich aan ons over en maken de weg vrij.

Om mezelf van een beginnende paniekaanval af te leiden die ik door Ariëls rijstijl op voel komen, vertel ik haar tot in het kleinste detail wat er in Baba Jaga's houten kantoor is gebeurd.

"Godzijdank had je de bescherming van Rose," zegt Ariël. "Als Jaga in haar betovering was geslaagd, dan zou ze volledige controle over je hebben gehad. Het is nog erger dan de verwekkerband."

Ik onderdruk een huivering en streel Fluffsters slappe lichaam. "Wat is een verwekkerband?"

Ariël schiet de snelweg op, de banden van de auto laten een zwarte streep in ons kielzog achter. "Als een pre-vampier het bloed van een volwaardige vampier drinkt voordat hij sterft, dan zal de donorvampier de sire van de resulterende vampier zijn — en de nieuwe vampier zal tien jaar lang moeten doen wat hem wordt opgedragen."

"Wauw. Waarom zou een pre-vamp gezien de gevolgen ooit het bloed drinken?"

"Het is de enige zekere manier voor een pre-vamp om te veranderen." Zonder haar intentie kenbaar te maken, wisselt Ariël naar de middelste rijstrook — vlak voor een snelbus. "Als een pre-vamp niet krachtig genoeg is, dan veranderen ze misschien niet als ze doodgaan. Ze kunnen echt sterven — en de enige manier om erachter te komen is door echt te sterven zonder het bloed van een andere vampier te drinken. De meesten verkiezen de zekerheid van de verwekkerband boven de onzekerheid van vrijheid met kans op overlijden."

Ik overweeg dat soort keuze als we naar de linker

rijstrook wisselen en versnellen om de snelheidslimiet te verdrievoudigen.

In tegenstelling tot de mijne zijn Fluffsters ademhaling en hartslag onveranderd, hoewel ik dankbaar moet zijn dat de dingen niet slechter zijn geworden.

De rest van de rit is een waas van adrenaline voor me en ik adem pas angstig uit als we bij Battery Park aankomen en Ariël voor het eerst sinds we het restaurant hebben verlaten op de rem trapt.

Met een schok die zo heftig is dat mijn gekneusde schouder weer pijn begint te doen, stoppen we.

Ik houd Fluffster in mijn linkerhand terwijl ik met mijn rechterhand het autoportier open en de geur van verbrand rubber van de banden inadem.

Ariëls telefoon piept met een binnenkomend appje.

Ze kijkt ernaar en krimpt ineen. "Ik moet gaan. Ik ben straks weer terug. Kun je me appen zodra Fluffster zich beter voelt?"

Ik knik en haast me naar ons gebouw.

Als ik geen haast had, dan had ik Ariël gevraagd waar dat over ging, maar ik heb toch mijn vermoedens. Het was waarschijnlijk weer een seksafspraakje met Gaius. Of is het een nek- of bloedroep, als je 'gewoon een vriend' een vampier is?

Het kan mijn verbeelding zijn, maar de chinchilla voelt warmer aan als we het gebouw binnenkomen en zijn ademhaling is gelijkmatiger tegen de tijd dat ik de lift op onze verdieping verlaat.

Ik pak mijn sleutels, open de deur van het

appartement en loop de keuken in. Ik leg Fluffster op tafel en bestudeer hem grondig.

Zijn ademhaling is nu normaal, zijn hartslag stabiel, maar hij antwoordt nog steeds niet als ik hem roep.

"Het komt wel goed met je," zeg ik tegen de bewusteloze chinchilla. "Ik ga even mijn vuile schoenen uittrekken en het licht bij de voordeur uitdoen."

Ik had gehoopt dat het vooruitzicht om op elektriciteit te besparen een reactie van hem zou krijgen, maar helaas niet.

Als ik weer bij de deur kom, zie ik daar een pakketje liggen. Felix moet het eerder hebben binnengebracht, wat betekent dat hij thuis moet zijn.

Als ik om me heen kijk, zie ik ook het favoriete paar sneakers van Felix liggen.

Maar als hij thuis is, is het vreemd dat hij niet naar buiten is gekomen om me te begroeten. Misschien heeft hij zijn koptelefoon op?

Dan zie ik een sierlijk paar stiletto's die niet van mij of Ariël zijn.

Tenzij Felix heeft besloten om met travestie te experimenteren, moet hij midden in een echte Netflix-en-chill-date zitten.

Ik doe mijn schoenen uit en mijn blik valt weer op het pakje.

Er staat een eBay-logo op, dus het moet mijn aankoop van een videorecorder zijn — iets wat ik met alle tegenspoed volledig vergeten was.

Dan zie ik de naam van de afzender en dreigen mijn ogen uit hun kassen te springen.

"Hoe?" mompel ik terwijl ik het nog een keer lees.

Het pakket is van Darian.

Hij had de videorecorder op het juiste moment en tegen de juiste prijs moeten aanbieden om hem mij te laten kopen toen ik dat deed. Maar waarom zou je je met zo'n poppenkast bezighouden? Eerst stuurt hij me de VHS-band en verkoopt me dan een apparaat dat nodig is om het af te spelen.

Als ik me geen zorgen zou maken om Fluffster, dan zou ik het pakje meteen openscheuren, maar voor nu, draai ik me om om terug te gaan naar de keuken — en dan merk ik eindelijk de geur op.

Een lekkere geur die ik eerder heb geroken, tijdens mijn bijna fatale samenzijn met Harper de incubus in Nero's Earth Club.

Alleen al de herinnering aan de ontmoeting doet het haar in mijn nek overeind komen — net zoals de magie van de geur zijn afrodisiacumeffect op andere delen van mijn lichaam heeft.

Als een hond laat ik me door mijn neus leiden en de geur wordt sterker naarmate ik de kamer van Felix nader.

Als ik er bijna ben, dwingt een sterk onheilspellend gevoel me om te stoppen en rustig adem te halen.

Alleen blijkt diep inademen een slecht idee te zijn.

Het verhoogt hoeveel incubus-juju in mijn longen komt.

Mijn geest staat op het punt om volledig wazig te

worden, maar met een pure wilsinspanning wend ik de ongewenste opwinding af.

Hoe kan dit gebeuren?

Waarom ruik ik Harper?

Meer dan ooit wil ik dat mijn stomme krachten zouden werken.

Nero heeft gezegd dat ik in mezelf moet geloven, maar het frustrerende is dat ik op dit moment volledig in mijn krachten geloof, het lijkt me alleen geen goed te doen.

De geur wordt nog intenser, waardoor ik er geen twijfel over heb waar het vandaan komt — de kamer van Felix.

Dit is wanneer de geur of de stress ervan, het vreemdste gevoel ooit creëert.

Bliksemschichten ontploffen in mijn zicht.

Heb ik net mijn hoofd gestoten?

Het bliksemeffect voelt alsof het uit mijn handen rechtstreeks in mijn oogbollen stroomt.

Net zo plotseling als het kwam, verdwijnt de visuele illusie en sta ik nog steeds voor de deur van Felix zijn kamer.

Een kreun bereikt me van onder de deur. Het is moeilijk om te zeggen of het een kreun van pijn of plezier is — dat is gezien de krachten van Harper geen van beide goed.

Mijn lichaam werkt als op de automatische piloot, ik verzamel al mijn kracht en trap de deur in.

HOOFDSTUK ZESENTWINTIG

DE DEUR ZWAAIT MET EEN KNAL OPEN, MAAR NIEMAND lijkt mijn komst op te merken.

Ik staar naar het bed van Felix, mijn ogen weigeren om te geloven wat ze zien.

Harper is hier, hij zit op een bleke en naakte Felix.

Alleen lijkt de incubus niet op zichzelf.

Het sleutelwoord is 'hij'.

Harper is een volwaardige *zij*.

Haar naakte lichaam laat geen twijfel over haar dodelijke vrouwelijkheid bestaan. Haar borsten zijn parmantig en stevig, en er is een duidelijk gebrek aan iets anders dan vrouwelijke anatomie tussen haar benen. Haar make-up accentueert de mooie gelaatstrekken die in de club al opvielen, en ik vraag me af hoe ik ooit iets anders had kunnen zien dan een vrouw toen ik naar dit wezen keek.

"Een sexy, lekkere vrouw," fluistert een deel van mij

verleidelijk, maar ik schud mijn hoofd en doe mijn best om dat verraderlijke gefluister te negeren.

Ik kijk onder Harper en het lijkt alsof in de paar ogenblikken sinds ik de deur heb geopend, de trillende heuvel van vlees die Felix is, bleker en zwakker is geworden.

Harpers lippen zweven in de buurt van Felix' geslachtsdelen, en zijn erectie ziet eruit alsof hij twintig potten Viagra heeft ingenomen.

"Dus je bent een succubus," zeg ik hardop, in de hoop dat ik de betovering van Felix verbreek. "Ik dacht bij de club dat je een incubus was."

Harpers aandacht gaat van Felix naar mij.

Haar mooie gezicht vervormt zich in een angstaanjagende glimlach. "Je hebt mijn vriendin vermoord," zegt ze, haar stem nu duidelijk vrouwelijk. "Nu ga ik jou en je vriendje vermoorden."

"Welke vriendin?" wil ik zeggen, maar voordat ik zelfs maar de kans krijg om mijn mond te openen, opent Harper haar pruilende lippen, ademt diep in, en springt er een soort blauwe energie van het kruis van Felix in haar — waardoor Felix als een verdorde schil achtergelaten wordt.

Harper ziet mijn geschokte uitdrukking en reikt in Felix zijn borst alsof hij een badkuip gevuld met warm water is, rukt zijn gekrompen hart eruit en gooit het met een zachte plof voor mijn voeten.

Ik staar naar het bebloede hart, dan naar Harper. Mijn hersenen kunnen de informatie die mijn zintuigen sturen niet aan.

Harper springt op en landt met een klap van haar blote voeten op de grond naast het bed — waarvan er één op Felix zijn hart stapt en het platdrukt.

Dan kijkt ze me aan.

De succubus-stank doet de lucht om haar heen glinsteren, en ondanks mijn pogingen om niet te ademen, wordt haar gezicht zo verleidelijk mooi dat een deel van mij ernaar verlangt om in haar uitgestrekte armen te springen.

Ik dwing mezelf om naar het dode lichaam van Felix te kijken.

Dat heeft zij gedaan.

Ze heeft hem vermoord.

De woede die in mijn slapen pulseert, maakt het mogelijk om de dodelijke aantrekkingskracht van Harper te bestrijden — en het monster lijkt dit te herkennen, omdat ze alle schijn van verleiding laat vallen, en haar gezicht is in zijn eigen masker van woede verwrongen.

Ik bal mijn handen tot vuisten, mijn nagels graven zich pijnlijk in mijn handpalmen.

Harpers keel ontketent een onmenselijke schreeuw en ze springt op me af.

HOOFDSTUK ZEVENENTWINTIG

IK PROBEER EEN STOMP TE GEVEN NAAR WAAR IK GELOOF DAT HARPERS GEZICHT HOORT TE ZIJN, maar ze beweegt zich te snel en mijn vuist mist zijn doel.

Dan duwt ze me — en ik heb het gevoel alsof ik door een auto ben aangereden terwijl ik richting de vijfenzestig-inch tv van Felix vlieg.

Ik bots tegen het scherm, de lucht verlaat mijn longen terwijl een brandende pijn in mijn schouderblad explodeert.

Een scherpe rand van wat er nog over is van een videogameconsole heeft mijn rug doorboord, realiseer ik me terwijl er in een bloedoffer aan Nintendo iets warms naar beneden druppelt.

Harper doemt boven me op.

Ze vindt het blijkbaar niet leuk om me aan de rand van de tv-standaard geklemd te zien staan, omdat ze op mijn arm begint te stompen — en de eerdere pijn wordt een verre herinnering als de botten in mijn onderarm als glutenvrije crackers knappen.

Sterren exploderen in mijn ogen, en mijn keel stoot een stembandenscheurende schreeuw uit.

Bij het zien van mijn gekwelde gezichtsuitdrukking glimlacht Harper sadistisch en stampt ze zo hard op mijn hand dat ook elk bot daarin verbrijzelt.

Deze keer klinkt mijn schreeuw dierlijk en hees. Een deel van mijn gezond verstand verdwijnt samen met mijn stem, en ik krijg bijna — maar helaas niet volledig — een black-out. Het is alsof mijn geest naar een kleine ruimte in mijn hersenen van de pijn ontsnapt — een kamer waar mijn denkvermogen is verminderd, maar niet helemaal verdwenen is.

In deze verminderde mentale toestand is mijn grootste zorg dat ik mijn favoriete kaarttrucs niet meer zal kunnen doen, aangezien er geen manier is waarop een chirurg, hoe briljant ook, in staat zal zijn om mijn arm goed te laten genezen.

De volgende trap van Harper landt op mijn ruggengraat en daar barst iets met een apocalyptisch gekrijs. Ze schopt me weer en de oceaan van pijn verdwijnt volledig — en ik heb moeite om niet na te denken over wat dit betekent.

Mijn aartsvijand grijpt mijn lichaam die op een lappenpop lijkt en loopt naar het raam.

Met een krachtige stoot gooit ze me door het glas.

Terwijl ik val, verwonder ik me erover hoe de scherven van gebroken glas alleen mijn gezicht pijn doen, maar nergens anders.

Ziekelijk genoeg vraag ik me af of dat betekent dat ik de impact niet zal voelen als ik op iets anders dan mijn hoofd land — en dan klapt mijn lichaam tegen de grond.

HOOFDSTUK ACHTENTWINTIG

Ik heb nog steeds een bewustzijn, maar ik voel niets.

Ben ik verlamd?

Nee.

Ik ben lichaamloos. Ik zweef in de kamer van Felix en kijk toe hoe Harper uit het raam naar beneden kijkt naar mijn gebroken lichaam onder haar.

"Dit is voor Beatrice," zegt ze grimmig en ze spuugt naar mijn stoffelijk overschot.

Er beweegt iets achter haar —

———

Ik sta weer voor de deur van Felix.

Waar ik was toen die vreemde bliksem uit mijn handen mijn ogen raakte.

Een hele reeks semi-rationele verklaringen dwarrelen door mijn hoofd, van een epileptische aanval tot iemand die een paddenstoel in mijn ontbijt heeft gestopt.

Ik wijs ze allemaal af.

Wat er net gebeurde was precies zoals mijn droomvisioenen — alleen gebeurde het toen ik wakker was.

Natuurlijk.

Mijn allereerste wakkere visioen.

Nero's hardhandige machinaties en/of mijn groeiend geloof in mijn krachten moeten me eindelijk door deze hindernis heen hebben geholpen. Vlak voordat de bliksem mijn ogen trof, dacht ik er zelfs over na over hoeveel ik in mezelf geloof.

Als ik net een visioen heb gezien, dan betekent dit dat Harper daar is, achter deze deur, en het leven uit Felix aan het zuigen is.

Harper, die een vrouw is, geen mooie vreemdeling die in een boyband zou kunnen zitten, met wie ik bijna iets had gedaan.

Harper, die de vriendin van de dodenbezweerder Beatrice lijkt te zijn — wat verklaart waarom ze achter mij aan zit.

Ze wil het gewelddadige overlijden van Beatrice wreken.

Ze heeft geprobeerd om me bij de club direct te grazen te nemen — en ze heeft via Felix toegang tot me gekregen. Dit moet de reden zijn waarom ik me zo ongemakkelijk voelde toen ik over de date van Felix hoorde. Het was de tinteling van mijn zienerzintuig, niet een of andere rare jaloezie —

Een bekende kreun bereikt mijn oren — het bewijs dat alles zoals in mijn visioen verloopt.

Een schets van een plan vormt zich in mijn hoofd, en hoewel elke vezel in mijn lichaam schreeuwt dat ik op dit moment naar binnen moet rennen en Felix moet redden, weet ik ook dat zulke roekeloosheid ertoe zal leiden dat we allebei sterven.

Nee.

Mijn enige kans om Felix te redden ligt in Ariëls kamer.

Ik haast me ernaartoe, biddend dat mijn kamergenoot haar pistool niet mee heeft genomen toen ze me naar Baba Jaga begeleidde.

Mijn gebeden worden niet beantwoord.

Het pistool is nergens te bekennen.

Gelukkig heeft Ariël haar gewaardeerde zakmes niet bij zich, dus ik pak het en sprint terug naar Felix zijn kamer.

Terwijl ik ren, graaf ik in mijn linkerzak, vind een grote prop flitspapier en steek die op de punt van het mes, zodat ik een papieren kebab maak.

Ik houd het mes voor me, pak een aansteker uit mijn zak en bereid me voor om het aan te steken terwijl ik de deur weer intrap.

De deur zwaait open.

Ik sluit mijn ogen en steek de aansteker aan.

Zelfs door mijn gesloten oogleden heen kan ik zien dat het flitspapier net zo fel afgaat als altijd.

Ik hoop dat het verblindende licht dat

verdovingsgranaateffect zal creëren waar in films SWAT-teams zo vaak op vertrouwen.

Met het mes uitgestrekt spring ik op het bed terwijl ik mijn ogen weer open.

Ik vang een glimp op van de gladde vrouwenhuid en steek tussen Harpers perfecte borsten.

In plaats van haar hart te bereiken, snijdt het mes in de schouder van de al bewegende Harper.

Ik verstevig mijn greep op het mes, tackel haar en ze landt op haar rug.

Ik pin haar als een worstelaar vast, het mes opgetild om opnieuw toe te slaan.

Felix kreunt achter ons. Hopelijk betekent dit dat hij zal blijven leven.

De tijd lijkt te vertragen.

Harpers ogen staren in de mijne, en als blikken konden doden, dan zou die van haar me waarschijnlijk binnenstebuiten keren.

Mijn mes snijdt naar beneden.

Haar hand beweegt zich als een cobra, en ze grijpt het mes bij het lemmet — daarbij in haar handpalm snijdend, maar mijn dodelijke steek voorkomend.

Met een gewelddadige ruk die haar hand tot op het bot moet hebben gesneden, rukt ze het mes bij me vandaan en laat het onder het bed vliegen, een streep bloed achterlatend.

Ik stomp haar in het gezicht.

Ze grijnst. Mijn stomp kietelde haar niet eens.

Dan duwt ze me — en ik vlieg door de kamer.

Met een afschuwelijk déjà vu-gevoel knal ik tegen de tv van Felix aan.

De pijn is niet zo hevig als in mijn visioen. Ik denk dat een deel van mij heeft geleerd hoe ik deze landing een beetje minder impactvol kon maken — dat, of de worp van Harper had niet zoveel momentum, omdat ze op haar rug op de grond ligt.

Toch giert de lucht uit mijn longen, en ik bedenk hoe frustrerend het is als de in een visioen verzamelde toekomst koppig probeert om zichzelf te herscheppen, alsof het een eigen wil heeft.

Terwijl ik zuurstof terug in mijn longen duw, kan ik alleen maar denken aan hoe dit gevecht vanaf hier zal verlopen — gebroken botten, gevolgd door verlamming en de dood.

Ik grijp me aan de tv-standaard vast, in de hoop dat ik er deze keer in zal slagen om overeind te komen voordat ze mijn arm breekt.

Harper springt op, landt naast me en heft haar voet op.

Felix springt naar haar met het mes — en steekt haar in haar dij.

Ze jammert van de pijn en slaat Felix met de rug van haar hand, alsof hij een vervelende mug is.

Het mes klettert op de grond en Felix belandt als een naakte hoop bij het bed.

Harper trapt het wapen weer onder het bed, net op het moment dat ik overeind kom.

Ik hoor de onregelmatige ademhaling van Felix, dus

hij leeft, maar hij beweegt niet. Ik hoop dat hij bewusteloos is of wijs genoeg is om het te faken.

Harper volgt mijn blik, en even lijkt ze te twijfelen over wie van ons ze als eerste af wil maken.

Ik gebruik die afleiding om haar tegen het scheenbeen te schoppen.

Ze barst van de seksuele energie van Felix en knippert niet eens van de pijn. In plaats daarvan grijpt ze me bij mijn schouders en tilt me op in de lucht, zich niet bewust van het feit dat mijn voeten nog meer trappen over haar hele lichaam uitdelen.

Haar bedoeling is duidelijk.

Ze staat op het punt om me door het raam te laten vliegen — net zoals ze in mijn visioen deed.

Dan zie ik beweging achter haar — een beweging die ik aan het einde van het visioen zag.

Het is Fluffster.

Met een onnatuurlijke grauw op zijn gezicht rent hij de kamer binnen.

"Stop!" Het bericht komt in mijn hoofd als een mentale ballistische raket. Het is alsof de gebruikelijke manier van communiceren van Fluffster met genoeg kracht is versterkt om New York een jaar lang van stroom te voorzien. De kracht ervan zorgt ervoor dat ik in een donker hoekje wil kruipen en rillen.

Harper is duidelijk door de mentale aanval getroffen. Ze laat me los en grijpt naar haar oren — alsof Fluffsters schreeuw niet direct in haar geest binnenkwam.

Ik val op handen en knieën en kruip zo ver mogelijk bij Harper vandaan.

De succubus negeert me volledig en kijkt Fluffster aan.

De ogen van de chinchilla die niet langer de smalle ogen van een knaagdier zijn, vernauwen zich en hij begint te groeien.

HOOFDSTUK NEGENENTWINTIG

Terwijl hij groeit, lijkt de domovoj niet op een gigantische chinchilla — wat een aanblik zou zijn dat zo schattig zou zijn geweest dat het als wapen gebruikt had kunnen worden.

In plaats daarvan verandert hij in een wezen uit een nachtmerrie — een samensmelting van tanden, klauwen en een schorpioenachtige angel in plaats van een staart. Tentakels vervangen zijn snorharen en ik zie dodelijke doornen op de punten.

Er klinkt nog een mentale schreeuw van het wezen en Felix en ik grijpen onze hoofden van de pijn. Het klinkt alsof Russische death metal achterstevoren op maximaal volume uit elke luidspreker op aarde wordt afgespeeld.

Harper gilt en doet een stap achteruit.

In een waas van beweging die Nero's snelheid evenaart, duikt Fluffster naar haar toe — een actie die onmiddellijk wordt gevolgd door een hagel van

Harpers lichaamsdelen die als een helse piñata exploderen.

Voor de tweede keer in één nacht zit ik onder het bloed.

Nee, niet alleen bloed, realiseer ik me, terwijl ik naar beneden kijk.

Er zitten ook stukjes ingewanden op me.

Tegen de misselijkheid vechtend duw ik mezelf overeind en kijk om me heen.

Dit is nog erger dan in dat verdomde steegje. Stukken van Harper glijden langs het raam naar beneden en stukjes van haar bedekken het plafond, het computerbureau en Felix zijn bed. Zijn favoriete Matrix-poster ziet eruit alsof iemand hem voor een horrorfilm verwisseld heeft, en de tv is een gebarsten, smerige puinhoop.

Ik probeer niet op Harpers stoffelijk overschot uit te glijden en strompel naar Felix. Ik voel me verrassend intact gezien wat er in het droomvisioen met me gebeurde. Mijn reeds gekneusde schouder doet nu nog meer pijn en mijn bovenrug doet pijn, maar verder ben ik in orde.

Terug in zijn gebruikelijke vorm, blokkeert Fluffster me de weg, extreem ingetogen. "Ze heeft mijn domein geschonden." Zijn mentale stem is ook weer normaal, hoewel hij, bij gebrek aan een betere term, schaapachtig klinkt.

Ik staar hem aan, beelden van tentakels en klauwen zijn in mijn netvlies geschroeid.

De chinchilla staat op zijn hurken en maakt in een afleidend schattig gebaar zijn snorharen schoon.

"Is dat hoe je er echt uitziet?" vraag ik, hoorbaar slikkend — en ik heb er meteen spijt van als ik koper proef.

"Ik weet niet hoe ik eruitzag toen ik dat deed." Hij onderzoekt plechtig de kamer. "Ik weet ook niet hoe ik er echt uitzie. Ik was gewoon boos, dus ik reageerde. Misschien heb ik overdreven gereageerd. Het vervangen van al deze spullen gaat ons een fortuin kosten."

Als ik hoor dat hij zich zorgen maakt over de financiën, moet ik hysterisch grinniken. Dan zie ik hem verbaasd naar me kijken en besef ik dat ik een waardeloze vriendin ben.

"Hoe voel je je?" vraag ik. "Baba Jaga —"

"Ik voel me zo goed als nieuw," zegt Fluffster en hij blaast zijn staart op. "Ik kwam weer bij bewustzijn in de keuken en hoorde een geluid, dus ik ben ik op onderzoek uitgegaan..."

"En je hebt mijn leven gered," zeg ik resoluut, terwijl ik de beelden in mijn hoofd zo veel mogelijk verban. "Zie er gerust weer zo uit als iemand ons probeert te vermoorden."

Fluffster knikt en haast zich de kamer uit — ongetwijfeld om een stofbad te nemen.

Ik besef dat ik vergeten ben om hem te vragen of hij zijn herinneringen terug heeft gekregen, maar dat zal even moeten wachten.

Tegen een nieuwe aanval van misselijkheid vechtend, loop ik naar Felix.

Afgezien van de laag Harper-smurrie, en zijn onmogelijke erectie na al die mishandeling, lijkt Felix in orde te zijn.

Zijn ademhaling is gelijkmatig en er lijkt niets gebroken te zijn — hoewel ik natuurlijk geen medisch professional ben, wat hij momenteel nodig heeft.

Ik pak de telefoon om het alarmnummer te bellen.

"Niet doen," zegt Felix, zijn stem komt nauwelijks boven een fluistering uit. "De staat van deze kamer is misschien heel moeilijk uit te leggen aan de politie."

Ik leg de telefoon weg. "Gaat het wel met je?" Ik zak naast hem op mijn hurken. "Heb je iets gebroken?"

Felix leunt op zijn ellebogen, werpt een blik op zijn naakte lichaam en wordt zo rood dat zijn gezicht dezelfde kleur krijgt als het bloed dat erop is gesmeerd.

Rechtop zittend bedekt hij zich met zijn handen. "Ja, ik ben intact," zegt hij met de stem van een maagdelijke maagd. "Zou je me even een momentje kunnen geven?"

"Natuurlijk," zeg ik, overal kijkend behalve naar zijn handen. "Als je zeker weet dat je in orde bent, ga ik als eerste even onder de douche."

Hoewel ik daar niet rechtstreeks heen kijk, zou ik kunnen zweren dat er iets onder zijn handpalmen begon te trillen en zijn blos verdiept zich in het ultraviolette spectrum.

Ik laat bloederige voetafdrukken op de vloer achter, vlucht naar de badkamer, pak mijn telefoon en app

Ariël om haar te laten weten dat Fluffster in orde is en dat ze 'iets leuks heeft gemist waarover ik haar zal vertellen als ze terug is'.

Vervolgens zoek ik Pada's nummer in mijn contacten en bel hem op.

"Gegroet," klinkt een mannenstem.

"Pada, je spreekt met Sasha. Nogmaals bedankt voor de lift eerder vandaag."

"Sasha. Ik had niet verwacht om zo snel weer wat van je te horen."

Ik kijk naar mijn met bloed doordrenkte reflectie in de spiegel. "Ik ben bang dat ik je hulp in mijn appartement nodig heb."

"Welk niveau van hulp?" Zoals gewoonlijk klinkt hij bijna duizelig bij het vooruitzicht van een gruwelijke schoonmaakbeurt.

"Zoiets als eerder vandaag." Ik huiver. "Het is nu alleen een enkele kleine bestelling," voeg ik eraan toe en herinner me Nero's eufemisme.

"Zo'n schoonmaakbeurt zal je tienduizend dollar kosten," zegt Pada nuchter. "Ik geef je een tarief voor frequente klanten, zelfs als het strikt genomen slechts je tweede directe bestelling is."

Geweldig. Het voordeel dat ik altijd heb gewild: een frequent klantentarief voor een lijkenverwerkingsdienst. Wat nu, een Groupon voor uitvaartarrangementen?

"Dat is prima," zeg ik, wensend dat ik niet zojuist mijn vaste salaris was kwijtgeraakt. "Ik hoop dat je hier snel kunt zijn."

"Ik ben nu thuis, dus je hebt geluk."

Dat is ook zo. Hij woont bij ons in de buurt — nog een twijfelachtige meevaller.

"Bedankt Pada," zeg ik. "Zie je zo."

Ik hang de telefoon op, leg hem op de rand van de gootsteen, kleed me uit en herhaal de agressieve zeeproutine van eerder vandaag.

Wat zegt het over mijn leven dat ik zo goed word in het wegwassen van bloed uit mijn haar?

Als ik klaar ben, is mijn huid rauw van het te veel schrobben, dus smeer ik mezelf in met lotion. Ik wikkel mezelf in een handdoek, pak mijn telefoon, stap over de bloederige vodden op de vloer en loop op blote voeten naar buiten om mijn pantoffels van hun plek bij de voordeur te halen.

In de buurt van Felix zijn kamer roep ik, "De douche is van jou als je hem wil gebruiken."

"Bedankt," roept Felix terug. "Kun je alsjeblieft een paar minuten naar je kamer gaan?"

In plaats daarvan ga ik naar de keuken. Ik reik in de voorraadkast waar Ariël onze medische voorraden bewaart, haal de pleisters tevoorschijn en behandel alle snij- en schaafwonden die ik op mijn lichaam kan vinden.

Als ik daarmee klaar ben, reik ik naar de vriezer en pak ons een-na-laatste pakje diepvrieserwten.

Ik zit aan tafel, leg het koude kompres op mijn schouder, sluit mijn ogen en haal een paar keer ontspannen adem.

Ik moet een paar minuten weg zijn geweest, omdat

Felix de kamer binnenkomt, ook met een handdoek om. Maar aan de andere kant, is het mogelijk dat zijn schoonmaakbeurt niet zo lang duurde als de mijne. Zijn extreem korte douches zijn een van de vele geweldige dingen van het hebben van Felix als huisgenoot.

"Ik heb de bewakingsvideo vanuit mijn kamer en de gang bekeken." Felix gebaart met zijn telefoon. "Dit is verbijsterend."

Misschien is het omdat hij een technomancer is, of paranoïde, of beide, maar surveillance-gizmo's zijn Felix zijn passie — zelfs meer dan andere gadgets. Hij heeft toen we net in het appartement kwamen wonen een alarmsysteem met camera geïnstalleerd. Zijn kamer is de enige slaapkamer die hij daarvan mocht voorzien, maar er worden regelmatig beelden van de gang, woonkamer en keuken opgenomen en overschreven — zodat als er iemand zou inbreken, er een alarm af zou gaan met bewijsmateriaal dat de politie zou kunnen gebruiken.

Toen Ariël en ik met zijn systeem instemden, wisten we natuurlijk niet dat we al een veel beter (zij het een beetje rommelig) systeem hadden: Fluffster.

"Kijk dit eens," zegt Felix terwijl hij me het scherm laat zien. "Ik denk dat dit gebeurde net voordat je Ariëls kamer binnenrende om het mes te halen."

Ik staar naar het scherm.

In de opname loop ik door de gang. Dan stop ik, en blauwe bliksem stroomt uit mijn handen recht in mijn ogen.

In plaats van me te branden, worden mijn ogen glazig, en sta ik daar als een standbeeld, kom dan weer bij en ren Ariëls kamer binnen.

"Ik dacht dat dat bliksemgedoe in mijn hoofd slechts een illusie was," mompel ik. "Ik kan niet geloven dat dat echt het wakkere visioen heeft veroorzaakt."

Ik leg Felix uit hoe ik twee keer met Harper heb gevochten, en hij luistert met zijn mond zo wijd opengesperd dat ik in de verleiding kom om de bevroren erwten erin te gooien.

"Ik vraag me af of hetzelfde tijdens je droomvisioenen gebeurt," zegt hij, en dan wordt hij rood — ongetwijfeld verbeeldt hij zich dat hij over me heen staat terwijl ik slaap.

"Je kunt maar beter gaan zitten," zeg ik tegen hem als ik een paar snijwonden op zijn romp zie die opwellen met bloed. "Laat mij dat maar verzorgen."

Felix legt de telefoon op tafel en gaat zitten. Ik geef hem mijn coldpack om tegen zijn voorhoofd te drukken, pak de EHBO-spullen en maak de Neosporin open.

"Ik heb haar in de coffeeshop ontmoet," zegt Felix, terwijl hij naar beneden kijkt terwijl ik een laag ontsmettingsmiddel op zijn wonden smeer. "Meisjes beginnen nooit een gesprek met me. Het spijt me —"

"Dit is eerder mijn schuld." Ik pak de doos met pleisters en maak er een open.

Ongelooflijk, zelfs met de rest van Harper die zijn hele kamer besmeurd heeft, moet haar feromoonmagie nog steeds door mijn aderen stromen. Elke keer als ik in de buurt van de huid van Felix kom, word ik me hyperbewust van zijn naakte torso — die spieren lijkt te hebben die me nog nooit zijn opgevallen.

Ik haal diep adem en breng de eerste pleister net boven zijn sleutelbeen aan. Mijn vingers strelen onbedoeld zijn nek, en hij rilt zichtbaar onder mijn aanraking.

Pornografische beelden met de caleidoscoop van Felix gaan door mijn hoofd, en te oordelen naar de plotselinge animatie van zijn handdoek, bevindt het hoofd van Felix — allebei zijn hoofden — zich op dezelfde ongepaste golflengte.

"Sasha." Zijn stem is hees en zijn blos is terug, roder dan ooit. "Ik denk dat ik de rest van dit spul zelf moet aanbrengen."

"Weet je het zeker?" vraag ik met schorre stem terwijl ik tegen het waanzinnige verlangen van mijn hand vecht om onze beide handdoeken weg te rukken als een goochelaar die een voltooid effect onthult. "Moet je het zelf doen?" Ik stop en lik mijn plotseling droge lippen. "Ik kan je helpen." Ik pak het geïmproviseerde ijspack uit zijn hand en leg het opzij.

De deurbel gaat.

Al het bloed verlaat Felix zijn gezicht.

"Het is Pada," leg ik uit. "Hij zal de rommel opruimen."

Felix ademt gekweld uit en knikt dan.

Terwijl ik naar de deur loop, zou ik willen dat ik kleren aan had, vooral als Pada zijn collega's mee heeft genomen.

Tot mijn opluchting is Pada alleen en als hij al ziet hoe weinig ik aan heb, dan laat hij dat zeker niet merken.

Volkomen zakelijk, trekt hij een paar ziekenhuisschoentjes aan en begint met schoonmaken — te beginnen met de bloederige voetafdrukken die naar de badkamer leiden.

Zou ik terug moeten gaan naar de keuken?

Nu Felix niet naakt voor me staat, realiseer ik me dat we het risico liepen de door Harper veroorzaakte spanning daar op de keukentafel te verlichten. Dat zou om allerlei redenen afschuwelijk zijn geweest, maar vooral omdat, de grappen van Ariël terzijde, de mogelijkheid bestaat dat Felix inderdaad nog maagd is.

Wat als hij nog nooit zo dicht in de buurt van het moment van seks hebben is geweest als vandaag?

Ik kan gewoon niet de verantwoordelijkheid op me nemen om zijn eerste te zijn, en Felix, van alle mensen, zou ook niet de manier moeten zijn waarop ik mijn lange periode van onthouding doorbreek.

Bovendien is het *Felix*. Wat dacht ik in vredesnaam in de keuken? Harper verdiende echt wat ze heeft gekregen. Die kracht is giftig en het zou verboden moeten worden, net als chemische en biologische wapens, waarvan ik denk dat die lekkere geur dat zou kunnen zijn.

Mijn blik valt op het pakket en ik laat mijn nieuwsgierigheid tijdelijk mijn libido onderdrukken terwijl ik de kartonnen doos pak, het uit elkaar scheur en de videorecorder meeneem naar mijn kamer.

Het kost me een paar minuten om hem op mijn kleine tv aan te sluiten en de band erin te doen.

Darians knappe gelaatstrekken verschijnen op het scherm, zijn groene ogen fonkelen ondeugend.

"Ten eerste," zegt hij, zijn Britse accent zwaarder dan gewoonlijk, "wil ik zeggen dat het me spijt dat ik aan Nero's dwaasheid heb meegedaan. Ik was hem een gunst verschuldigd, zie je, dus toen hij om een visioen over die ork-onzin vroeg, heb ik dat met tegenzin gedaan. Voor wat het waard is — ondanks hoe je je op dit moment misschien voelt — van alle toekomsten van jou die ik heb verzameld, was dit, vreemd genoeg, het beste scenario."

Ik pauzeer de band en blijf daar zitten, naar Darians korrelige gezicht starend.

Het beste scenario?

Alles wat ik zojuist heb meegemaakt?

Wat was dan het alternatief? Zou ik levend opgegeten worden door kannibalen met stompe tanden?

Tenzij... heeft hij het over zichzelf? Een best-case scenario voor Darian zou kunnen zijn dat ik het contact met Nero verbreek —

"Hoi," zegt Fluffster in gedachten, en ik zie hem naast zijn stofbad zitten, veel te attent voor een chinchilla.

"Wil je dat ik het stof ververs?" vraag ik, terwijl ik een lichtrode tint in het poeder zie.

"Ja, alsjeblieft," antwoordt Fluffster dankbaar.

Ik verwissel het en zorg ervoor dat ik het zakje met

het oude stof in de gang zet, zodat Pada het mee kan nemen terwijl hij de rest van het bewijs verzamelt.

Ik ga weer op bed liggen en bedek mijn plotseling koude voeten met de deken. "Dus," zeg ik, terwijl ik Fluffster aandachtig bestudeer. "Heeft de spreuk van Baba Jaga gewerkt? Herinner je je verleden?"

"Ja." Hij klimt op het bedframe en gaat naast me zitten. "Ik kan me van mijn laatste incarnatie alleen stukjes en beetjes herinneren, maar het kan je van pas komen." Hij pauzeert, alsof hij op adem moet komen — wat gezien de mentale aard van zijn communicatie dwaas lijkt. "Ik was een Siberische kat en —"

Ik barst meteen in lachen uit. Ik kan er niets aan doen.

Geen wonder dat hij van die kattenvideo's houdt.

"Mijn naam was Murzik," vervolgt hij. "Ik herinner me Rusland, maar lang geleden — vóór de revolutie die een einde maakte aan de monarchie. Ik herinner me een glimp van mijn huis — en van mijn laatste eigenaar." Hij pauzeert alsof hij het een dramatisch effect wil geven, en ik onderdruk net aan de drang om de informatie uit zijn kleine lichaam te schudden. "Hij heette Grigori," kondigt Fluffster uiteindelijk triomfantelijk aan. "Grigori Raspoetin."

Ik kijk naar mijn chinchilla en hij staart me argeloos aan.

"Dit is geen grap?" vraag ik. Uitdrukkingen op knaagdiergezichten zijn moeilijk te lezen, dus misschien had hij besloten om op het meest ongepaste moment in de geschiedenis humoristisch te zijn. "De man die je vóór de Russische Revolutie bezat — zoals in het begin van de twintigste eeuw — heette toevallig Grigori Raspoetin, die in dat deel van de geschiedenis voorkomt?"

"Ik kende hem gewoon als Grigori," zegt Fluffster. "Het enige dat ik me herinner is een glimp van hem, op de zeldzame dagen dat hij thuiskwam om me op te halen."

Ik spring overeind en google Raspoetin op mijn laptop.

Terwijl ik Fluffster de bebaarde afbeelding op de Wikipedia-pagina laat zien, vraag ik, "Is dit hoe hij eruitzag?"

"Ja," antwoordt hij enthousiast. "Dat is hem."

Ik lees samen met Fluffster de details op de pagina. Raspoetin, die in 1916 stierf, was "een Russische mysticus en zelfverklaarde heilige man die bevriend raakte met de familie van tsaar Nicolaas II, de laatste monarch van Rusland, en die aanzienlijke invloed verwierf in het late keizerlijke Rusland."

"Je herinnert je niets tussen de kat van Raspoetin en deze vorm?" vraag ik Fluffster, terwijl ik mijn best doe om niet zo teleurgesteld te klinken als ik me voel. "Deze herinneringen zijn meer dan honderd jaar oud."

"Dat is het enige wat ik me herinner," zegt Fluffster schaapachtig. "Misschien komt er met de tijd meer naar boven?"

"Ik hoop het," zeg ik en geef hem een geruststellende aai over zijn hoofd.

Dit is niet veel om op door te gaan. In het beste

geval was Raspoetin misschien mijn overgrootvader of zoiets. Een snelle zoekopdracht op internet onthult dat hij kinderen had, dus het is mogelijk dat —

Iemand schraapt zijn keel en klopt zachtjes op mijn deur.

Ik sta op, doe mijn handdoek weer goed en doe de deur open.

"Ik ben klaar." Pada gebaart naar de smetteloze gang. "Ga je weer met een creditcard betalen?"

"Ja." Ik loop naar mijn bureau en pak een kaartje. "Alsjeblieft." Tegen een gevoel van surrealisme vechtend, schuif ik de kaart door een gadget dat Pada aan zijn telefoon bevestigd.

Hij knikt goedkeurend en loopt naar de voordeur.

"Misschien kun je het een paar dagen rustig aan doen." Hij opent de voordeur en stapt naar buiten. "Ik heb genoeg werk te doen. Je hoeft me niet in je eentje baanzekerheid te bieden."

"Ik zal mijn best doen om uit de problemen te blijven," zeg ik droog. "Nogmaals bedankt."

"Geen probleem," zegt hij en loopt naar de lift.

Ik doe de deur dicht en draai me om.

Fluffster staat naast het schoenenrek, zijn hoofd opzij.

"Hé, jongen," fluister ik. "Kun je even naar de keuken gaan en Felix gezelschap houden?"

"Natuurlijk," zegt Fluffster in mijn hoofd. "Hij zal waarschijnlijk een aanval krijgen als hij de kale muren in zijn kamer ziet."

"Je bent geweldig." Ik glimlach naar hem en ga terug naar mijn kamer.

Ik doe de deur achter me op slot, ga weer op het bed zitten en gaap terwijl ik weemoedig naar mijn kussen kijk. Ik kies er echter voor om eerst de video te hervatten — zelfs als ik zo moe ben, val ik misschien pas in slaap als ik de rest van Darians verhaal heb gehoord.

"Dus," zegt Darian met een glimlach. "Nu je Nero's mentorschap hebt afgewezen en je je eerste wakkere visioen hebt gehad, kan ik je eindelijk mijn jubileumgeschenk aanbieden: een techniek die, als je het onder de knie hebt, je in staat zou moeten stellen om naar believen zienersvisioenen teweeg te brengen."

Ik pauzeer de video en staar naar het scherm.

Ik heb deze band al die tijd gehad, dus hij moet lang geleden hebben voorzien dat ik Nero's mentorschap zou afwijzen. Of heeft hij geholpen om het tot stand te brengen? Hoe dan ook, het is griezelig indrukwekkend.

Hij weet ook van mijn wakkere visioen. Betekent dat dat hij van de aanval van Harper wist? Zo ja, waarom heeft de klootzak me dan niet gewaarschuwd?

Dan herinner ik me zijn woorden, "van alle toekomsten van jou die ik heb verzameld, was dit, vreemd genoeg, het beste scenario."

Ik denk dat ik begin te zien waar de negatieve houding tegenover zieners vandaan komt.

Diep zuchtend hervat ik de band weer.

"In een notendop, je moet een speciaal soort meditatie leren," zegt Darian. "Een deel ervan is om je te leren je hoofd leeg te maken, een ander deel is om je zonder enige twijfel in je krachten te laten geloven. Dit is niet iets waarvan ik zou verwachten dat je het snel onder de knie zult krijgen, en ik zou het in je huidige staat van slaapgebrek niet eens proberen. Om te beginnen moet je leren om in- en uit te ademen, terwijl je tot vijf telt."

Van daaruit gaat Darian verder met het beschrijven van de meditatietechniek in kwestie — en hij heeft gelijk. Alleen al het bekijken van zijn beschrijving ervan zorgt ervoor dat ik bijna zittend in slaap val.

Als hij klaar is met de instructies, zit Darian daar maar en staart me aan.

"Ik kan maar beter gaan slapen en dit terugspoelen," zeg ik tegen Darian op het scherm. "Maar dat wist je waarschijnlijk al voordat we elkaar zelfs maar hadden ontmoet."

"Ja," zegt Darian op het juiste moment vanaf het scherm. "Dat wist ik."

Ik schud mijn hoofd, zet de tv uit, doe de handdoek weg en kijk peinzend naar mijn la met Copperfield.

Het belangrijkste dat me tegenhoudt, is het gevoel dat Darian elke beweging die ik doe kan zien — wat gek is. Of beter gezegd, de waarheid is veel gekker.

Wat ik ook doe, hij heeft het me al zien doen, dus ik kan het net zo goed wel of niet doen. Het doet er gewoon niet toe.

Mijn zwakke vlees wint, dus ik haal Copperfield tevoorschijn en handel mijn dingen af — en denk tegen het einde maar heel even aan Nero.

Uitgeput tot elke definitie van het woord, leg ik mijn hoofd op mijn kussen, trek de deken omhoog en sluit mijn ogen.

Terwijl ik in slaap val, vraag ik me af of ik mijn jubileum van een maand als Cognizant zal halen — en of Darian al weet of ik dat wel of niet zal doen.

VOORPROEFJES

Ik hoop dat je van Sasha's verhaal hebt genoten! Haar avonturen gaan verder in *Onwillige helderziende*.

Wil je van mijn nieuwe releases op de hoogte worden gehouden? Meld je aan op www.dimazales.com/book-series/nederlands/ voor mijn e-maillijst!

En sla nu de pagina om voor een sneak peek van *Onwillige helderziende*.

FRAGMENT UIT ONWILLIGE HELDERZIENDE

Een hels geschreeuw rukt me uit de welkome armen van de slaap.

Met een bonzend hart schiet ik omhoog in een zittende positie.

Het kost me een moment om de bron van het geluid te lokaliseren.

Het is mijn telefoon.

Ik grijp het kwaadaardige apparaat ruw vast en staar naar de nummerweergave.

In plaats van een nummer staat er privénummer.

"Nee," zeg ik tegen de onbekende telemarketeer — of wie de lastpost ook is. "Ik neem niet op als ik niet weet wie er belt."

De telefoon blijft aanhoudend overgaan, dus ik tik op het scherm om de oproep te weigeren en wacht of ze een voicemail achterlaten.

Dat doen ze niet.

Dan zie ik hoe laat het is en ik word er zo boos van

dat ik bijna de telefoon tegen de muur gooi. Het is mijn gebruikelijke tijd om voor het werk op te staan, maar ik hoef vandaag niet naar mijn werk — een van de weinige voordelen van het opzeggen van een goedbetaalde baan.

Wat het nog erger maakt, is mijn extreme sufheid. Ik ben mezelf duidelijk nog slaap verschuldigd van die hele nacht doorhalen voor Nero.

De manipulatieve klootzak.

Mijn maag knort.

Als ik wakker ben, dan kan ik net zo goed een snelle hap gaan eten.

Ik sta op, trek een joggingbroek en een comfortabel T-shirt aan om mijn werkloosheid te vieren, en loop de badkamer in om naar het toilet te gaan.

De kneuzing van de ork op mijn schouder ziet er in de badkamerspiegel paars-geel uit, maar het doet niet veel pijn — ongetwijfeld met dank aan de bevroren erwtenkompressen.

Er komen lekkere geuren uit de keuken en mijn neus sleept me daarheen om het te onderzoeken.

"Het zijn niet zomaar dingen," zegt Felix tegen Fluffster, wiens kleine theeschoteltje met haver naast Felix' pannenkoeken staat. "Ik werd bijna vermoord."

"Goedemorgen." Ik ga naar het aanrecht, pak een bord en leg er wat pannenkoeken op. "Hoe gaat het?"

"Felix is aan het mopperen," antwoordt Fluffster in gedachten, en de uitdrukking op het gezicht van mijn chinchilla/domovoj komt zo dicht in de buurt van een grijns als een knaagdier ooit zou kunnen komen. "Eerst klaagde hij dat hij op de bank in de woonkamer moest slapen, toen zei hij dat hij nooit een vrouw zal krijgen, en nu is hij boos dat —"

"Dat was een privégesprek." Felix wijst dreigend met zijn vork naar Fluffsters harige lijf.

Ik kijk ongelovig naar de vork. Is Felix gisteravond vergeten, toen Fluffster een succubus die high van de seks was in een bloederige smoothie veranderde?

"Sasha weet wat er is gebeurd," antwoordt Fluffster alsof er geen vork bij hem in de buurt is. "Dus hoe privé is dit?"

"En ik denk dat je *wel* een vrouw zal krijgen, Felix," zeg ik terwijl ik met mijn pannenkoeken ga zitten. "Ooit," voeg ik er met een knipoog aan toe, terwijl ik de met koolhydraten beladen goedheid aan mijn vork spiets. "Vooral als we de woorden 'krijgen' en 'vrouw' losjes definiëren."

De voordeur knalt open, wat het antwoord van Felix onderbreekt. Hij kijkt op zijn telefoon, bekijkt waarschijnlijk de beveiligingsbeelden en vertelt ons, "Het is Ariël."

"Eindelijk," zegt Fluffster in mijn hoofd en ik voel een steek van jaloezie dat hij met zijn mond vol haver zo welsprekend kan zijn. "Ze is vannacht niet thuisgekomen."

"We zijn in de keuken," roep ik om ervoor te zorgen dat Ariël niet denkt dat ze haar slaapkamer binnen kan sluipen en kan doen alsof alles in orde is. "Er zijn pannenkoeken."

Ik stop eindelijk een stuk pannenkoek in mijn

mond en de explosie van smaak doet me kreunen van waardering.

"Van aardappelen gemaakt," legt Felix nors uit, terwijl zijn sombere uitdrukking zachter wordt. "Het is een traditioneel Russisch gerecht." Somberder voegt hij eraan toe, "Nadat ik bijna was vermoord, had ik zin om iets te eten dat mijn moeder voor me zou maken toen ik klein was."

"Hallo, allemaal," zegt Ariël met het enthousiasme van een hyperactief kind dat strak staat van de chocolade en amfetaminen. "Goed om te zien dat het zo goed gaat met Fluffster. Hoe gaat het met jullie?"

Ze heeft de kleren van gisteravond aan, maar ze moet iets met haar make-up hebben gedaan, want ze lijkt van binnenuit te gloeien.

"Het is een lang verhaal," zegt Felix en hij wisselt een verwarde blik met me uit.

Als hij denkt wat ik denk, dan heeft hij het recht om in de war te zijn. Dit is het vreemdste 'walk of shame'-gedrag dat we ooit hebben gezien.

Zouden Ariël en Gaius verliefd kunnen zijn? Films zeggen tenslotte dat als je in die staat bent, je een beetje gek gaat doen.

Als alternatief neemt ze misschien iets nieuws aan zelfmedicatie voor haar PTSS?

Als om mijn overpeinzingen te benadrukken, wervelt Ariël als een tornado door de keuken — ongetwijfeld gebruikt ze haar Cognizantenkrachten om zo snel te bewegen. Voordat ik bewegingsziekte kan spellen, zit ze al met een bord vol pannenkoeken, een vork, een mes en een gretige uitdrukking op haar perfecte gezicht aan tafel.

"Vertel me wat er is gebeurd," zegt ze opgewonden en stopt een aardappelpannenkoek in haar mond. Zelfs haar kauwen lijkt op snel vooruit spoelen te staan.

Ik schraap mijn keel. "Dus, herinner je je Harper nog — het ding dat seks gebruikte om me in de Earth Club bijna te vermoorden? Nou, hij — of zoals later bleek, *zij* — was hier gisteravond."

Ariël staart me aan en slikt hoorbaar haar derde pannenkoek door. "Ik wist dat ze een *zij* was. Wat deed ze hier?"

"Je wist dat ze een *zij* was en je hebt het me niet verteld?" Ik halveer met kracht een aardappelpannenkoek met mijn vork.

"Ik wist niet dat jij het niet wist." Ariël haalt haar schouders op. "Het was voor mij duidelijk wat ze was."

"Het doet er niet toe." Felix zet zijn bord weer recht. "Het belangrijkste is dat ze gisteravond heeft geprobeerd om ons te vermoorden. Het was ook bijna gelukt, maar Fluffster heeft ons gered."

Fluffster blaast trots zijn staart op en gaat rechtop zitten — waardoor hij er als een pluizig stokstaartje uitziet in plaats van hem de diepgang te geven waar hij waarschijnlijk naar op zoek was.

Ariël laat haar vork vallen en staart mij en Felix met verschillende niveaus van beschuldiging aan. "Jullie hebben het huis verlaten nadat ik jullie heb afgezet? Maar hoe heeft Fluffster —"

"Nee," zeg ik. "Ze was *hier*, in het appartement, vlak nadat je me had afgezet."

Ariël wordt wit. "Hoe kan een succubus worden uitgenodigd —" Ze kijkt Felix aan en slaat zichzelf op haar voorhoofd. "Dat was je date?" Haar stem gaat omhoog. "Heb je een succubus bij ons thuis uitgenodigd?"

"Ik wist niet eens dat ze een Cognizant was," zegt Felix. "Er was geen aura. Hoe moest ik dat weten?"

"De geur," zeggen Ariël en ik in koor.

"Welke geur?" Felix snuift de lucht op alsof de geur van Harper misschien nog is blijven hangen. "Heb je het over haar parfum? Het rook buitengewoon lekker, maar —"

"Laat maar," zegt Ariël, terwijl haar schouders zo slap hangen dat ik verwacht dat ze tot aan haar enkels zullen zakken. "Je gaat niet naar clubs, dus je hebt nog nooit een van hen ontmoet. Dit is allemaal mijn schuld. Ik had hier moeten zijn." Ze bedekt haar gezicht met haar handen. "Het spijt me."

"Luister," zeg ik troostend, ongemakkelijk bij haar plotselinge stemmingswisseling. "Het gaat goed met ons. Met Fluffster in de buurt kan ons niets ergs overkomen. Niet in dit appartement."

Fluffsters staart zwelt zo op dat hij nu groter is dan de rest van zijn lichaam.

"Vertel me precies wat er is gebeurd." Ariël laat haar handen zakken, maar haar gezicht is nog steeds ongewoon bleek. "Elk klein detail."

Felix en ik leggen het om de beurt uit. Hij begint

met hoe hij Harper heeft ontmoet, verliefd werd en haar uitnodigde om te Netflix en chillen, 'dit was de suggestie van Ariël geweest'. Ik vertel haar vervolgens hoe ik het appartement binnenkwam, de vijand rook en probeerde om tegen haar te vechten — en hoe Fluffster de klus had geklaard.

"Het spijt me zo," zegt Ariël nog een keer als we klaar zijn. "Ik had hier moeten zijn. Het is niet goed te praten. Als dit anders was gelopen, dan had ik —"

Ze stopt met praten en er loopt een echte traan over haar wang.

Felix en ik kijken elkaar zeer bezorgd aan. Felix had, net als ik, waarschijnlijk gedacht dat Ariëls traanbuisjes er jaren geleden al mee op waren gehouden om te werken.

"Zou ze bipolair kunnen zijn of zo?" vraagt Fluffster — vermoedelijk alleen in mijn hoofd. De kleine man zit duidelijk op dezelfde golflengte. "Ik heb op YouTube iets over die aandoening gezien."

Ik haal mijn schouders op naar de chinchilla.

"Het spijt me," mompelt Ariël weer, en stopt dan haar mond vol met een pannenkoek.

"Ik heb eigenlijk een vraag," zeg ik om ervoor te zorgen dat ze zich niet weer gaat verontschuldigen. "Kunnen we vanwege de dood van Harper in de problemen komen met de Raad?"

Ariël slikt haar eten door. "Je hebt uit zelfverdediging gehandeld. Wat nog belangrijker is, ze had geen aura, dus ze stond niet onder de bescherming van het mandaat." Haar stem stabiliseert een beetje.

"Het is zelfs zo dat als menselijke autoriteiten zouden komen rondsnuffelen, we een beroep op de Raad zouden kunnen doen om de politie de andere kant op te laten kijken."

"Oh?" Ik trek mijn wenkbrauw op.

"Stel je voor dat een Cognizant met een lange levensloop levenslang zou krijgen," zegt Felix vrolijk. "Hun langzame veroudering zou na een tijdje opgemerkt kunnen worden — om nog maar te zwijgen van wat er gebeurt als de gevangenisstraf een onnatuurlijk aantal jaren door zou blijven lopen."

"Maar laat dat geen excuus zijn om menselijke wetten te overtreden." Ariëls wenkbrauwen fronsen. "Als je bijvoorbeeld de database van een belangrijke bank hackt" — ze kijkt Felix scherp aan — "dan zou de Raad best kunnen besluiten om je een tijdje in de gevangenis weg te laten rotten, vooral als je geen flitsende krachten hebt die —"

"Wat is er vandaag met iedereen aan de hand die mijn vertrouwen verbreekt?" gromt Felix. "Ik deel die ene keer met je dat —"

"Je schept altijd op als je iets gehackt hebt," zeg ik ter verdediging van Ariël. "Je vertelde me pas geleden nog dat je bij de RDW binnen was gekomen."

Felix kijkt me geïrriteerd aan en propt ook zijn mond vol met een pannenkoek.

"Waarom stond Harper niet onder het mandaat?" vraag ik. "Ze leek er niet te jong voor te zijn. Is haar soort ook persona non grata, zoals de dodenbezweerders?"

"Nee," zegt Ariël. "Er zijn maar weinig soorten Cognizanten die dat zijn."

Felix schraapt zijn keel. "Waarschijnlijk zijn ze hier allebei uit de Andere Wereld gekomen. Toen je me over het visioengesprek tussen Chester en Beatrice vertelde, zei hij iets over 'hier' en 'liberale houding' — waardoor ik me afvraag of onze schurken uit een pre-mandaatwereld komen. Die plaatsen hebben soms een negatieve houding ten opzichte van paren tussen verschillende soorten Cognizanten — en soms, zoals in meer conservatieve samenlevingen hier, over relaties van hetzelfde geslacht."

Ik voel een steek van medelijden met Beatrice en Harper. Als Felix gelijk heeft, dan wilden ze alleen maar in vrede samenleven, maar Chester heeft daarvan geprofiteerd en heeft Beatrice op haar dodelijke pad gezet.

Aan de andere kant is het slachtoffer zijn van vooroordelen op een verre wereld geen reden om *mij* te vermoorden. Die keuze, wat haar redenen ook zijn, is waarom Beatrice dood is. Hetzelfde geldt voor Harper — hoewel ik toe moet geven dat haar acties nog beter te begrijpen zijn.

Als iemand een persoon had vermoord van wie ik hou, zou ik dan geen wraak willen nemen?

Felix kijkt ook somber als hij verdergaat. "Als alternatief, als ze van hier waren, dan was Harper misschien niet doorgegaan met het mandaat omdat haar vriendin, die een bezweerder was, er niet onder mocht vallen."

Ariël kijkt nadenkend. "Dat klinkt logisch."

"Is dat zo?" vraag ik.

"Stel je voor dat je een minnaar hebt, maar niet in staat bent om met hem te praten over wat het belangrijkste in je leven is," zegt Felix.

Ik knik en herinner me dat Ariël uit haar neus, ogen en oren begon te bloeden toen ik haar voordat ik onder het mandaat viel gerichte vragen over de Cognizantenwereld stelde.

Ariëls telefoon piept en verbreekt de tijdelijke stilte.

Ze kijkt ernaar en kijkt dan met een schuldige blik op. "Ik moet gaan."

"Moet je naar je werk?" vraag ik zo nonchalant mogelijk. "Of —"

"Tot straks," zegt ze alsof ze het niet gehoord heeft. Vervolgens herhaalt ze haar imitatie van de Tasmaanse duivel, ruimt alles op en verlaat de keuken snel genoeg om de snelheidslimieten op de snelweg te overtreden.

Felix en ik eten in stilte totdat we de deur in Ariëls kamer horen dichtslaan — wat hopelijk betekent dat ze zich net heeft omgekleed. Dan klapt de voordeur dicht, gevolgd door het geluid van sleutels die de deur op slot doen.

Ik kijk naar Felix. "Ligt het aan mij, of is het komen en gaan van Ariël een beetje vreemd? Ze heeft niet eens gedoucht."

"Ze gaat op deze tijd meestal naar het ziekenhuis, dus dat kan het zijn," zegt hij niet overtuigend.

"Ik maak me zorgen," zegt Fluffster in gedachten en hij vat mijn gevoelens perfect samen.

"Laten we haar in de gaten houden." Felix heeft zijn laatste eten op en zegt, "Ik moet nu ook gaan. In mijn geval zeker weten aan het werk."

"Ik ruim wel op." Met een bedorven eetlust, spiets ik gedachteloos mijn laatste pannenkoek. "Bedankt voor het maken van het ontbijt."

"Fluffster heeft me over Nero verteld," zegt Felix terwijl hij opstaat. "Ik weet zeker dat je een andere mentor zult vinden — en een andere baan."

Ik knik, maar als Felix de kamer verlaat, zeg ik, "Ik wist niet dat je zo'n roddel was, Fluffster."

"Ik was gewoon bezorgd over de financiën," antwoordt de chinchilla verbijsterd. "Je hebt het aan mij en Ariël verteld, dus ik dacht dat Felix het ook mocht weten."

"Ik plaag je alleen maar." Ik krab hem achter zijn oor. "Ik was absoluut van plan om het aan Felix te vertellen."

Dan eet ik mijn eten op en begin met opruimen.

Net als ik bijna klaar ben in de keuken, voel ik een vreemd zwaar gevoel in mijn maag, en een golf van angst gaat over mijn lichaam. Het doet me denken aan hoe ik me voelde toen Nero's orks laatst die ongelukken voor me in scène hadden gezet — het is alleen dat ik weet dat ik hier, in Fluffsters aanwezigheid, veilig zou moeten zijn.

De telefoon gaat in mijn kamer.

Zou dat de oorzaak van mijn malaise kunnen zijn?

Ik sta voorzichtig op om te voorkomen dat ik ergens over struikel en een zelfvervullende profetie creëer, haast me naar mijn kamer en bekijk de nummerweergave.

Het is een privénummer.

Net als vanmorgen.

———

Bezoek www.dimazales.com/book-series/nederlands/ voor meer informatie!

OVER DE AUTEUR

Dima Zales is een *New York Times*- en *USA Today*-bestsellerauteur van sciencefiction en fantasie. Voordat hij schrijver werd, werkte hij in de softwareontwikkelingsindustrie in New York, zowel als programmeur als als leidinggevende. Van hoogfrequente handelssoftware voor grote banken tot mobiele apps voor populaire tijdschriften, Dima heeft het allemaal gedaan. In 2013 verliet hij de software-industrie om zich op zijn carrière als schrijver te concentreren en verhuisde hij naar Palm Coast, Florida, waar hij momenteel woont.

Bezoek www.dimazales.com/book-series/nederlands/ voor meer informatie.